U0466965

QINGCHUN YAO
JIANGCHENG

飞鸟和鱼 ◎ 著

青春耀江城

时代出版传媒股份有限公司
安徽文艺出版社

图书在版编目（ＣＩＰ）数据

青春耀江城/飞鸟和鱼著.—合肥：安徽文艺出版社,2023.7
ISBN 978-7-5396-7699-9

Ⅰ.①青… Ⅱ.①飞… Ⅲ.①长篇小说－中国当代 Ⅳ.①I247.5

中国国家版本馆 CIP 数据核字(2023)第 014120 号

出 版 人：姚 巍
责任编辑：秦知逸　　　　　　　装帧设计：张诚鑫
....
出版发行：安徽文艺出版社　www.awpub.com
地　　址：合肥市翡翠路 1118 号　邮政编码：230071
营 销 部：(0551)63533889
印　　制：合肥创新印务有限公司 (0551)64456946
....
开本：880×1230　1/32　印张：9.625　字数：230 千字
版次：2023 年 7 月第 1 版
印次：2023 年 7 月第 1 次印刷
定价：49.00 元
....
(如发现印装质量问题，影响阅读，请与出版社联系调换)

版权所有，侵权必究

序：写给我们的青春故事

每个时代都有每个时代的青春印记，每个人都有自己的青春，以及属于自己的独特的青春故事。

我们这一代人，随着祖国的快速发展，在历史的巨变中成长，我们的青春是有时代烙印的青春。

我想讲述一些发生在我们这代人身上的故事，故事本身不构成理论说教，也不想催人泪下或者博取同情，只是将生活中的所遇、所见、所想、所感用文字的形式表达出来，借以反思我们的生活。

我本身不是一个善于讲故事的人，也不是一个煽情高手，而故事的确在那里存在着，每个人的酸甜苦辣和遭遇经历便构成了故事本身。

在这个意义上，我想讲述的故事，更多的是我们这一代人或者说这一代人中部分人的青春时期的生活。

青春时期尤其是大学时期，是每个人都忘记不了的过去。按照戈夫曼的戏剧理论，在青春这个大舞台上，我们在前台（front stage）演出各种不同的角色，在后台（back stage）演出自己。

生活本来是很精彩的，青春时期的生活更加精彩。这个时期，有理想，有激情，有对大学生活的美好向往，有对爱情的初步体验，有对未来生活的初步思考。生活也是很无奈的，甚至是残酷的,它是血淋淋的现实。无论当初美好的或者不美好的,都会成为回忆。

我们每个人都必须面对现实,面对有两种可能的方式——直接面对和间接面对。直接面对就是遭遇,间接面对也是经历。

青春时期的生活,则是精彩和无奈的混合体,有的人感受到甜,有的人感受到咸。

江城,顾名思义,就是长江边上的城市,它注定成为我生命历程中不能绕过的一个地方。

在这里,我度过了最难以忘记的四年大学时光;在这里,我遇见了很多的人,很多的事。

起初,江城只是一个地理名词;后来,它逐渐地变成我的精神家园。

江城大学作为我的母校,从毕业那天起,它就成为之后叙事的大背景。每个毕业于斯的人,都以此为社会生活起点来书写今后的个人历史。

我和同学们、朋友们在江城大学里洒下了青春的汗水、泪水,种下了理想、梦想,也打开了通向社会的第一扇窗口。

在连接学校和社会的这座象牙塔中,我们每个人完成了从学生到社会人的转变。

我想把我们身上发生的故事,用一种电影白描式的手法呈现出来,粗线条地勾勒出那个时代的大学生活图景,即便力有不逮。

这些故事,试图以青春的叙事来解构现实的生活,进而给生活以反思。更重要的意义可能在于,反思之后也许能够给我们未来的生活以启迪。

用青春的方式叙述青春,用青春的方式告别青春,那是时代给予我们的礼物,也是无法忘记的生命历程。

　　是为序。

目 MU
录 LU

序：写给我们的青春故事 / 001

江城前传：六个少年
  01. 那个潇洒的少年 / 003
  02. 他的背影 / 010
  03. 山仔的爱情 / 019
  04. 老幺的故事 / 029
  05. 豁达的二哥 / 037
  06. 老大的自述 / 045

江城正传：青春，我们之间隔着一座江城
  01. 第一眼江城 / 061
  02. 军训进行时 / 066
  03. 假算命先生 / 072
  04. 寝室卧谈会 / 077
  05. 第一次联谊 / 083

06. 年轻血在烧 / 088

07. 文明大扫除 / 093

08. 忆江南之约 / 099

09. 难忘圣诞节 / 106

10. 青春狂想曲 / 112

11. 荷塘夜话时 / 118

12. 寂寞长江行 / 123

13. 三少爷的剑 / 128

14. 精彩服装秀 / 133

15. 非正式仪式 / 139

16. 旅程和伴侣 / 144

17. 残酷的温柔 / 149

18. 可能性选择 / 155

19. 最后一堂课 / 160

20. 泪洒散伙饭 / 164

21. 我们毕业了 / 169

22. 江城长相思 / 173

江城后传：北漂往事

01. 北京北京 / 177

02. 初次遇见 / 183

03. 面试成功 / 187

04. 职场有刀 / 192

05. 公报私仇 / 197

06. 斗智斗勇 / 204

07. 人的面孔 / 209

08. 四种层次 / 214

09. 自我要求 / 219

10. 职场如花 / 223

11. 信任效应 / 226

12. 冒险游戏 / 230

13. 分离之痛 / 234

14. 家庭差异 / 237

15. 调任上海 / 240

16. 南北双城 / 243

17. 爱情丢了 / 247

18. 空城往事 / 251

江城外传：成长代价

01. 一生小爱 / 255

02. 左右为难 / 282

03. 再也不见 / 294

江城前传：六个少年

01. 那个潇洒的少年

"老大,你在他乡还好吗?我晚上到,一起喝酒。"狗子在微信上留言。

"废话不多说,东直门海底捞,晚上见!"我回复道。

狗子是我的大学同班同学,和我同在上铺,每个晚上我都能清晰地听到他说的梦话。

我们的学校位于美丽的江城,一条浩瀚的长江把整个城市一分为二。我们住在7号楼114室——一个混合寝室。该寝室别号"地狱煤厂":一是因为江城多雨,潮湿的空气往往让人心情异常糟糕;二是因为哥儿几个都不爱打扫卫生,臭鞋、臭袜子扔得满地都是。

狗子是个人才,从过去到现在我都这么认为。大学迎新晚会上他演唱一首《风中有朵雨做的云》惊艳四座。从那个时候起,我隐约感觉到,无数个女孩即将在此哥们儿手里"遭殃"。果不其然,他很快就俘获了一个女孩Ａ的心。他刚开始追Ａ的时候,全寝室的兄弟在东操场上站成一排,为他向心爱的女孩儿唱歌求爱,那场面至今历历在目。当然,歌也不是白唱的,狗子付出的报酬是请我们到一墙之隔的小九华吃喝一条街大快朵颐一番。

三个回合下来,狗子便俘获了Ａ的芳心,他们很快便坠入了爱河。这速度简直比火箭发射还快。

当我们正在为他们的爱情羡慕不已的时候,狗子有一天在寝室宣布,他们分手了!听到这个消息,兄弟们都惊诧得差点掉了下巴:"不是刚恋爱没几天吗?"狗子说:"双方性格不合。"

狗子这段快餐式的爱情印证了那句老话:好得快,死得快。分手的那个晚上,狗子又请我们寝室的兄弟大吃一顿。喝醉了的他,在东操场上泪如雨下。

爱情是大学里的必修课,有的人早早挂科,有的人得了高分,但没有人能够获得满分。因为,初恋时彼此还不懂爱情,再回首已是陌路。而不管怎样,那都是一种经历,只不过有人经历得早,有人经历得晚。

失恋的痛苦持续了没有多久,狗子就把注意力转移了。不知道从哪里来的渠道和资源,他居然卖起了方便面。我依然清晰记得,方便面的名字叫作南德拉拉面,现在是否还在市场上流通不得而知。

狗子把一箱箱方便面堆在我们寝室里,把兄弟们馋得每天流口水,但绝不免费给我们吃,当然失恋那晚除外。

大学时代,吃是最值得书写一笔的。半大小子,吃死老子。那个时候的大学生处于人生消耗期,尤其是下晚自习后,11点熄灯前,寝室里的兄弟们普遍喊道"我饿、我饿、我饿",仿佛人人都是饿死鬼托生一样。

那个时候,还没有外卖这种经济模式。楼道外,小商贩阿姨用带着南方口音的普通话叫卖:"方便面、方便面,8毛钱一袋。"我们就会踩着拖鞋飞快地走到楼道外去买上一袋,外加一个茶叶蛋。回到寝室后,用开水泡上三五分钟,还没有泡熟,面就被那些

"饿死鬼"抢光了,而且连汤也不剩!写到这里,我似乎闻见方便面的味道,还有青春的酸楚和年少的快乐!

狗子的方便面迎合了大学生的需求,用现在的话说就是满足客户需要,销售速度非常快,狗子很快就赚到了不少钞票,我们寝室的小伙伴给他起了个外号——狗总。从那时起,我想这个小子一定是个商业天才,可惜进错了系。后来的事实证明,他的确具有极强的商业洞察力,由此坐上了某知名公司大中华区总监的宝座。

大学毕业十年聚会的时候,我问他:"你当时怎么想起来卖方便面的?"这哥们儿回答:"情场失意,商场代替。"我接着问:"为什么卖方便面而不卖其他的呢?"他说:"大学的第一个女朋友A喜欢吃面,买面的时候就会想起她,以后赚了钱给她开一家面馆,让她吃一碗倒一碗。"我说:"呸!骗鬼啊,你这花花肠子有这么深情?"狗子一脸严肃地说:"我当时就是这样想的。"

敢想敢做,就是狗子的潇洒。他用不羁和青春谈天,丰富了岁月,厚重了人生。

狗子又有女朋友了,是中文系的B。我们寝室又有口福了!狗子谈一个女朋友我们就有一次饭吃,吃饭就在小九华街。大学毕业后,我曾经去过江城几次,小九华街已不复存在,改成了一个公园,只有那三个字的界碑还矗立在街头。

回想每一次在小九华街吃的饭,每一次喝醉的夜晚,回想青春飘起的长发,我只想拿一瓶珍藏15年的扳倒井白酒,面对长江,面对7号楼114室,面对所有的老师和同学,一饮而尽。然后,让空瓶带走时光,带走烦恼,留下40张笑脸,镌刻于江城的芳草绿地、书香校园！

狗子买了我们班的第一台BP机，第一部手机，第一套西装……他的消费理念已经达到了发达国家水平。

狗子换了女朋友C、D、E……我不清楚可以排到哪个字母。

大学四年就像孔雀的羽毛，收起来这么短，展开来那么长，开屏的时间只有一瞬，却绚烂夺目。

大三之后，白天很少见到狗子的身影。晚上卧谈会的时候，他偶尔缺席，但是永远的主角。今天听说狗子去了某某KTV，明天去了某某酒吧；改天又听说他和女朋友彻夜未归，羡慕得其他几位室友整夜失眠；后天又听说狗子推销化妆品赚了一大笔钱，在外面租了房子。

所有的传说，早已超过了传说，那是潇洒少年的成长江湖，在岁月里激情叙事，携带躁动和梦想。

大学毕业后，一次我和狗子喝酒的时候问他道："当年你所有的故事都那么狗血、那么热烈，有风花雪月，有商业故事，你当时怎么想的？"他回答："我没怎么想，我就是想一出是一出，一出出、一件件就建构了过去的我。"

和我还转后现代主义的词语。那叫什么建构？那是集成！

大三下学期，狗子再一次成为全校焦点人物。事情的起因是，学校辅导员检查组晚上11点多在校园内巡视的时候，发现草坪上有一对情侣在亲吻，就上前询问具体情况。

喝了酒的狗子竟然发起了牛脾气，和检查组干了起来，面对检查组没有丝毫退缩，反而大声质问："谈恋爱怎么了？打啵儿怎么了？天经地义！"检查组说："学校有'十不准'不知道吗？11点寝室熄灯前必须回去不知道吗？"狗子说："那规定违反人性。"几番交锋下来，不知道谁胜谁败，反正过了几天通报批评就贴了出来。

现在想一想，我们那个年代还是属于相对保守的时代，爱情和物质一样贫瘠。

大四了，每个人都设计着自己的未来。

大四了，注定各奔东西。你的东，在水一方；她的西，蒹葭苍苍。所以，你是她的过往，她是你的曾经。然而，不思量，自难忘。

毕业那年的夏天异常燥热。江城一夜又一夜的梅雨天气，仿佛带着哀愁和纠缠，让分离的情绪更加浓郁。楼道里一直播放着老狼的歌曲，《毕业生》的电影墙报一次次地张贴在7号楼的宣传栏上。

这是一个离别的季节，多情的人流泪，无情的人茫然。

在寝室吃散伙饭的那晚，狗子问我："老大，毕业以后，咱们还会像现在一样吗？"

我说："以后不是现在了，老二是不是老二不知道，但老大是永远的老大，兄弟是永远的兄弟！"

狗子把一杯52度的扳倒井一饮而尽，情不自禁地大哭起来，然后整个寝室的兄弟都哭成了一团。

泪是咸的，是我们的青春，是我们一起走过的日子！

终于要走了！曲终人散的寂寞，洗尽铅华，凋零碧空。

毕业典礼仪式结束，拿到了毕业证，分别在即。

送走了几个兄弟后，我在校园里再看一看、转一转，再看一眼这个我们生活过的校园，我们在这里笑过、哭过、欢乐过、痛苦过，也在这里留下了1440多个日日夜夜的脚印。

突然,在校园操场的台阶上,我发现了一个熟悉的身影。是狗子,他一个人坐在那里,有点呆,有点失落,有点舍不得。

"老大,你怎么还不走?""狗子,你怎么还不走?"

"我舍不得校园,舍不得你们。"

说着说着,狗子哽咽了,我也泪流满面。

我们都舍不得,但我们要一直往前走,路还很长,还有很多前方。但那个潇洒的少年,永远是我们大学四年的故事,是我们的青春。

于是,在吃完海底捞的今夜,我用一首《无悔光阴》献给7号楼114室的兄弟们,献给所有经历过的人和事。

青春总要散场

岁月模糊了脸庞

爱是我邮寄给你的书签

别轻易打开

别给予回复

别随意扔掉

别惊吓了一地的回忆和念想

曾经的故事

为我们真情点亮

最无助的时候

它是希望

是青春的光

是带泪的伤

是日记里写下的心情和回望

至今仍隽永久长

无悔光阴

无悔青春的梦想

一起走过的日子

笑中带泪

也无惧失望和彷徨

无悔光阴

无悔曾经的痛伤

一起谈过的爱情

还刻在那面平静的墙

无悔光阴

无悔青春的梦想

一起走过的日子

苦中作乐

也承载希望和前方

无悔光阴

无悔曾经的徜徉

一起谈过的爱情

仿佛第一次遇见你的模样

02. 他的背影

"裤衩"是寝室的另外一个兄弟,我床铺的4点钟方向,狗子的下铺。

"裤衩"这个外号的来源是此哥们儿长相酷,人也酷,话不多,且喜欢穿着大裤衩在寝室里晃荡。江湖上传说,他有7条同样款式、不同颜色的裤衩,经常穿了这条扔在地上再穿那条,待7条穿完了一起洗,五颜六色的短裤成为我们寝室一道亮丽的风景。

"裤衩"是一个沉默的男人,大多数时候都是别人说,他在听,偶尔露出会意的微笑。

工作多年以后我才明白:大喊大叫是歇斯底里的表现,而沉默是一种最强大的力量。那个时候,"裤衩"就已通晓此中的道理。

他的酷不是矫揉造作、刻意为之,而是天生的。这可能是家庭影响、个人性格、学校教育等多种因素作用的结果。在我看来,更是一种境界,是骨子里的沉静,是灵魂的冷却,是种子发芽的能量。

酷和慢似乎是一体的。他慢悠悠地上课,慢悠悠地吃饭,慢悠悠地享受着我们看不懂的人生。

教高数的王老师,说话带着浓重的地方口音,卷舌音和翘舌音分不清楚,因为非常喜欢上课点名,大家都很反感他。

学文科出身的"裤衩"尤其反感高数,上课几乎从来都不去,王老师每次点名的时候,都是寝室的兄弟们代他答"到"。可是这样的做法是兔子的尾巴——长不了,没有几次就被智慧的王老师识破了。

第一次点名的时候狗子代答,第二次我代答,第三次山仔代答。三次下来,被王老师抓了个现行,他大声问道:"怎么每次都是不一样的人?'付(裤)衩'到底是哪一个?把真正的他给我揪出来!不然,期末考试时见!"

识相的狗子赶快到教学楼能打公共电话的地方,拨通了7号楼看门大爷的电话,让他通知"裤衩"赶快到主教室105上课。

"裤衩"到达教室的时候,高数课本夹在腋下,仍然不紧不慢,一副气定神闲的样子。

王老师问:"你就是真的'付(裤)衩'?为什么让不同的人代你答'到'?不会找同一个人啊?你洒(傻)啊!"

"裤衩"任凭老师怎么问,就是一言不发。王老师气得差点吐血。

从此,"裤衩"一战成名。被王老师盯上绝非一件幸事,之后几乎每次他都点"裤衩"的名。"酷"同学看到形势似乎不妙,就再也不敢造次,之后每逢上高数就真的来上课了。不可思议的是,期末考试他的高数竟然考出了90多分的好成绩。

如果说狗子的青春岁月是热血沸腾的,"裤衩"的青春岁月则是低调平静的,还带着迷离和迷茫。

迷离是捉摸不定的心思,迷茫是得过且过的慵懒。

他用平淡慵懒的静来解构世界万物的动,解构得支离破碎,解构得无声无息。

这是大学青春的另外一种形态——万物生长,我心自然。

寝室是"裤衩"大学四年最佳的生活空间。我们早上起来的时候,他在寝室睡觉;我们晚上自习回来的时候,他在寝室打游戏;我们出去做家教的时候,他在寝室睡觉;我们锻炼回来的时候,他在寝室来回踱步。

我问"裤衩":"你怎么这样不爱动?"

他回答:"生命在于静止,人生在于休息。"

"你读过《庄子》?"我问道。

他挠了挠后脑勺说:"老大,你想表达啥意思?"

我说:"《庄子·养生主》里专门有一条提到了类似你的这种养生方式,类似于乌龟养生法。老子在《道德经》第三十六章也写道:'将欲歙之,必固张之;将欲弱之,必固强之;将欲废之,必固兴之;将欲取之,必固予之。'这也是一种养生之道。"

他嘿嘿一笑,不知所以。

我说:"兄弟,你这么闲,天天不去自习,不担心四级过不了?不担心挂科?"

他回答:"车到山前必有路,尔等不用担心我。"

他的轻描淡写消释了一切沉重。你有你的百般忧愁,他有他的云淡风轻。"裤衩"就是这样一个风一样的男人。

当狗子在热恋时,他在自己的世界里游弋。而他的世界和我们的世界隔着几万条银河。

有没有对女孩子动过心?喜欢什么样的女孩子?我们在寝室的卧谈会上问过他诸如此类的问题。

他的回答非常简单,往往就是那句:哪个少男不钟情!

他竟然引用歌德《少年维特之烦恼》中的名言警句来忽悠我们。

卧谈会是大学时代最难以忘记的回忆之一,大家在这个"会议"上谈天说地,它帮助我们度过了大学一年级的适应期、二年级的成长期、三年级的稳定期和四年级的成熟期。

一个哲人说:"没有卧谈会,不知美娇娘。错过一次会,眼泪湿透床。"那个哲人是谁,你们懂的。

卧谈会一般在11点寝室熄灯后进行,夜色混着荷尔蒙的青春气息,弥散在大学的校园,既蠢蠢欲动,又稚嫩单纯。女同学是卧谈会的最重要话题,班级里哪个女同学漂亮,谁谁谁又有男朋友了,追谁需要什么样的招数,同学们说得一身劲儿,熄灯之后都能看见吐沫星子横飞。

工作以后,单位无聊又热心肠的大妈就像当年卧谈会的我们,一边八卦着东家的家长里短,一边又操心着西家的姑娘未嫁、小伙未娶。仔细思考下来,工作和学习有时候真的有异曲同工之处。

现在我仍然想念卧谈会的夜晚,那是成长的过程,用嬉笑乱语来冲淡学业的焦虑、人生的迷茫、初恋的懵懂,那是永远不会再有的青春纪念册。

寝室的兄弟们又喜欢上了哪个女同学,是卧谈会的另一个主题。这个主题往往以狗子为主咖。大家都在热烈发言的时候,"裤衩"永远是话最少但偶尔金句频出的那一个。他很少评论他人的故事,听到高潮处会报以羞涩的微笑,再加上"哇"这个字。

"裤衩"看似是这个寝室中幽灵般的存在,仿佛没有自己的故事一般。实际上,我宁愿将他看作"后现代主义的大师"。

实事求是地说,"裤衩"不仅酷,而且非常帅,178厘米的个子,迷离又偶尔放空的眼神。光是他的眼神就可以吸引一打姑娘。

大二下学期,"裤衩"终于有了异动——据说政法系的一个女生追他。他似乎不解风情,一直没有答应那个女生。而我们寝室的兄弟却有了口福,那个女生天天给我们送水果吃,看样子是想让兄弟们来说服"裤衩"。敢情此女子深谙堡垒往往是从内部攻破的道理。

我现在还依稀记得这样的场景,门卫大爷用那粗大的嗓门喊道:"114的水果,快来取。"

兄弟们就如见了兔子的老鹰一般,立刻冲出寝室,拿到水果后风卷残云,不到3分钟就只剩下一堆果皮。

"裤衩"看到这种场景,往往摇一摇头说:"你们这帮饿死鬼!"当然,他也是参加到吃水果大军中的。

精诚所至,金石为开。吃了一个学期的水果,兄弟们做了一个学期的劝说,"裤衩"和"政法系"开始了约会。

"裤衩"和"政法系"约会的事情,他本人有多快乐无从考证,但我们从中得到了很多快乐。每次约会回来,兄弟们都会问:"拥抱了吗?Kiss了吗?""裤衩"害羞一笑:"你们这些俗人。"

那个时候的"裤衩"是不适合恋爱的,他适合一个人天马行空地和白云聊聊天,和心思握个手,然后静静地等待一夜花开。

约会没持续多久就戛然而止。可惜了政法系女孩的水果,想想就为她打抱不平。谁也不知道恋爱终止的原因,或者恋爱可能没有开始就已经走向了结束。

从那之后,"裤衩"冷静的脸上又多了几分严肃,但是有了三个改变。

一是仿佛爱上了学习。他买了很多法律方面的书,据说要参加全国统一律考。刚开始还假模假样地去教室看了几次,后来就干脆把书扔在了床底下,直到毕业前夕当作废品处理。

二是学会了踢球。踢球是一种爱好,运动使人放松,也让人发泄,在运动的时候可以肆无忌惮地表达含蓄的灵魂。只是我们寝室的臭袜子越来越多,他的7条裤衩不再够用。寝室里臭袜子的味道、荷尔蒙的味道,再加上南方梅雨季节的酸味,让我们寝室获得了"地狱煤厂"的光荣称号。

三是学会了抽烟。很多人刚开始抽烟是出于好奇,后来是接纳,再后来就是上瘾,想戒掉很难,不戒掉容易得病,这往往是烟草爱好者面对的两难问题。

像"裤衩"这样的男人,抽烟会越发增加他的孤独感,他和香烟对话的时候,他的整个世界除了慵懒迷离,又增加了孤独。

有一次我问他:"'裤衩',吸那么多烟干吗?既花钱又对身体不好。"

他说:"老大,这个你就不懂了吧?书中自有颜如玉,烟中自有断魂汤。"

大三的时候,"裤衩"死水微澜的生活发生了变化——在狗子的倡议下,两人合伙做起了卖方便面的小本生意。狗子负责进货、营销,"裤衩"负责部分营销,兼任会计。

刚开始的时候,两人赚了不少钱。于是,进的货越来越多,几乎把整个寝室都堆满了。因为贪大求多,两人的资金链出现了问题,再加上其他品牌方便面的竞争,干了半年后,方便面生意居然黄了。

在最后进行资金盘点的时候,卖了多少箱、成本多少、收入多少、盈利多少,在"裤衩"的记账本上简直是一笔糊涂账。

还好两人没有赔钱,否则狗子一定会找他算清楚——那可是狗子交女朋友用的!

自那以后,"裤衩"又过上了以前的慢悠悠的生活,偶尔踢球、抽烟、喝酒和打游戏。最气人的是,年终考试他竟科科通过。

大学四年我们都在成长,只是每个人的成长路径和轨迹不太一样。大学四年我们都在和青春赛跑,有的人跑着跑着就掉了队,有的人却在拼命向前冲。累的人,休息一下,继续前行;不累的人,持续赶路,永无止境。

但路过的人、经过的事,不曾忘记。

大四那年,我们都在紧张地为未来而努力,要么考研,要么投简历找工作。"裤衩"依然不紧不慢,照常按照他的日常生活逻辑进行活动。

我们经常劝他:"你不考研就提前好好找个工作吧,不然到了毕业的时候就来不及了。"

他回答说:"再等等吧,时间还早。"

他的心态平静得如古井无波,偶尔有石子落下,激荡起的涟漪不久就会消失殆尽。

他牛×的地方在于:看到别人找到工作既不羡慕,也不嫉妒,而是微笑地竖起大拇指点赞。

所以,等到快要离校的时候,他还没有正式的 offer(录用信)。

离校那天,我问他:"你去哪里?"

他说:"可能是上海,也可能是北京,还有可能是其他地方。中国这么大,总有安身立命之处。"

毕业仪式结束的那天中午,他拉着当初来报到时的箱子,一个人孤单地离开了7号楼,离开了生活了四年的地方。中午的太阳很大,照在他平静的脸上,他的脸上稍有几分落寞。

阳光把影子拉得很长很长,他越走越远。刚开始,还能看见他的背影,慢慢地、慢慢地他消失在茫茫人海。

他的背影渐渐远去、慢慢模糊,就如同远去的四年大学生活。他把自己写成了自己心中的那首诗,你或者可以读懂,或者读不懂,都不妨碍诗歌的韵律和存在的意义。

毕业之后,我再也没有见到过"裤衩",也不知道他在何处。有人说,他在北京开起了公司,结婚生子,过上了普通人的平凡生活。有人说,他现在还是一个人,在这个无情的世界好好地活着。

夜深人静的时候,我会偶尔想起我们在一起的美好时光,想起他那忧郁而孤独的眼神,以及他远去的略显孤独的背影。

他的背影就是我们青春的影子,似乎伸手可触却又永远不可即。他的背影就是现在生活的折射,似乎平平淡淡却又弯弯曲曲。

我们年轻的时候豪情万丈,想拼命抓住一些东西,去证明自己,长大了才发现,很多事情都身不由己、力有不逮。

然而，人生的路很长，还需要义无反顾地走下去。只是走的时候莫忘初心，莫忘理想的期许，莫忘最孤独的时候还有一帮真诚的兄弟。

"裤衩"，你还好吗？我的兄弟们，你们都还好吗？

03. 山仔的爱情

山仔是第三个室友,班里的学霸。

山仔从一出生就积极好动,是打不死的小强,不坏的金刚。他的父母希望他就像自己家后面的大山一样坚强挺拔,所以就给他取名为山仔。

山仔的家在遥远的大山深处,他是他们村里有史以来第一个大学生。拿到录取通知书那天,整个小山村都沸腾了,他成为那个偏僻地方的励志青年和学生偶像。来江城报到的时候,全村的父老乡亲一直步行送到几十里山路之外的小镇车站,山仔泪奔。

在某种意义上,他不仅仅是家庭的希望,而且是整个山村的希望。他的例子告诉老乡们:只有好好读书,才能走出大山,走向外面的世界。

所以,少年的身上承载着异常厚重的东西,这些东西和年龄不相匹配。

从认识山仔的第一天起,我就觉得此人具有学霸的所有特质:聪明、勤奋、肯吃苦。最重要的是,他有一颗乐观向上的心。

那个时候,学生们可以分为两派:一派叫作泡妞派,狗子是典型代表,四年里不缺女朋友,有美女做伴,潇潇洒洒;一派叫作泡馆派,山仔是典型代表,几乎天天泡在图书馆里,学习知识、填充人生。

寝室里早上第一个起床的是山仔,晚上最后一个回来的也是他。

狗子经常戏谑:"山仔,天天去图书馆,是不是看上图书馆资料室的那个大姐了?"

资料室大姐操一口带着吴侬软语的普通话,说话时吐沫星子横飞,长得五大三粗,服务态度极差,我们都对她恨得牙痒痒。

他回应:"你就知道大姐!还有很多漂亮小妹妹呢!不信明天带你去看看。"

第二天,从不去图书馆的狗子屁颠屁颠儿地跟着山仔去了。可是,不到20分钟,大家就在寝室里发现了这厮。"这孙子真会骗人!图书馆哪有什么美女?都是丑女,没有一个漂亮的。"狗子气呼呼地嘟囔道。此刻,整个寝室的兄弟都哈哈大笑起来。

一分耕耘一分收获。在年终的奖学金评选中,山仔不出意外地获得了第一名,以后这几乎成为我们班的常态。

过了大学一年级的适应期,到了大二的时候,兄弟们对大学生活已经是游刃有余,忙于恋爱的,忙于打工的,忙于过着自己想要的生活的,不同的生活形态构成了火热的青春画卷。

而恋爱这个大学的必修课,有的人很早就入了门,有的人把必修课当成了选修课,有的人则一直是门外汉。

对于山仔来说,恋爱来得就像学习成绩一样,无声无息却成绩斐然。

有一天,狗子从外面回来,兴冲冲地说:"兄弟们,我发现了一个惊天的秘密——山仔和新闻系的娟在一起了,我刚刚看见他们在三教门口手拉着手。"

这的确是一个大消息。娟是新闻系的才女,据说她爸还是某市电视台的台长。在大学里,追求她的人不计其数,关于她的很多故事我们都有所耳闻。

山仔恋爱了。以前那个傻傻的他,有了爱情的滋润如久旱逢甘霖。他每天陪娟吃饭、自习,给娟打水、送水。

那个时代,同学们用热水都需要去开水间打,一瓶热水一毛钱,人人都有暖水瓶。每当午饭、晚饭后,开水间就有无数人拥挤在那里,成为大学校园里一道独特的风景。很多男同学都以给女同学打水的方式,追求到了心仪的女生。

山仔和娟的爱情既有初恋的朦胧,也有热恋的轰轰烈烈。

他曾经给我讲过一个片段:那一年的圣诞节,他们去了江城最大的教堂,教堂里人山人海,8点钟大门才开,7点的时候人已经密不透风。开门的一刹那,人群如潮水般拥来,他和娟被人流冲开。他们大声地喊着对方的名字,使出吃奶的力气才抓住了对方的手,并被人流挤进了教堂。

这让我脑海中浮现一幅画面:在颠沛流离的年代,一对情侣意欲乘船离开兵荒马乱之地,女主人公刚一登上船,检票就立刻终止,男主人公就差一步,然而只能眼睁睁地看着船扬长而去。那是一种明明白白的绝望,那是一种生离死别的悲酸。

他问我:"老大,你知道什么是牵手吗?那种感觉就是。"

牵手,是人们赋予爱情的一种仪式,是心与心的交流。牵手一辈子就是相濡以沫、白头偕老。而牵着的手一旦松开,不但人会趔趄,心也会伤痛。

所有不能走到最后的爱情几乎都有一个范式:出于好奇的吸

引,疯狂热恋的甜蜜,相处之时的争吵,各种借口的分手,分手后的折磨,直到最后的平静。

山仔的爱情也是如此。有一天他醉醺醺地找到我,双眼红肿。

他问:"老大,你说爱情到底有没有阶级?"

我说:"对于这个问题我没有研究过,但你必须清楚,恋爱是一场量力而行的长途跋涉,量力而行要求的是对自我的认识,长途跋涉是对彼此的考验。你们经受住了考验,就是爱情的坚守者,就能走到最后。"

他和娟的爱情可能出现了一些问题。后来,听说娟的父母来江城,偶然遇见了山仔,虽然她父母比较欣赏这个有上进心的小伙子,但认为山仔是农村人,毕业后不能立即买房买车,不能给女儿一个幸福的家庭、一个美好的未来,所以反对他们继续恋爱。

这可能就是所谓的爱情阶级问题的逻辑:你是农村的,她是城市的,你再优秀,毕业后也买不起房、车,所以你们就不能在一起。换言之,没有雄厚的物质基础,就不配拥有幸福的爱情婚姻。这样的逻辑,在现代社会往往是很多人的逻辑!

更为糟糕的是,娟是一个乖乖女,什么都听父母的,自己没有什么主张,也没有自己的坚持,这让山仔很受伤。

他们还在交往,但爱情的根基已经出现了巨大裂痕。中间发生了很多小事,比如,娟扔掉了山仔送的所有东西,娟的家里开始安排相亲,娟和一个大四的家庭背景较好的人开始交往,等等。每一件小事都在抽空残存的一点点爱情。

这些不堪的事情慢慢折磨着少年,同时也催其渐渐长大。原本不爱喝酒的他也逐渐加入了喝酒队伍,和寝室的兄弟们更加亲近。

该来的终于到来。

一个风雨交加的初冬晚上,山仔一个人喝醉在小九华街上。我去接他的时候,他基本上已醉得不行。他们分手了!山仔哭得像个孩子,边哭边诉说着对娟的好,对爱情的回忆,对未来的憧憬。

他像一头发疯了的红眼狮子,拼命奔跑在无尽的荒原上,而对目标在哪里、未来在哪里一无所知。

人的成熟需要岁月打磨和世事锤炼,躲在雨伞背后的雏鹰是永远长不大的,而其中的阵痛和煎熬只有靠自己承受和承担。

此时的山仔在经受两种转变:一是从以前生活到大学生活的转变。以前的生活以学习为主,各种外界的诱惑相对较少;到了大学以后,学习不再是唯一的内容,花花世界的诱惑太多,很多人开始彻底放松,一部分人甚至放纵自己。

二是从初恋到失恋的过渡。从以前的卿卿我我、花前月下,到现在的被抛弃的状态,短期内少年还不能完全接受,他哪里明白悲欢离合、世事无常的道理?所以更需要时间治疗感情的伤口。

两种转变造成他"压力山大",不适感开始慢慢显现。山仔不再是那个上进的山仔,他学会了酗酒、逃课、打游戏、夜不归宿。

他很少再去图书馆自习,上课的时候也是一副萎靡不振的样子,仿佛犯了烟瘾一般不停地打瞌睡。

在上英语课时,坐在最后一排的他竟然打起了呼噜,整个教室的同学被这奇怪的声音惊动,继而哈哈大笑。英语老师气得简直要死,最后把此事告到了辅导员王婉莹老师那里。王老师陪伴了我们四年的大学生活,后面的故事还会提到她。

房漏偏逢连夜雨,船迟又遇打头风。有一次,王老师晚上12点查房,寝室里的其他兄弟们都在,唯独少了山仔。

她问:"山仔同学去哪里了?"

兄弟们谁都不作声。

作为本寝室最善于发言的人,狗子应声道:"可能出去上晚自习了吧?"

王老师笑道:"狗子同学够兄弟哈,撒谎都不带眨眼的。自习室11点就关门了,现在还上什么自习?"

大家还是不吭气,临走前,她撂下一句话:"让山仔明天早上去办公室找我。"

山仔打了一夜的游戏,第二天一早眼睛通红地回到了寝室。我们对他说:"辅导员让你去找她。"

他说:"等我睡够了再说。"说完就呼呼大睡。

晚上,山仔从辅导员那里回来,脸上挂满了忧郁和不快。不知道她给了他什么样的批评,有没有刺痛他麻木的神经。

反正结果是,期末考试山仔挂了三科!这个消息出来,整个系里的同年级学生都被惊到了。以前的一等奖学金获得者竟变成了今天这个样子,到底发生了什么?

最为震惊的是山仔,因为辅导员要把结果告诉他的父母!山仔拉着我去找辅导员,想要哀求她不要将他在学校里的表现告诉家人。

我们两个在辅导员办公室门口徘徊了很长时间,我不知道该求还是不该求,也不知道他会不会改变,不知道我们去找辅导员是救他还是害他。

最后,我们鼓足了勇气敲开了辅导员办公室的门。那段对话现在我还记忆犹新。

"王老师,能不能再给山仔一个机会,暂时不要把结果告诉他的家人?"我说道。

辅导员好久没有吭声。

山仔说:"王老师,我错了,真的错了。"

王老师说了一段话:"看看你现在成了什么样子?人不人、鬼不鬼!刚来的时候,你还是年级前几,现在竟然倒数了,你对得起谁?……看在老大和你们寝室的面子上,给你最后一次机会,好自为之。"

一席话说得山仔额头直冒冷汗,脸上一阵红一阵白。

王老师解决了他第一个转变的问题,已经从心理上直接触动了他。我需要解决第二个转变的问题,再次搅动他的灵魂深处,彻底解决他思想上的疙瘩。

晚上,我请他在小九华街喝酒,喝的依然是烈性的52度扳倒井。

喝得差不多的时候,我说:"现在告诉你爱情有没有阶级问题的答案——爱情是没有阶级的,但爱情离不开现实。你目前的现实,就是你的能力还不能给她幸福。"

他说:"可是,我有未来啊,未来!"

我说:"现在都没有,还谈什么未来?原来的你呢?你家人的期盼呢？你的骄傲呢？都去哪里了？你现在一无所有，别说娟，就是我都看不上你。"

可能我的话说得太重，唤醒了他内心深处本有的东西，他一个劲儿地哭泣。

我坐在深夜的小九华街上，有些哽咽，抬头看见一片落叶从窗前飘过，如同我们不确定的未来。

老祖宗是智慧的，"塞翁失马，焉知非福"，绝对是对受伤者的一个很好的安慰。

那天之后，山仔又变回了刚刚入校时的山仔，又成为泡馆派的一员。基础本来就很棒的他，在之后的几年把学校里的奖学金拿到手软。

大学就是那么一个神奇的地方。四年的沉淀把一个山里来的懵懂的孩子锤炼成了一个懂事的青年，又使他逐渐褪去青涩、自卑，变得成熟和自信。

是王老师打通了他思想上的问题，寝室的兄弟们帮助他渡过了难关，最后救他的还是他自己。

大学毕业，山仔拿到了美国一所大学的全额奖学金。他临走前找到了我："老大，我想再约一次娟，想告诉她我去美国读书的事。"

我不知道如何回答他。我说："弘一法师曾经在《静心》里讲过一个舍得的故事，不知道你是否听过？"

他说："听过。可是，虽然我对她的心已经死了，但是，那股气儿一直还在，它一直激励着我这个山里的孩子不断进步。"

我说："你本来就很优秀，根本就不需要证明给谁看。你有你的生活,她有她的生活,既然不能走到一起,那就相忘于江湖吧。"

相识于心灵,相忘于江湖。

相识是青春的冲动,是最为单纯的爱之种子的萌发。相识的代价是时光。

相忘是岁月的堆积,是心灵相遇之后自然的瓜熟蒂落。相忘的代价是成熟。

然而,谁又能轻易将谁遗忘?正如有位作家所言:爱那么短,遗忘却那么长。

所以,我们只能用酒精治愈伤痛。一顿小九华街的酒,把该忘记的都忘记,把不愉快都留给昨天。

山仔去美国读书了,中间回国休假的时候,总是会来北京找我。他的成熟度和学历一样与日俱增,这是我乐意看到的样子,也是我内心对他最温暖的祝福。

博士毕业后,山仔回到了北京,现在是一个大学的副教授,事业有成,家庭美满。我们又同在一座城市呼吸着相同的空气,过着各自不同的生活。

我时常想起山仔关于"爱情阶级"的那个问题,随着经历的人和事越来越多,曾幻想以各种方式解读不安年岁的爱情,但始终都找不到确切的答案。

可能因为我们当时都还年轻,不知道除了所谓的爱情以外还有许多更为重要的东西。而爱情,只是生活中的一个部分。

可能因为大学的爱情,脱离现实但又无法超越现实。阶级也好,城乡也罢,现在看来都是确实存在的鸿沟。

可能因为我们不知道自己的未来在哪里,能够给予彼此什么，一切都充满了不确定性。

  不确定年代的爱情，看似单纯朴素，实则简单脆弱。这也许就是成长的定律，这也许就是成熟的代价。

04. 老幺的故事

"在物质文明的现代战场,我得到了一切却失去自己,再多的梦也填不满空虚,真情像煤渣化成了灰烬。家乡的人被矿坑淹没,失去了生命。都市的人被欲望淹没,却失去了灵魂……"每当我听到郑智化这首歌的时候,就一定会想到老幺。

老幺是第四个室友,一个含着金汤匙出生并长大的孩子。富裕的家庭赋予其无比的优越感,作为家中三代单传的唯一血脉被长辈宠爱有加。所以,他给人感觉有一种天生的傲气和高高在上的样子。

班里的同学说,老幺是看不起我们这些穷人的。还好我从不和这种人产生交集。

第一次听说老幺的故事是这样的:在新生军训期间,老幺就开始追一个中文系的女孩子,还没追上就试图强吻,结果把人家吓得哇哇大哭。那个女孩找了几个体育系的老乡,把老幺痛揍一通,老幺脸上的伤疤至今还未痊愈。

听完这个故事,几乎所有的同学都说打得好。

平心而论,老幺是才华横溢的。在学院迎新晚会上,他自弹自唱那首《恋恋风尘》,技惊四座。我要是个女孩子,估计都会爱上他——的歌。

他几乎不和班级里的同学往来,只和其他学院几个臭味相投的老乡在一起吃饭喝酒。这无形中增加了同学们对他的厌恶。

有一次,我一个人在寝室里看书。他问:"老大,狗子去哪里了?我找他有事。"

我瞥了他一眼,心想和谁说话呢!没有礼貌!于是我非常没有好气地告诉他:"不在,泡妞去了。"

这是我们之间第一次单独对话,冷冷清清、平平常常。

社会学基本原理说:阶级之间存在着偏见。也许我们之间存在着阶级差异,也许他的傲气根本就和我们天生格格不入。

老幺和大家的差别是城乡差别在个体身上的投射。正如鲁迅先生所说,太太们身上流下的是香汗,脚夫流的是臭汗,贾府的焦大是不会爱上林妹妹的。

老幺注定了和我们是两条平行线,在平面上永远不会相交。他的高大上,他的小傲娇,就犹如遥遥天边的孤星冷月,清辉而不胜寒。

而芸芸众生都在过着各自平凡的生活,偶尔开出美丽的花朵。你有你的傲娇,他有他的个性。一切都静如止水,一切又暗藏波涛。

事实上,所谓的阶级,所谓的区隔,都是内心的魔鬼。后来发生的一件事让我对老幺的看法慢慢地发生了变化。

周五的晚上,狗子喊了一帮狐朋狗友在小九华街吃饭,其中当然包括我。等我到了小九华街的时候,发现老幺也在。

年轻人吃饭常常是在酒杯轮转中进行的,其中伴随着吹牛皮,充满了荷尔蒙。

当大家喝得七荤八素的时候,坐在我对面的"裤衩"已经醉意上头,早就看不惯老幺的他今天逮到了机会。他对老幺说:"咱们班里的同学都说你很牛,是不是?"语气充满了挑衅。

老幺说:"谢谢狗子的邀请,今天才有机会和兄弟们一起吃饭。"

"裤衩"说:"谁是你兄弟啊?"

老幺说:"我一直当大家是兄弟。其实大家有点误会,我平时可能有点忙,和同学们在一起玩的机会少。再加上性格有点内向,没有能够充分和大家交流。"

"裤衩"噌地站了起来,倒了满满两杯白酒,每杯大约二两五的样子,说道:"你要是当我们是兄弟,你就把这杯酒喝了,我陪你。"

老幺没有说话,站起来端起酒杯一饮而尽。

"裤衩"当然也不含糊,一杯白酒眨眼不见。

我说:"是兄弟今晚就一醉方休,不是兄弟自我淘汰。"

那晚的美酒格外香醇。小九华街上的灯光摇曳得犹如调皮的孩子,所有的店铺都已经打烊,只有我们的笑声、呼喊声飘荡在寂静的夜里,如同青春在呐喊,如同热血在燃烧。

酒足饭饱,差不多所有的人都已喝醉。老幺更是已经吐了三次,回来的路上一直和我絮絮叨叨:"老大,你知道吗?这是我入学以来吃得最香的一顿饭,因为有你们,因为有这一帮同学。其实,我最想和你们一起玩了,怕你们不带我。其实,我真的不是你们想的那样……"

我说:"你醉了。"他说:"我没醉。"

醉与不醉,此时此刻都已不再重要。

那一晚没有所谓的阶级,人们对彼此的想象都在真诚的沟通中消解。

所谓的装酷、所谓的清高,都只不过是不成熟的我们在青春岁月中的自我展现。所谓的高调、所谓的格格不入,都只不过是个性在未被压抑之前的充分释放。

后来,我对老幺说:"你用一晚的真诚换来了一生的友情,没有小九华街的自我独白和喝醉后的絮絮叨叨,也就没有未来的兄弟友谊。"

自从小九华街那顿饭以后,老幺和大家的互动多了起来。在交往中大家逐渐发现,他也并不是如此讨厌。他也会笑,也会聊天,也懂得珍惜同学之间的感情。这足以证明,沟通交流多么重要,真正的沟通可以使误会慢慢消除,感情上产生共鸣。

未来的命运既不能操纵,也不能逃避,只能接受。正所谓天有不测风云,人有旦夕祸福,这句经典话语是几千年来中国人在面对大自然和未知世界时所形成的朴素观念。当然,同样适用于老幺。

有一段时间,大家发现老幺回寝室总是特别晚,每次回来都几乎喝醉,上课的时候也总是无精打采,一直趴在桌子上睡觉。要是搁在以前,肯定有人认为是他妞泡多了,生活腐烂了,有钱烧的,是纨绔子弟的必然结果。

自从他融入大家以后,我们把他当成了好友中的一员,来往也多了起来。可是,这次究竟发生了什么事情,他没有说,我们也不便于多问。

不久,班里传出风声,老幺当官的爸爸被抓了起来,妈妈也被带走,家也被搜查了,所有资金都被冻结。据说,他爸爸贪污数额巨大,不是死刑就是无期。

突如其来的变故一夜之间降临在这个少不更事的少年身上,就如同晴天霹雳让人始料未及,就如同一把重锤击碎了王子的美梦。

命运开了个大玩笑,他的人生从此要重新书写。

亲戚基本上都和他们家划清了界限,以前拍他爸爸马屁的人早已经消失不见。树倒猢狲散,墙倒众人推,是生活的常态。我们往往都喜欢锦上添花,而不是雪中送炭。

智慧的老祖先总结道:富时大家抬,穷时人人欺。这也可能是每个人都追求向上的原动力吧。

那个一直说爱他一辈子的女朋友也离开了,冠冕堂皇的理由是性格不合。这样的梗烂得不能再烂,但也证明了任何华丽的爱情在现实面前都不堪一击,所有的甜言蜜语都是多巴胺分泌旺盛时的附属产物。

老幺的世界一下坍塌。从有到无的时间太快,来不及思索和反应。他一时间根本无法接受这样的事实。但是,事情已经发生了,不接受也得接受。

一段时间内,老幺寡言少语,沉默无言地上课,沉默无言地吃饭,沉默无言地睡觉。以前那个他,再也不见。

我这个当老大的,不能眼看着他这样下去。一个周末的晚上,我约他到学校的荷塘边,聊聊最近的学习和生活。刚开始他几乎不言不语,后来话越来越多。

说起他们家庭的昔日荣光,现在的无人问津;说起他的过去和现在,以及要面对的不可预知的未来;说起男人和责任,担当和义务……

我如今还记得我对他说了这么一段话:"你家庭的事本来和你无关,但是有些事情需要由你来承受。我们都相信你的能力,相信你自己可以渡过目前的难关。需要兄弟们的时候,我们都一直在你身边。"

聊天结束的时候,本来还晴朗的天突然下起了阵雨。走进雨里,有阵阵凉意。

人生就如同这天气,刚刚还是万里无云,突然就阴云密布。无论什么样的人,当家庭所给予的一切被剥夺的时候,都必须学会面对风雨。

抬头看看天空,它是如此灰暗,有诸多沉重和压抑,就像我们不可预知的前途、遥远又模糊不清的未来。

一片落叶从头顶飞过,旋即飘落在脸上,湿冷冷的,刀子一样割着每个人的脸庞和心灵。

难道秋天即将到来?不知道这一切会不会即将过去?不知道明天会不会雨过天晴?

从男孩变成男人的路径至少有两种:失恋的痛彻心扉,或者家庭的突然变故。老幺属于两者都有,他必须尽快长大,承担起一个男人应有的责任。

那个不爱学习的老幺,突然爱上了教室,经常早出晚归。

那个衣来伸手、饭来张口的纨绔子弟,慢慢地学会了做家教,用自己力所能及的工作来养活自己。

只是大家偶尔发现,他似乎比以前更加忧郁。也许,他承载了很多原本不应该承载的东西;也许,这个变故的影响需要很久才能得以消弭。

期末考试结束,寒假即将到来,老幺决定留在学校打工,那是他从小到大第一次在外面过春节。

后来老幺说,一个人的春节十分孤单,听见噼里啪啦的鞭炮声和震耳欲聋的烟火声,感觉这个世界越来越遥远。

是啊,本应团圆的日子,却无法团圆,尤其是节日的气氛把人的心情无限放大。孤单是一群人的狂欢,狂欢是一个人的孤单。

但是我们都必须慢慢学会长大,学会忍受悲伤,学会忍受孤独寂寞,学会忍受苦难折磨。因为,前路漫漫,未来不可预知,而肩膀上的责任却越发沉重。

过了春节,考试成绩公布,老幺竟名列前茅,这对他来说是最好的回报。

不久,法院那边传来了消息,他爸爸因贪污受贿而被判处无期徒刑,妈妈因为没有参与重要犯罪,判有期徒刑一年。

老幺似乎已有心理准备,对这样的结果也默然接受。因为他明白,从此以后,要为这个家庭撑起一片天空。

转眼间大学四年飞逝,那个刚刚入学时不合群、不上自习、不够朋友、吊儿郎当的无知少年,已经变成了成熟、懂事、朋友众多、成绩优秀的青年。

时光机器把每一个人都打造成应有的样子。人们在奔跑中成长,在磨难中历练,在适者生存的社会中慢慢找到属于自己的生活。

生活有很多张面孔,它所预设的路线非我们所能掌控。我们能够掌控的只有自己的努力奋斗和一颗勇敢的心。

在哲学意义上,悲观地说,人生本来就是一个向死而生的过程,起点和终点之间就那么几十年,在时间长河之中微不足道。

而对乐观主义者来说,总有很多力量使我们快乐起来,个人的微观叙事对宏大世界无关紧要,但对个体而言,构成了日常生活的点滴,牵动着个体和家庭的神经。

从这些意义来说,老幺逐渐把自己的生活升华。

临近毕业了,老幺说要创业,要用自己的勤劳和智慧来支持家庭,给在狱中服刑的爸爸以希望,给备受煎熬的妈妈以安慰。

我们说,有困难的时候和兄弟们说一声,大家有钱的帮钱场,没钱的帮人场。言到此处,我分明看见有泪水盘旋在老幺的眼眶中。

十年之后,我和老幺在其生活的城市相聚。他已经成为小有名气的公司老板,脸上不再有当年忧郁的气息。

而他的微笑,一如当年我们分别时那样坚定和执着。

05. 豁达的二哥

二哥是出场较晚的人物,却是我心中最尊敬的"大哥"。

这么多年,二哥一直用一副气定神闲的样子告诉我们:生活本真的样子就是简约而不简单,无争无忧。

新生开学报到的时候,我发现下铺是一个和我年纪差不多的男生,看上去比一般刚刚脱离高中的学生大三四岁。

这个男孩微胖,但不失轻巧,有一种公子哥儿的气质,但充满淳厚。这个人就是老二,后来寝室的兄弟们都喊他二哥,年龄比我小33天。

二哥的爸爸是一名县级干部,对二哥宠爱备至,但要求并不失之于软、失之于宽。所以,他的成绩普普通通,但练得一手好字,尤其唱歌功力堪称一绝。

据说,第一次高考,二哥考取了一所大专学校,但觉得上学没有什么意思。于是,征得他老爸的同意后,他做起了生意——经营一家服装店。

二哥并不是特能吃苦的那种人,用他的话说,钱财都是浮云,生活自由才是本真。所以,在慢慢享受着生活的美好时光时,服装店的生意就慢慢地黄了。

难能可贵的是,盘点店铺的时候,二哥把没有卖出去的服装都捐给了贫困地区的人民。

开了两年店,体验了两年社会生活,二哥觉得社会上没有什么意思,于是回到高中复读,又一次参加了高考。这次,他考上了江城大学,成为我下铺的兄弟。这次,注定了一生一世的同学情谊。

二哥是一个相对缄默的男人,脸上一直挂着灿烂的笑容,话不多,但一开口金句频出。

军训期间,教官对班里的某个漂亮女生非常好,大家经常在私下里把此当作一个话题,尤其在踢正步累到不行的时候,常以调侃加羡慕嫉妒恨的语气说:"这个教官也太不讲究了,自己训练的女同学都敢撩,兔子还不吃窝边草呢。"

二哥接过话:"常吃窝边草,才能活得好!"

我和二哥是同龄人,所以比较聊得来。当狗子之流在校园里恋爱的时候,我们两个却在图书馆里和"颜如玉"相会。

我看专业方面的书,二哥看诸如《青年文摘》《知音》等心灵鸡汤的书,并且还做读书笔记。

我问:"二哥,看这类书为什么还做笔记?"

二哥说:"再好的脑袋也不如烂笔头!"

我们一起去图书馆,他往往中途离开,在离开的时候偶尔还递给我一张纸条,有一次上面写着:"你斜对面左边数第三排的那个女生非常漂亮!"

我从左到右、从右到左看了几遍,才发现纸条上的那个女生。后来,那个女生几乎成为我的初恋,她就是后文要提及的江小楠。

二哥有自己的价值观,对生活的理解类似于社会学意义上的解构——把生活分割成自己想要的样子,并始终以微笑面对。

我问他:"读大学和卖服装,你更喜欢哪一个?"

他回答:"读大学是一种炼狱,是自己和自己对话,在纯净中发现自我和他人。卖服装是一种实践,是自己和社会对话,在现实中体验现实。二者之间没有巨大差别,唯一的差别在于怎么去面对它。"

他问我一个类似的问题:"你从前在深圳打工和现在读书,更喜欢哪一个?"

我说:"深圳的那段经历是我人生最重要的宝贵财富之一,它馈赠我的东西比我付出的更多。现在读书也是一段宝贵经历,是我们这些农村出来的孩子的一个梦想,这梦想不是属于一个人的,是一个家庭甚至整个家族的希望。"

他云淡风轻,我略有沉重。这一切都和经历有关,也深深地体现了家庭、出身、财富等先天的与生俱来的烙印。不同的人生轨迹和发展路径都不同程度地生产和再生产着每一个人。每个人都按着自己的生活轨迹前行,或绚烂,或平淡。每个人的青春都注定是一篇与众不同的华章。

那个时候,114寝室的六个兄弟中,有四个穷鬼。而狗子和二哥却是所谓的"有钱人"。

狗子的钱大部分都用在了请女孩子看电影、吃饭、买鲜花、买化妆品等上面,所以,每到月底也是寅吃卯粮。

二哥的钱一部分自己用,一部分借给了我们这些穷鬼。

学校每月补助30元的伙食费,几乎够一个星期的花销。一个星期过后,就要吃自己的本钱。我们这几个人,每到月末的时候,学校的补助和家里给的一点饭钱早已吃光,这个时候就找到了二哥。

"二哥,借我们点钱吃饭呗,月初发了补助就还你。"这是大家统一的语言。

二哥大都说:"你们这些小浑蛋,就知道又要来这套。"完了就把钱发给大家。

其中,二哥最乐意把钱借给我。一是我们两个关系本来就好;二是我偶尔有点稿费;三是我每到学期结束的时候都拿奖学金,能够及时还钱。

十几年前,我的生活费每月80块。早上喝一碗粥,中午吃一碗面条,晚上又是一碗粥或面条。8毛钱一碗的面条,做法极其简单:在一个沸腾的大锅里煮挂面,我们把各自的饭缸放在打饭窗口前,食堂师傅往饭缸里倒一勺开水,然后放点盐、醋、葱花,面煮熟以后直接倒在饭缸里就算完成了全部工序。

现在大学生吃饭已经不再用自己的缸子,而是用整齐划一的定制餐盘。这既是学校管理的进步,更是经济社会快速发展的结果。每当想起这个情景,我的鼻子有一点点酸楚,心中却存有更多的幸福回味。酸楚的是过往的生活是那样贫乏,幸福的是那样的日子里我们仍然没头没脑地开心。

二哥的济贫行动成为友谊的美好见证。

依稀记得,从江城去另外一座城市H市的火车票是22元,旧式的绿皮车,在高铁、动车长龙般穿梭的今天已经不多见。22元的车票钱,对我来说就是天文数字。

我要去H市参加面试,口袋里就只有3.6元。二哥那个月把钱借给兄弟们后,自己手头也比较紧张。他把钱包里的100块钱全给了我,说这些钱够我来回路费和简单的饭钱。

据说,后来二哥吃了几天的馒头加咸菜。写到此处,我的眼泪不争气地悄悄滑落。

二哥用他的方式演绎着另一种大学生活——非紧张的、悠闲的大学生活。我们是在挣扎,他是在品味。

当我们厮杀在图书馆的时候,他在寝室里悠闲地练着书法——庞中华的钢笔字,也许90后、00后已经不太记得这个名字,可是在当年,他的字就像颜真卿的毛笔字那样,端庄雄伟、气势开张,至今还影响着众多书法爱好者。

二哥用慢悠悠的时光雕刻着本来就慢悠悠的性格,慢生活成为他的标志。

我有时候,或者说我一直都羡慕他的这种从容不迫。对于我这种急性子的人来说,的确应该学学书法、练练太极、细细品茶,可是那种田园诗般带着浪漫情怀的生活我实在享受不来。

只有到即将期末考试的时候,二哥才收起气定神闲,假装忙碌起来。

"老大,根据老师划定的考试范围,把相关题目的答案整理出来,给我copy(复制)一份。"

我会非常认真地思考老师划定考试范围内的每一道题目,然后完整地把答案做出来,从而成为班级里标准的手抄本。那个时候没有版权意识和经济头脑,如果复印一份收10元钱的话,我也许早已过上了小康生活。

二哥把我编纂的所谓标准答案手抄本带着,不紧不慢地去教室看几个晚上,考试居然顺利通过,而且次次如此。

知识不是他所酷爱的,他却用一种独特的视角看待知识,并从中吸取营养。当我们学会了以后可能再也用不到的知识时,他却学会了如何思考的技能。

在别人看来,二哥唯一遗憾的,可能是在大学里没有谈过恋爱。

那个时候,隔壁班有个女生非常喜欢二哥,经常约他吃饭、看电影。起初,他总是拒绝,后来经过兄弟们的多次牵线搭桥,两个寝室的人一起吃了几顿饭后,大家逐渐熟悉起来,二哥才接受那个女孩的邀约。

不知道出于什么原因,后来两个人也没有进一步发展。这成为114寝室最大的一个爱情悬案。

多年以后,当我们试图揭开这个谜底的时候,二哥的心扉依然没能敞开。他依然用自己的悠闲节拍诠释着自己的生活逻辑。

唯物辩证法在生活两端延展,一端开拓世界,一端终结过去。在无尽的两端之间,人作为一个渺小的存在,既可傲视万物,亦可瞬间成为沙砾。

四年时间白驹过隙。二哥用书法、借钱、慢的生活,描绘出自己大学生活清晰的图景。

一切都是那么漫不经心,一切都从指尖上滑过,洞见时光无情、人生易逝。世界万物皆在变化,而以不变应万变成为应对这个世界最好不过的方式,这是最简单、最古老也最人性的哲学。

我曾经试图比较过二哥和"裤衩"两个人的生活状态和精神世界。总体来说,二哥的慢是从容,"裤衩"的慢是平静;二哥的慢是解构,"裤衩"的慢是消极;二哥的内心是乐观和积极向上的,

"裤衩"的内心是悲观与随遇而安的。

当我们或匆匆忙忙准备考研的时候,或紧紧张张忙于找工作的时候,当我们日夜策划自己的未来而根本不知道未来是什么样子的时候,二哥依然漫不经心地浮游于校园。

有一天,我找到他说:"二哥,你对未来有什么打算?"

二哥说:"山人自有妙计。"

我说:"怎么和'裤衩'的话如出一辙?妙计锦囊在你脑海里?"

他像个孩子一样朝我笑了笑,说:"然也!"

我说:"什么时候打开锦囊?"

他说:"毕业散伙饭时。"

于是,我一直期待那顿饭,那顿含笑带泪的青春散场。我们本以为已经做好了充分准备,可当它到来的时候,依然惊慌失措,甚至始料未及。

在吃散伙饭的那个晚上,我们用烈酒把四年的悲欢离合祭奠,把四年的一切过往珍藏,把一生的美丽美好期待。

当我端起最后一杯酒时,时针已指向午夜 12 点。天上点点星光记下了最初的誓言,夜晚把我们的思绪拉得无边无际。

我和二哥坐在操场上,喝了酒的他即便让激情在血液里燃烧,热烈也没有写在脸上。

我和他在操场上一直坐到天亮,太阳从地平线上缓缓升起的时候,四年的青春将于今天定格,大家纷纷登上不同的列车,驶向不同的人生征途。

二哥离开学校的时候,依然是那么潇洒。他和我们一一拥抱,握手道别,然后钻进了前来接他的汽车快速离去。我们的伤感还没有开始,他的悠然就已经及时防御,和我拥抱的刹那,我看见泪珠在他的眼眶里打转,然而却没有掉落。

毕业前几年,我还有二哥的消息。因为忙于工作和生活,大家的联系渐渐地减少,直至几乎没有联系。

毕业十年聚会的时候,没有看见二哥。在江城的那天晚上,我只有依靠烈酒和回忆把过去慢慢拼凑起来,把想念化解为蓝天白云的飘逸。

不知道二哥现在过得怎么样,服装厂是不是生意兴隆?山区的孩子是不是有人穿到了他的衣服?

不知道二哥现在过得怎么样,在纷繁复杂的社会中,在人心各异的交往里,二哥是否还可以用他的看似漫不经心,实则认真小心的世界观来解读变化万千的人性?

至今,我还记得他豁达的样子。

至今,我还学不会用潇洒自如来应对纷繁芜杂的人生百态。

至今,我还一直把我们的友谊当成生活的动力。就如同我们第一次在江城相遇的那天,二哥用坚定的眼神告诉我,一切复杂的东西终将归于简单,一切喧哗终将归于平静。

至今,我还一直把和二哥见面当成一个愿望。愿相聚那天,把酒言欢、洗尽铅华;愿相聚那天,月圆星稀、凉风习习。

06. 老大的自述

我就是114寝室的老大,曾经年轻、现在是中青年的一个男人。

我之所以被称为老大,一是因为长相较老,20岁的年龄,30岁的心灵,40岁的脸庞,用网络语言表达就是"长得比较着急",那是故乡风沙大、日照多的结果。二是因为年龄较大,上大学的时候已经22岁,几乎比同班同学大了一届。

我出生于中国中部省份所辖的农村地区,一个带着土地芳香的平原村落。从记事起,老人们就传说,我们祖祖辈辈在这片土地上繁衍生息了千百年,用热血和汗水浇灌着这片土地,而土地馈赠给我们粮食以及无穷的力量。

直到改革开放前,这个村子和中国其他千千万万个名不见经传的农村一样,虽贫穷和落后,但朴素和温暖。

改革开放以后,人们的生活渐渐有了起色。这里既没有矿山石油资源,也没有河流渔业特产,于是越来越多的人和土地"断奶",走上了出去打工的道路。

与此同时,更多的孩子走进学校,企图用知识改变命运,用苦读改换门庭。

我就是这么多孩子中的一个。我小时候非常调皮,是村子里有名的捣蛋鬼:曾经点过西家的柴火垛,幸亏没有酿成大祸;曾经带着邻居的小伙伴戳马蜂窝,那个熊孩子被蜇得眼睛睁不开,我却跑了,回家被母亲狠狠训了一顿;曾经打过村支书家的恶公子,让他的小贼胆不再日益膨胀。

我从小就比较胆大,10岁左右的时候,一个风雨交加、伸手不见五指的夜晚,独自一人在距离家一公里多的小河里用渔网堵鱼,而小河旁边就是令人闻风丧胆的坟地。

故乡有我无比欢乐的童年时光。不像现在城市里的孩子,从小就被家长寄予厚望,上各种各样的辅导班,并美其名曰"不能输在起跑线上"。

就这样,在落后和幸福中,在贫穷和快乐中,在世态炎凉和家庭温暖的交织下,我一路跌跌撞撞,从小学读到了高中。对于我们来说,读到高中就意味着距离大学之门还差高考临门一脚,还差最后一公里。

高考结束,我考上了西南地区的一所大学。本以为这会是一个美好的开始,没有料到却是人生的第一个重要选择。

高考之前,妹妹以非常优异的成绩考取了县城一中。一中也是我读书的地方,属于全省重点高中,2017年本科升学率达到了85%。

当我将录取通知书交给被沉重生活压弯了腰的父亲时,他非常高兴,一个劲儿地说:"太好了,太好了!真是太争气了!"继而陷入了长时间的沉默。

他在房间里来回踱步,一根烟接着一根烟地抽,屋里弥漫的香烟味道如同生活的苦涩。

我们两兄妹上学的费用,早已把家里为数不多的积蓄消耗殆尽,本不富裕的家庭已经是债台高筑。

现在,录取通知书上学费每年2700元、住宿费每年1200元的枯燥的阿拉伯数字,深深地刺痛着父亲的眼睛。

开学前的几周时间,父亲把能卖的东西全卖了出去,并早出晚归地去亲戚朋友家借钱。

在贫困落后的中国农村,贫穷的机制是代代相传、恶性循环的。大多数农村人都知道要摆脱贫穷基本只有两条路可走:一是升学,二是参军。但这两条路绝对都不是坦途。

在农村地区,同时存在一个残酷的现实:穷人的亲戚朋友往往是穷人,和富人交往即为高攀,容易不受待见;而富人大都眼光向上、大腿向前。所以,在大多数农村人看来,贫穷是可怕的,而心理的贫穷更为可怕。

父亲东跑西颠,对他是一种折磨,对我更是一种折磨。于是,在没有和任何人商量的情况下,我擅自做了人生的第一个重要选择——把录取通知书付之一炬。在微弱的火光中,我仿佛看见自己残破不堪的人生。

选择是一件痛苦的事情,也是生活的常态。而一个重要的选择可以影响一生。

父亲得知此事后,欲言又止,几乎没有打过孩子的他,狠狠地给我一巴掌,打在我的身上,疼在他的心里。

我放弃上学了!苦读了十一年的学生生涯就此结束。

我要去挣钱,要和父母一起来支撑这个家庭,支持妹妹考上大学、出人头地。我乘着南下的列车,到一个名叫深圳的陌生地方去打工了。我现在还清晰记得,列车开动的刹那,我的泪水夺眶而出。

即将和家乡再见,即将和校园青春决裂。从此,我将成为一个社会人;从此,学校和同学皆是路人。

深圳是座炎热的南方城市,尤其在夏天,早晨和晚上一样火热。这是我对这个城市的第一印象。

经老乡介绍,我在一家建筑工地跟着一个老师傅学开搅拌机,并负责沙子、石子的筛分工作。

这个老师傅姓陈,江苏徐州人,老实本分且非常勤劳,后来这个人几乎改变了我的一生。

在建筑工地上干活有几个特点:一是大多是体力活,非常非常累;二是工作时间比较长,到了赶工的时候,几乎每天都加班到九十点甚至通宵;三是伙食比较差,包工头为了节省成本,天天给大伙儿吃馒头咸菜、白菜米饭,一周难得吃一次肉。

我虽然在家里也干过农活,但和现在的活计截然不同,每天都累得腰酸背痛。半个月下来,手上血泡不断,脸也被晒得黝黑黝黑。

有几次我产生不干了甚至逃跑的念头,但是家庭的情况一次次告诉我必须忍受。这就是现实,比什么都残忍的现实,带血带泪;这就是人生,生下来就要面对的苦难人生。

大约过了三个月时间,我已基本掌握了建筑工地上大部分的机械活计,渐渐地能够自己承担一些任务。

建筑工地工资有两种发放方式:一种是一月一结,遇见好的包工头往往是这种做法;一种是一年一结,平时如果急需用钱可以提前支取,这种结算方法存在很大的风险,如果包工头赖账或跑路,就有苦说不出了。

而我们恰恰就遇到了这样的社会渣滓!

即将年终的时候,我们本以为可以拿到一笔钱寄回家里,可是公司工程款下拨后,负责我们的那个无良的包工头却携款跑路了!我们十几号人几乎没拿到什么钱,半年几乎算白干了。

社会的险恶、人心的复杂,往往比我们想象中的更甚。在社会上,良莠不齐的各色人等构成了繁杂的生态圈,遇见了善良的人是一种小幸运,倘若遇见了小人,甚至坏人,就是踩到了狗屎。

陈师傅回家过年了,我几乎没挣到钱,回家的打算就泡了汤。大年三十,我人生第一次在外过春节,孤苦伶仃,无依无靠。熙熙攘攘的人流中,没有一个熟悉的身影;冰冷的城市,让我感受不到任何的温暖;天边摇曳的烟火,仿佛把人撕裂。

我拎着一瓶白酒、几袋熟食和榨菜,跑到大南山上,一边喝酒,一边痛哭。面对北方的家乡,面对家里的父母,长跪不起。

我相当煎熬地度过了春节,那种感觉让我刻骨铭心。

春节结束,正月十五过后,陈师傅回到了深圳。我们换了一个工地,还是干一样的事情。好在这个社会还是好人居多,不是每个包工头都那么黑心,这个工地承诺工资一月一结,绝不拖欠。

我终于拿到了第一个月的工资,整整800元人民币。这一刻,我差一点哭出来,这是我人生中赚的第一笔钱,而且从来没有见过这么多现金。

我给陈师傅买了一条价值30元的白沙香烟,自己留了70元,其余的700元都寄回到家里。

第一次到邮局寄钱,第一次见到银行汇款单,第一次反哺家人。这个时候,我心里非常高兴,我明白钱对于贫穷家庭来说多么重要。

一切都走上了正轨,体力密集型的建筑行业内,集聚了中国最底层的老百姓,他们为了幸福或者即将到来的幸福而不辞辛苦地努力着,试图通过奋斗来改变自己甚至下一代的命运。

他们是这个世界上最为勤劳的人群之一,起早贪黑,风吹日晒,雨淋霜打,辛苦劳作。他们特别讲义气,虽然来自五湖四海,但一般都有着中国农民的朴实善良,当然也有经历世事的些许狡黠。

我们经常在一起喝酒,聊各自的家庭和家乡,聊开心的往事、伤心的经历和最近刚出的各种八卦。

我们经常在一起打牌、一起吹牛,以乐观主义的态度度过夏天的炎热、冬天的寒冷以及无数个难熬的辛苦日子。

我们一起去民族之窗、欢乐谷、野生动物园,一般都是在外面拍拍照,却很少进去游览过。

偶尔路过新华书店,我看见那些带着书香的图书时,就有一种东西隐隐地刺痛我的心灵。每当此时,我就加快脚步,试图以逃避的心态来面对无法继续读书的现实。

如此这般的日子眨眼间过了三年。如果生活一直沿着这条直线行进,倒也不错,也就不会再有之后我的江城故事。

在工地上第三年的夏天,深圳下了一场特大暴雨。那天我因收拾建材和机器,被大雨浇透,第二天就发起了高烧。

我从小就有个毛病,一发高烧就几天不退,必须输液才能退烧。这次更厉害,我在工地上睡了几天,退烧药丝毫不起作用。

陈师傅见我烧得实在不行了,就带我去附近的小诊所输了三天液。那几天,陈师傅一直照顾我,等我好彻底的时候,他竟瘦了几斤。

过了不久,陈师傅找我聊了一次天。

"小子,你发烧的时候,有一天你说了好几遍梦话。"

"师傅,我没说什么过分的话吧?"

"你一直说'我要读大学,我要读大学'。"

听到这句话,我几乎控制不了自己的眼泪。我故作镇定地深呼吸了几下,说:"可能烧糊涂了,没有什么,没有什么。"

陈师傅说:"小子,你有什么心事我不知道。可是,我这个大老粗认为,能读书的话还是读书最好,不然一辈子都难有出息。"

这些话一下子就戳痛了我的神经,仿佛击中了我最为要害的部位。这是我不愿提及的往事。

我狠狠地抽了一口烟,笑笑说:"读书早是过去时了,我现在很满足,跟着您一起干就很好。"

话虽这么说,可是陈师傅的话唤醒了我内心深处的东西,让我重新审视这三年的所有时光。

三年期间,我只回家两次,为的是省一点路费,也为了不想看见跟我同龄的同学们,尤其是那几个好朋友,他们都已经上大三了。

一次是家里不停地打我电话,说必须回来。我问什么事,父亲母亲都说是想我了,到家的时候,才知道是二姨给介绍了一个对象。

我明白父母的良苦用心。农村的孩子,大都十七八岁就订婚了,结婚生子、传宗接代仍然是现代中国农村社会的头等大事。尤其是在目前男多女少、彩礼繁重的情况下,如果不早点定亲结婚,很可能就会打光棍儿。

我没有辜负家长的心意,和那个女孩见了面。回来之后我告诉父母,我们两个谈不来,不太合适。其实,我根本就没有早早结婚的想法,因为在内心深处,读大学才是我真正的梦想。

另外一次回家是在妹妹考上大学的时候。经过三年的奋斗,她没有辜负我们,如愿考上了北京的一所重点大学。她念大学不会有太多的经济压力了,我赚的钱足够她大学四年的学费和生活费。

和陈师傅聊完的那一晚,我辗转反侧。

第二天一早,陈师傅见我满眼通红,问道:"小子,感冒还没有好吗?"

我说:"不是,您昨天说的话,我想了整整一夜,也想明白了。可能,还是要继续读书,不然我一辈子也不甘心。"

陈师傅笑了笑,拍了拍我的肩膀。

应该回去了——继续读书!

在回家之前,我走遍曾经待过的工地,有的早已是高楼大厦,门前绿草如茵,有的还在装修,有的刚刚垒砖砌墙。它们就如同人生:过去、现在和未来。

临走前,我请陈师傅和几个工友喝了一顿酒,感谢他们几年来的照顾和帮助。尤其是陈师傅,多次暗示、引导我重返校园,他就像一个家长一样。

那顿酒,我们都喝多了。他们说:"小子,回去一定要好好学习,那样才能出人头地,考上大学了,别忘记我们这些朋友。"

我说:"谢谢各位对我的帮助,我一定不会忘记你们,我一定会好好学习,有了好消息一定会告诉你们。"

那一晚的满天繁星,就如同家乡的明灯,勾起外地游子们的思念;那一晚工地飘香,就如同回家过年之时,既有欢喜也有泪水。大排档里传来那首《春天里》——春天已经到来,夏天还会远吗?

第二天我一大早爬起来去赶火车。工友们前来道别,看到一张张熟悉的脸庞,我实在依依不舍。陈师傅坚持送到火车站,我拗不过,只好从命。

深圳站广场上,在即将进入候车大厅的刹那,我再也控制不了自己,泪水夺眶而出,紧紧抱住陈师傅这个如父如友的坚强男人。他用厚实的双手拍了拍我的肩膀,那既是鼓励也是鞭策。

进了检票口,回头看见陈师傅拼命地招手,我也拼命地向他挥手。陈师傅几步一回头,几步一招手,他那承载了岁月重量的背影非常结实,但也略显沉重。我一直看到他的身影消失在茫茫人海,再也不见。

火车缓缓开动,它的轰鸣声犹如在诉说着自己的故事。列车撞击铁轨的声音,轰轰隆隆,一如叹息曾经走过的路程、经过的岁月。

再见了,深圳!再见了,工友们!再见了,三年的青春!

回到了魂牵梦绕的家乡,我近乡情更怯。我明白,此次回去,只能朝前走,没有任何退路。到了家里,一切如旧。只是父母的白发比以前更多,显得更为苍老。

在老屋西北角一个老旧的衣柜中,我把去深圳之前小心翼翼放好的高考资料拿了出来。它们安全地在这里躺了三年,至今仍散发着淡淡的书香。

人和人久别重逢,可能会感到惊喜,有很多的话想倾诉;人和物许久不见,再见时,可能会有一种失而复得的满足。对于爱书的人来说,对于渴望读书的人来说,还有什么感觉比与书重逢更好的呢?

三年之后我再次回到县城一中,此情此景虽然熟悉,却已物是人非。

我在一中旁边的柳荫新村租了一间15平方米的小屋,租金是30元一个月。几年之后,因为轰轰烈烈的城市扩张,整个柳荫新村都被拆除,变成了热闹非凡的购物城。

复读班的生活是枯燥无味的,以高考为导向的应试教育把人都变成高考机器上的一颗螺丝钉,必须快速运转,否则就会被甩出机器。

我离开学校几年,刚开始还不太适应学习的节奏。当时所学的内容已经有了很大的变动,几年不接触书本,我和学校有了一点距离感。有时候听课注意力不集中,有时候看着书就想打瞌睡。

好在我明白此次复读对我意味着什么,每当心不在焉的时候,都会提醒自己、鞭策自己。班主任龚老师也对我照顾有加,他三年之前就是我的老师,这次我回来之后,他更是给了我莫大的鼓励和帮助。

现在想来,龚老师做的对我帮助最大的一件事情,就是安排班上成绩优秀的女同学安可和我坐在一起,目的是帮助我迅速提高成绩。

安可简直就是一部活的百科全书,学习上的所有疑难杂症对她来说都是小菜一碟,我花了一天时间都搞不定的圆锥曲线,在她那里几分钟就迎刃而解。

在一个漂亮女学霸的帮助下,谁的成绩还能不提高呢?

高考终于到来了,一切都似曾相识。几年前我同样坐在高考教室里,和千千万万个学子一样,挤上一座拥挤的独木桥,费了九牛二虎之力挤过了桥,却没有向前走,半途而废。

三天高考、分数预估、填写志愿,第二次参加高考的我已经是轻车熟路。

所有的程序都走完以后,就等着学校录取信息了。一天,我在家干农活的时候,收到了学校的通知书。

我骑着自行车飞一般地冲向学校,从班主任龚老师手中接过江城大学录取通知书的时候,我差点泪奔。

这是几年的收获,它以一种直接的方式解开了藏在我心里几年的疙瘩,几年来的风雨、所有的努力都获得了原谅和尊重。

我立刻给家里的父母打了个电话,告诉他们我被录取的消息。这次父母非常高兴,我仿佛看见他们因为生活奔波而苍老的脸庞上露出久违的微笑。

第二个电话打给了远在深圳的陈师傅,电话那头传来陈师傅熟悉的声音:"小子,就知道你行!啥时候来深圳,我们请你喝庆祝酒。"

我骑着自行车,吹着轻快的口哨,风一般穿越县城的大街小巷。虽不是"春风得意马蹄疾,一日看尽长安花"的狂喜,但是"天生我材必有用,千金散尽还复来"的快意。

七月流金,八月似火。八月的县城却显得那么清爽,树荫蔓延,如沙漏把阳光筛碎,婆娑如春,岁月悠长。

江城,我来了。

大学本应该是我四年前来的地方。三年打工生涯、一年复读生活,四年的光阴把青春岁月拉长,有些人、有些事早已随风而去。

我比同班级的同学大四岁,再加上黝黑的皮肤,看上去更显年龄大。所以,不知道是谁第一次喊起了"老大"这个称号,可能是狗子,也有可能是老么。从此,我就成了"老大"。

大学四年中,这个称谓对我来说,起初是一种称号,后来逐渐成为一种符号,再后来成为一种责任。这种责任源于年龄,源于生活,源于青春本身就有的一种张力。

是家庭生活的磨难让我早早懂事,早早经历人间冷暖、世态炎凉。其实,这个温暖、多彩的世界总有那么一点残酷和缺憾。

在深圳几年的经历,把我从一个少年变成了青年。生活注我以现实、以血肉、以力量,我注生活以热爱、以真实、以绵延。

大学把我的青春切割,断为故乡、深圳、江城、后江城时代几个篇章。故乡为楔子,记载了十八年的成长历程;深圳为起笔,一撇一捺记载人生的艰辛;江城为正章,四年跌宕起伏的生活给了我无限能量;后江城时代才是真正社会生活的开始。

在此过程中,本我、自我、超我或交织出现,或融为一体,从不同角度诠释着"我"这个主体的主观属性和客观现实。

"老大"把我的生活连线,接续过去、现在和将来,并赋予感情和真意。

在夜深人静的时候,我常常想起深圳的工地,想起那年的大雨,想起善良勤劳的陈师傅。

现在,每当我经过建筑工地的时候,都会驻足一下,环视一下在此工作和生活的人们。尤其是看到十七八岁的孩子们时,心头都会有一种悸动。

我也常常想起那些喊我老大的兄弟姐妹,在青春记忆的江河中,我们都是曾经的朵朵浪花。

感谢生活,它本身给予的东西已经很多。只有领略它、体会它、珍惜它,我们才会在与生活的对话中找到正确的频率。

感谢那些真情的人,在无情的现实中让我们有情地活着,用一颗不孤独、不抛弃的心来对抗世界。

当我坐在江城大学附近的饭馆里回想这些事情的时候,回忆被一个清脆的声音打断:"先生,您要的扳倒井。"

我端起酒杯,点燃一支香烟,在烈酒和烟雾中,仿佛看见所有的过往,所有的流年似水。

江城正传：青春，我们之间隔着一座江城

01. 第一眼江城

我的江城生活追溯到那所大学校园的7号楼114寝室,一个名曰"地狱煤厂"却带着我无限记忆和眷恋的地方。大学四年我流连于此地,两点一线接起1440多个日日夜夜,成为生命历程中非常重要的一段时光。

那年,是我生命中难以忘记的一个年份。经过三年打工生活的折磨历练、一年的辛苦复读和三天高考的艰难奋战,我终于拿到了江城大学的录取通知书。

江城大学是一座带着厚重历史和人文情怀的现代化大学,具有近百年的历史,坐落在美丽的长江之城——江城的市中心。

我坐上南下的火车,驶向青春岁月的中转站,从此用一种崭新的生活方式诠释不能忘记的日子。

到达江城时已经是晨阳初升。我下了火车,坐上轮船,第一次看见长江,滔滔江水在阳光的照耀下泛起点点粼光,很是壮观浩荡。这个地方后来成为我记忆中的一个重要的烙印,它倾听了青春岁月的激荡并给予回声和共鸣。

江城大学校园风景的漂亮大大出乎我的意料。学校依山傍水,前有镜湖,背靠红山,风景别致优雅,有高大的梧桐,有漂亮的松树,还有古色古香的建筑。这是我对学校的第一个印象。

我到了一个陌生的地方,来不及品味它的内涵,有很多事情要做。办完了所有的入学手续,买好了日常用品,已经是华灯初上。

第二天吃完早餐,我在寝室里挂蚊帐、整理床铺的时候,听到背后有人喊:"一鹏,你好。江城大学欢迎你!"

我立刻停止了手中的铺床单动作,回头一看,一个漂亮的女孩站在寝室中间。我立刻有点蒙,因为初到江城,根本一个人也不认识。随即,那个女孩介绍道:"我叫王婉莹,是你们的辅导员,负责班级的日常管理工作。"

我立刻从上铺跳了下来,非常不好意思地说:"老师好。"

当时,我还不知道辅导员是什么意思。后来,我逐渐地了解到,辅导员主要负责学生们的思想政治工作和日常管理工作,像是班主任的角色。

据说,王老师是今年系里的优秀硕士毕业生,刚刚留校工作。从年龄上看,应该比我大三四岁,比我们班大多数同学大七八岁的样子。从外貌上看,仿佛是一位温婉可人的大姐姐。后来,同学们发现,这位大姐姐在温柔背后也有严厉的一面。

她来的目的是想让我在军训期间担任副排长,协助江城武警三中队派来的作为排长的武警完成军训相关工作,军训结束后考虑让我当班长。

高三复读时,我在班级担任班长,组织能力和沟通能力还不错。同时,我也是江大当年2000名新生中几十个市级以上的优秀学生干部之一。所以从简历上看,她觉得我可能适合做这个班级的暂时领导者。

王老师亲顾茅庐并说出了她的初步想法,我欣然答应了。

接下来就是紧张又快乐的军训日子。用教官的话说,军训是大学的第一堂课。我现在认为这句话可能存在着两层含义:第一,军训是从高中到大学生活的过渡,个体将完成从高中生到大学生角色的转变;第二,在此期间要慢慢感受和适应学校和同学,彼此留下的第一印象将对大学生活产生影响。

的确如此。军训的第一个星期,我们在从高中向大学生活的转变中度过。每一个刚来的同学,都对大学生活充满了好奇,也带着高考结束后的轻松心理。

我的宿舍7号楼114寝室按计划应该住本班六位同学和计算机系的四个学生,属于混合寝室。计算机系的四个学生中一个是江城本地的,不在寝室住,另外三个都是外地的。也就是说,我们寝室住九个人。

相对来说,他们三个是一个小团体,我们六个是一个小团体。由于他们三人不喜欢打扫卫生,大家经常为了一些鸡毛蒜皮的事情发生争吵。再加上寝室位于一楼,江城又经常下雨,所以寝室里总是湿漉漉的。几个原因加在一起,我给寝室取了个名字"地狱煤厂"。

事实证明,7号楼114寝室成为大学四年期间江大最为有名的寝室。

我那五个室友大家都已经非常熟悉:狗子、"裤衩"、山仔、老幺和二哥。

我们六个住在一个寝室,算是绝好的搭配。二哥和我,狗子和"裤衩",山仔和老幺,两两组合。现在看来,这种关系是非常稳定的,到现在为止,我们几乎还是维持这样的关系。当然,六人之间的关系也一直都不错。

这种关系的初步形成,让我想起社会心理学中的"首因效应",也就是所谓的第一印象。住在一个寝室,第一感觉是最重要的,为人处世、待人接物的方式等都使得刚刚认识的朋友结合成不同的小团体。

我们哥儿六个是这个班级中普通的存在,但有着各自的故事。六个热血青年用最好的青春年华谱写了晶莹绚烂的难忘岁月。

关于我们六人的记忆的第一幕是那年中秋节前的情人坡。军训不到两个星期,就赶上了传统的中秋佳节。为增加节日气氛和促进彼此了解,班级第一次举行集体活动,主题是月光下的烛光晚会。

那天,大家围成一个圈坐下来,天上的月光和红红的烛光交相辉映,把离家学子的脸庞照得既清晰又朦胧。

王老师让同学们重新介绍一下自己,因为在军训期间,除了和同一寝室的同学有交流外,和其他人几乎没有接触机会,甚至很多人的名字我都叫不上来。

那年的中秋月亮格外圆。晚会气氛也很热烈,学生们不遗余力地表演才艺,展示自己的风采。

时隔多年,许多场景我已经忘却,但是狗子演唱孟庭苇那首《风中有朵雨做的云》的情形还历历在目,因为男生唱女生的歌曲本来就是很有意思的事情,再加上他大部分唱跑调了,让大家乐得前仰后合。

但是,狗子的这次展示在王老师的心目中留下了很深刻的印象,为他后来替代我当班长埋下了伏笔。

这是我离开深圳后,又一次在远离家乡的地方过中秋节。

这年的月亮不带任何世俗的光芒,如同我心;这年的月亮照亮了青春苍白的纸张,点缀了我 22 岁的记忆。

02. 军训进行时

军训这段时间,我做得最多的事情就是写信。当时,还没有发达的网络和普及的移动通信设备,书信交流是最直接也最温情的方式。

现在想来,不停写信的原因可能有两个:一是刚刚离开高中生活,进入一个陌生的环境,没有自己的生活圈子和朋友圈子,通过写信的方式向朋友和家人说说自己的现状,从而缓解对家的思念和一个人在外的无助;二是和高中同学交流一下各个学校不同的生活,从而为自己的大学生活提供一种参照。

不到半个月的时间,我分别收到和寄出了十几封信。在刚开学这一段最难熬的时光中,写信成为我的精神安慰,我几乎每天都在写信和等信中度过。

大学四年下来,我收到了200多封信,当然也发出了几乎同样数量的信。在这些信件里,承载了太多的青春回忆,也记录下了成长的足迹。很多人、很多事情到现在已经记忆模糊,而这些信件的存在留给我一些提示。可惜的是,后来发生了一点小意外,信件几乎都被烧毁。

现在已经很少有人写信了。社会越来越发达,心越来越浮躁。逐渐地,我们以一种自诩为现代的方式告别了古典,用现代化的电子产品终结了原来写信的朴素和真诚。

在众多与我通信的好友当中,有一个叫安可的女孩。她就是经常帮助我的那个女学霸,我在复读班上最好的朋友之一。

安可一直是班级里的学霸,不但学习成绩很好,而且长相也不错,瓜子脸、长头发,看上去相当温柔,做事却干净利索,同学们常用 angel(天使)称呼她。

用现在的话说,她就是集美貌和智慧于一身的"女神"。

我们班有一个县领导的孩子,长得一表人才,但吊儿郎当、不学无术。据说,他从初中时期就喜欢安可,安可高二的生日当天他拿着 99 朵玫瑰出现在教室里,单膝跪地向她告白。

安可当然不喜欢这样的方式,这对她来说简直就是一种侮辱。这个有个性的女孩,当众把花从教学楼的六楼扔下。那个小子从此臭名远扬。

当初,龚老师安排她坐我同桌,我一方面小心翼翼,另一方面顿感踏实。小心翼翼的是,千万不能得罪这个成绩好、个性强的"姑奶奶",不然不知道哪天她就让我出出丑;顿感踏实的是,以后所有疑难问题都可以向她请教。

我时常提醒自己:这次回来复读是在和自己赌明天,输不起,一定要珍惜来之不易的学习机会,一定要谦虚谨慎地向安可这样的优秀学生学习,一定要在高考中有所斩获。

刚开始的时候,我除遇到难题向她请教外,就一个人不停地做题,在书山题海中充实地度过每一天。虽然是同桌,但和她说话很少。

倒是她先打破了尴尬局面。

有一次她说:"你问我问题的时候干吗总是那么认真、那么紧张?我又不是老虎。"说完,露出小白牙一笑。

我说:"你是半个老师,向你请教问题必须认真,否则会被批评的。"

她说:"没有啦,哪有这么夸张!"

可能是我勤奋学习的态度触动了她,后来,我们慢慢地成了朋友。她在学习上给了我很大帮助,可以说我能够考上江城大学,至少有她$\frac{1}{5}$的功劳。

高考后,她被北京一所大学录取。从此以后,我在南,她在北。

新生开学报到的前几天,我请她吃饭,吃她最喜欢的水煮鱼。

我说:"谢谢你,漂亮的同桌。谢谢你一年来的帮助。祝你在大学里像高中一样优秀。"

她说:"知道谢我的最好方式是什么吗?"

我摇了摇头。

她调皮地一笑:"去北京请我吃水煮鱼。"

我嘿嘿笑了几声,不知道该怎么接下去。一年的同桌下来,我知道安可在吃上有两个最大的爱好,一个是低脂巧克力,另外一个是水煮鱼。

当时,我内心暗想:一定要考研到她就读的那所大学,或者至少在四年大学期间去北京一趟,请她吃水煮鱼,就像今天这个样子。

这顿饭一等就是四年。四年后,我大学毕业去北京漂泊,再一次见到安可的时候,她已经毕业,再一次吃到的水煮鱼,已经不再是原来的味道。

写信暂时缓解了我刚进入大学的焦虑和茫然,然而不久,我就遇到了大学生活中的第一个重大打击。

有一天下午军训刚结束不久,狗子告诉我:"王老师打电话过来,让你去她那儿一趟,可能有事找你。"

没来得及多想,我放下热水瓶就朝着王老师住的地方赶去。王老师住在学校东大门一进门右侧的小院里,那里是刚刚毕业的年轻老师的住所,谈不上是教师公寓。小院的名字已经记不起来了,好像叫朝凤庵来着。

我曾经怀疑,这里是不是住过尼姑,或者是什么朝代的道观。我和二哥开玩笑说:"桃花庵里住神仙,不求名利不求钱。朝凤庵里住老师,不是尼姑不是仙。"

不一会儿到了王老师的宿舍。"王老师您找我?"我说。

"一鹏你来了,坐吧。"

我刚坐稳,王老师就说了一大段话:"有一件事情需要告诉你,马上要举办分列式了,学院每个新生班组成一个方阵,最后会根据表现来进行班级评比。根据教官反映和我的观察,你和其他几个同学这次分列式可能就参加不了了。跟你说一下,希望别有情绪……"

我耐心地听着,直听得头皮发麻。等王老师说完以后,我面无表情地连连点头,然后故作平静地走出了她的宿舍。

我可能属于天生的运动低能儿,从小运动细胞就不是很发达,尤其是协调性不够。用朋友的话说是:大脑特别发达,小脑发育不全。从生物学来说,小脑发育不全的一个表现就是协调性很差,平衡性不好。虽然不是丹迪-沃尔克综合征患者,但踢正步的时候同手同脚。

即使如此,不让参加30日上午的分列式仍然让我感到很委屈。想一想整个军训期间,我为班级做出了多大的贡献:一大早带着大伙儿出操,训练时为大家端茶倒水,晚上带领同学一起训练,整个训练期间的杂事干了不少,没有功劳也有苦劳啊。

我埋怨王老师,她的功利心是我这次不能参加分列式的主要原因之一。不就是评比吗?有什么了不起的!

总之,那个时候我心中充满了懊恼;总之,那个时候我还比较幼稚。这是大学期间我遇到的第一个难题,需要认真解答。而我给出的答案十分糟糕。

英国有句谚语:在同一朵花上,蜜蜂采出的是花粉,而黄蜂采出的是苦汁。这句话的意思是不同的人对待事物的不同态度决定事情的结果。那个时候,我第一次充当了黄蜂,而且带着毒素。

我带着失落的情绪回到了寝室,脱掉鞋子爬上床。

"老大今天怎么啦?好像不开心的样子,遇到什么困难了?"二哥问道。这个和我同龄的兄弟总是比其他人懂得我的心事。

"没有什么事情,有点累了,想睡会儿。"我说。

躺在床上,我望着伸手可触的白色天花板长久地发呆,想象着30号分列式上宏大的场面,整齐的十字方阵,整洁的白手套,雄赳赳的步伐,而我则孤零零地在旁边看着……

正在发呆的时候,115寝室的同班级的酷头来找我。酷头是一个精明的南方小伙子,头发总是弄得油油的,脸上总是带着坏坏的笑,说话有点装 A 和 C 之间的那个字母。

酷头和我们寝室的"裤衩"是完全不同的两个人,酷头是话多得要死的家伙,而"裤衩"则是冷静少语的男人。

酷头的外号来源于有一天他刚刚理完发,一个同学说:"哥们儿,你这头剪得很酷啊。"这哥们儿不假思索地接道:"这是 ku 头!"说完了之后,发现好像有些不妥,但已经来不及收回了。从此以后,我们都叫他酷头,他也是我大学期间的好兄弟。

"老大,在床上是不是想妹妹呢?要想也是晚上想啊,这天还没黑呢。"酷头张口就胡说。

"想你个头啊,累了,在休息。"我回答道。

酷头笑了笑:"对了,老大,今天晚上 7 点去小九华街吃饭,别忘了,忆江南酒家。"

我回答道:"好的,到时来寝室喊我。"

的确,我正需要一场大醉来暂时麻痹一下受伤的心灵。

03. 假算命先生

不到 7 点,酷头来寝室喊我。我们一行几人绕过 5 号楼,翻过学校的围墙进入小九华街。

小九华街是江大附近最著名的美食街,大大小小的餐馆林立,各式菜肴俱全,虽服务一般,但经济实惠,符合学生群体的消费水平。

在小九华这条街上,我们醉过、疯过、笑过、哭过、爱过、恨过,往事都如烟飘散。

在忆江南这个饭馆里,我们无数次酩酊大醉,好几次泪流满面。我们用青春煮酒,豪气地饮尽一段风花雪月。

后来,酒馆老板成为我们的朋友。毕业后,我每次回江城都会回到这里坐坐,直到它在现代化建设的旧城改造中被拆迁。

等我们到忆江南酒家的时候,军训排长李冰和其他几个同学早已在那里等候。

李冰是河南人,在江城当兵已经三年,今年即将退伍。他是一个憨厚的男人,话语不多但透露出真诚。所以,我们两个在军训期间结下了深厚的情谊。

"老大你来了,听说你不是很好?"李排长一见面就悄悄地把我喊到一边,问道。

"没有啊,我很好,你看我不是生龙活虎的吗?"我笑着说,但是也带着点抱怨。

我一直认为这次不能参加分列式主要是王老师的主意,但作为排长起码能够给我说情。令人失望的是,他没有做到。

"我知道你心里不太好受,我很想帮你,但是你也知道……"他又说道。

我打断了他的话:"谢谢你,李大哥,什么都不用说了,一切都在酒杯里,今晚不醉不归。"

那个时候,我有点年少轻狂,对王老师抱怨有加,对李排长缄默如铁。但是,我不会放弃和认输。认输永远都不是我的 style(风格)。

好在今晚有好酒相伴,可以暂时安慰一下我受伤的心灵。

我不知道喝了多少酒,但是没有喝醉。喝酒是一种发泄,发泄是不能解决问题的,就如同你遇到了人生中特别不如意的事情想要跳楼一样,但跳下去什么问题都解决不了。

第二天一大早醒来,我一如既往地参加训练。我及时地向王老师表达了很想参加分列式的想法,王老师用委婉但坚决的方式回绝了。

这似乎激起了我的小脾气。我没有参加下午的训练,我在闹情绪,而且情绪不小。

也许是王老师认识到她的做法太过直接,当天晚上就找我谈话。王老师性子很硬,就像 80 毫米厚的钢板。她先还有点耐心,后来气急败坏地教训我。

我就如一块没有灵性的石头,任凭她喊叫咆哮,都无动于衷。我很佩服自己那时候竟然这样沉着,大概是意识到"沉默是无权者对有权者的最好反抗"。

在一场"狂风暴雨"结束以后,王老师气得够呛,我这棵小草依然很健壮。这是我四年来和她为数不多的交锋,也许王老师是个胜利者,但我也不算完败。

第二天我照常参加军训,情绪也逐渐平息下来。很多事想一想只不过是义气之争罢了,男人的面子或者虚荣心有时候可能会把事情弄得很糟糕。

我没有去观看30号上午分列式的壮丽场面,可能是出于逃避心理,也可能是怕自己伤心。

分列式那天,一大早我和难兄难弟酷头去了学校后面的红山,据说这里曾经是干将镆铘铸剑之地。来到江城四个星期,我还没有出去玩过,趁着这个机会,既能够散心,也能够欣赏一下美丽的风景。

秋天的红山风景美丽无比,满山翠绿盈盈,高大乔木和灌木错落有致地交织,阳光透过树荫把光线稀疏地洒到行人的肩膀和脸庞上。偶尔有几声鸟啼,宛如秋水长天里的一道音符。

走在山间小径上,美丽的风景逐渐冲淡了没有参加分列式的悲伤情绪。

半山腰上,我们遇见一名看手相的江湖术士。他不停地招呼,不停地忽悠,又加上我们比较无聊,也想玩一把,所以同意让他看上一看。

我从小到大,一直不相信命运。我认为,"我命由我不由天"。记得罗曼·罗兰曾经说过,宿命论是那些缺乏意志力的弱者的借口。实际上,在这个尘世中,鱼生于水,死于水;草木生于土,死于土;人生于道,死于道。万物都有自己的自然规律,有些东西不能抗拒,有些东西不能强求,但是在人的一生中必须奋斗,这样你才是自己命运的主宰。

"小伙子你想看看什么?"那个术士问道。

我笑着说:"那就看看爱情吧,我这一辈子能够娶个什么样的老婆?生多少孩子?"

酷头在一旁打趣我:"计划生育这样严格,生一个就够了。至于老婆嘛,哈哈,就看你的本事啦。"

我也不知道为什么想看看爱情,可能处于青春期的少男,有点春心萌动,应该是正常的吧。

莎士比亚说过,爱情不过是一种疯。梅斯菲尔德也教导我们:"爱情是耗尽锐气的激情,爱情是置意志于一炬的火焰,爱情是把人骗入泥潭的诱饵,爱情将剧毒抹在命运之神的箭上。"

"小伙子,你的爱情之路不平坦啊,手心川纹,人必坚忍多情。事业为上,爱情滞后啊。你会结婚很晚。"

"我的老婆是北方的还是南方的?"我突然想到安可。

"北方有星,爱情为空啊。你以后的事业在北方,但是你要找个南方的女孩子才行。"

我听了哈哈大笑,付了钱和酷头向山上爬去。这扯淡的江湖术士,这扯淡的爱情预言。

爬山结束回到学校时已经是午后,肚子里的千万条馋虫在不停地打架,我就和酷头顺便在学校的小炒铺点了几个菜和两瓶啤酒。

"老大,你相信刚才那个算命先生的话吗?"他问道。

"你这个家伙,一看你就没有读过经典的和尚故事。"我用一种嘲弄的语气说。

"啥和尚?什么意思?"他满脸疑惑。

"有这么一则经典的故事,一个老和尚带着一个小和尚下山化缘,走到一条河边,遇到一个非常漂亮的少妇。少妇不会游泳,而且十分怕水,于是老和尚背着她过了河,小和尚见了心里犯嘀咕。走了十多里路,小和尚终于憋不住了,问道:'师父,您犯戒了,您怎么能背她呢?'老和尚说:'这事情我早已忘记了,你还没有放下呢。'"

这个家伙半天没有反应过来。

我说:"算命先生的话都是奉承之言,根据你的反应说出你最爱听的话。对于这些东西,我根本不信,所以早已经忘记了,没想到你还记在心里啊。"

吃完饭回到寝室时,军训已经正式完结。既充满了遗憾,也带着一点点残酷。

我来到江城一个多月,从感觉陌生到逐渐能够适应,从充满好奇到现在内心平静,从踌躇满志到经历几多情绪波动。我感觉生活远比想象中的复杂。

04.寝室卧谈会

我度过了在江城的第一个国庆节。那个时候还没有十一黄金周的概念,因学校距离家较远,我也就没有回去。

那个时代是中国社会急剧变迁、迅速转型的年代,社会转型期的重大历史事件在我们 80 后的生命历程中烙下了很深的印记,众多个体的日常生活的变奏折射出时代的主题。有人将 80 后的生活编成顺口溜:

当我们读小学的时候,读大学不要钱;当我们读大学的时候,读小学不要钱。

当我们还没能工作的时候,工作是分配的;当我们可以工作的时候,才勉强找份饿不死人的工作。

当我们不能挣钱的时候,房子是分配的;当我们能挣钱的时候,却发现房子已经买不起了。

当我们没有进入股市的时候,傻瓜都在赚钱;当我们兴冲冲地闯进去的时候,才发现自己成了傻瓜。

当我们不到结婚年龄的时候,骑单车就能娶媳妇;当我们到了结婚年龄的时候,没有洋房汽车娶不了媳妇。

....

国庆节之后,真正的大学生活开始了。

我们这个班共 40 人,男生 16 人,女生 24 人,男女比例是 2∶3。40 人分成五个寝室,两个男生寝室分别是 114、115,三个女生寝室分别是 201、202、203。

大学生活刚开始,班里要组建领导班子,为此,王老师找我进行了一次很耐心的谈话。她的意思是,经过近一个月的观察,发现我不够成熟,因此决定不再让我担任班长一职,改任本班的生活委员,如果表现好的话还有机会。

我有点不服气,但又在意料之中。上次和王老师就参加分列式一事起的冲突,已经证明了自己不是逆来顺受的学生,王老师为便于以后工作的开展,这样做无可厚非。

我听她说完以后,本想告诉她"我不想当这个所谓的生活委员,不稀罕",但还是压抑住了想法,因为知道这样下去对自己没有半点好处。

狗子在中秋节晚会上的优秀表现结出了果实,他的勇敢、大胆打动了王老师,被任命为班长。

王老师任命了本班的第一届班委会和团支部成员:班长、团支书书记、学习委员等等。从某种程度上来说,这的确是一届强大的学生干部阵容,实在想不出如果把这些人全换下去,班级将会是什么样子。

任命结束以后,班级召开了第一次班委会、团支部全体干部会议,王老师在会上说:"今天是我们班第一次全体干部会议,任命大家负责不同的班级工作,是我将近一个月考察的结果,也是班级对各位的信任,希望每个班干部能够切实负起自己的责任,协助我完成各项工作,不辜负各位同学的期望。"

每个班干部都简单地表了态,我仅仅说了一句话:"谢谢,我会努力。"这句话代表了那个时候的心声。

我不再明地里和王老师对抗,而是以一种消极的态度对待班级里的任何活动。刚开始,每次班干部会议,我几乎都不参加,除非狗子请吃饭或者买烟。

后来,为了狗子,为了兄弟,我逐渐地融入这个集体。短短一个学期内,就获得了很多荣誉。而班级的名声也在学校内越来越响。

开学不久的两件事情——分列式和班委任命,对我来说是很大的打击。但就如同刚到深圳时一样,生活的挫折迫使我不断长大。

不知道哪位天才说过,失败是成功的娘,挫折是成功的阿妹。不管是娘还是阿妹,如何好好地对待她们,是需要年轻人好好思量一番的。

大学第一学期,我共有6门课,必修4门,选修2门,可谓不松不紧。一来充实的学习可以填补内心的不满,转移注意力;二来也有一些空余时间,可以做自己喜欢的事情。

在此期间,写信依然是我除了学习之外最为重要的生活内容之一。它连接起内心世界和外在世界,把欢乐与忧愁在鸿雁的翅膀上传递。

当然,与安可的通信最多,频繁得几乎如同现在的微信交流,写信、寄信、收信的过程包含着我的一份期待和希望,希望总会给人以力量。

不知不觉间,我逐渐地喜欢上了这个女孩。生平以来第一次有喜欢的女孩,我感到有点不知所措,有点不敢高攀。但内心的声音响起:我会在时机成熟的时候到京城请她吃水煮鱼,在吃饭的时候亲口告诉她,我喜欢她。

在给她的信里,我这样说:"江城风景很美,每当看见女同学骑自行车的时候,就想起你骑着自行车穿越一中校园的样子。虽然我们距离千里,但万水千山,情谊不变。"

她回信说:"北京的空气好干燥啊,刚来的时候经常流鼻血。到了来沙尘暴时,张嘴就是一口沙子。"

她接着说道,他们班同学去了长城,到了长城才知道什么是雄伟,才真正理解"不到长城非好汉"的意义。

我在日记里记录:"有一天,要带着你去爬长城,然后在那里高喊你的名字。"

当我们都还在摸索学习如何开始大学生活的时候,狗子已经开始了一段闪电般的恋爱,和政法系的一个女孩很快地好上了。那个女孩就是前面所说的,我们在东操场上集体为之唱歌的A。

本寝室有一个约定和一个规定。

约定的主要内容是:寝室里的兄弟恋爱后,要请大家吃饭。狗子自告奋勇地加上了补充条款:他失恋的时候也请一顿。

规定的主要内容是:寝室里兄弟看上的女孩子,其他人不能竞争。

狗子带着他的第一任女友请我们寝室吃了见"家长"的第一

餐。在吃饭的时候,他大声宣布:"兄弟们,我会爱这个女孩一辈子,认真的!"

三个星期不到,狗子就分手了,理由是性格不合。他的恋爱就像在麦当劳吃快餐一样,速战速决。

后来,当他再次恋爱请我们吃饭,并大声宣布自己是认真的之时,山仔总在下面小声嘀咕:"呵呵,他的认真也就是三个星期,不会超过22天。"

当然,分手时的他又要请兄弟们大吃一顿。我们都期盼着他多多恋爱、多多分手。四年时间,估摸算下来,这样的饭局大大小小不下50次。

学期中间,寝室召开了第一次卧谈会。谈论女生永远是卧谈会的主要内容。狗子有句名言:"男人离不开女人,就像秤杆离不开秤砣一样。"的确,这就是青春时期的萌动的想法。

"咱们班女生漂亮的不少,谁最漂亮?"狗子首先说道。

山仔说:"203寝室的岳文非。"

"裤衩"说:"202的赵影。"

二哥说:"201的李亦静。"

老幺说:"一个都不觉得,哈哈哈。"

我说:"敢情你们是按照寝室号码从大到小的顺序列举的。"

"老大,如果搞联谊寝室,你选择哪个寝室?"山仔问我。我同时还担任着班级最小治理单元114寝室的寝室长,搞联谊是不能越过我的。

"你们看着办,我都行。"我说。

"当然是漂亮女生多的寝室啦!"二哥在一旁戏谑地说。

寝室联谊活动是大学里面最为常见也最有效的社交方式。寝室既可以是本系的,也可以是外系的,一方面,可以加强不同寝室之间的交流;另一方面,也能够为恋爱提供一个良好的渠道。可惜,现在想一想,当时没有利用这个渠道。

我们班五个寝室,想要做个最佳的联谊方案还真不是件容易的事。其中一个男生寝室必须要兼顾两个女生寝室。

最终大家讨论出了自己心目中的理想联谊方式:114对201,115对202和203,这两个组合的男女比例分别是3∶4和5∶8。

"兄弟们,你们能不能思路打开一点,眼睛睁大一点?外面的世界很精彩嘛!"狗子说道。

这厮一说,我就知道他没有和本班女生寝室联谊的打算,而是有了自己的目标。

狗子说:"兄弟们,经济系520室是我们这一届美女最为集中的寝室,知道吗?能和她们寝室联谊才是能耐。"

二哥打趣道:"这个光荣的任务就只能交给你了!"

我们在一旁添油加醋并极力怂恿:"狗子,你以前的那些都不算是本事,这次就看你的啦。如果能够约到,兄弟们就服你,不然,会把你看扁的。"说完大家一起哈哈大笑。

狗子露出他那年少轻狂的万丈豪情:"没有问题,你们等着吧,狗子定不辱使命。"

05. 第一次联谊

周五下午,我刚从图书馆回到寝室,发现兄弟们都在,而且每个人都情绪高涨,像是打了鸡血似的。

"你们怎么了?这么兴奋。"我问。

"我们有饭吃了啊。"山仔告诉我。

"什么饭啊?"我问。

"邀约成功啦,狗子同志成功约到经济系520室的美女们啦!明天我们两个寝室的人一起吃饭,时间是晚上6点整,地点在忆江南酒家。"山仔一口气把时间、地点、内容统统说了出来。

狗子向520寝室发出了邀约。不知道这个家伙用了什么招数,520寝室竟然答应了。

"有没有创意啊?又是忆江南酒家?换个地方!"我说。

"还不是为了你?""裤衩"说。

"为了我?咋叫为了我呢?"我问。

"还不是忆江南酒家的服务员漂亮吗?"老幺坏笑着。

"你们这帮猪,自己有想法还逗我。看我明天怎么收拾你们。"我说。

整个寝室里充满了笑声。

周六下午不到4点,几个家伙就跑到男浴室去洗澡。在那个年代,学生生活设施还没有现在这么健全,洗澡都是集中到男女澡堂,先是用澡票,后来用学生卡刷次数。大澡堂也是那个时代校园的特殊记忆。

我还纳闷:"裤衩"平时把袜子扔得满地都是,几乎两星期洗一次澡,今天怎么这么积极?

洗澡是青春时代男生约会的第一个步骤。第二个步骤是换上整整齐齐的衣服,哪一套最拉风就穿哪一套。第三个步骤是往头上抹点摩丝,把头发弄得顺顺溜溜的,如果手头暂时没有摩丝,可以用刚开瓶的啤酒泡沫代替。第四个步骤就是把皮鞋擦得锃亮锃亮。

兄弟们在寝室里左右捯饬,尤其是狗子,那头发梳得顺顺滑滑的,连一只蚂蚁也爬不上去。

山仔在一旁朝我坏笑道:"今晚有戏。"

我说:"啥戏?游园惊梦?"

老幺接话:"六个男人和八个女人的故事。"

微胖界的小帅二哥说:"乖乖!1∶1,还剩两个。"

我指了指他们五个:"五匹狼!"

他们异口同声地说:"还有一匹老狼!"

我们六个迈着整齐划一的步伐来到了小九华街那家叫忆江南的饭馆。

6点钟的小九华街上已经是人头攒动,这里是江大学生常去吃饭的地方,每逢周末的时候,到处可见熟悉的面孔。

大概6点,520寝室的八个美女如约而至。在八张美丽的面庞中,我认出了一个人,她叫江小楠。

江小楠是经济系的才女,出了名的学霸,更是一位美女。可能在她出生时,老天爷多看了她几眼,给了她更多的恩宠。

狗子在寝室里不止 30 次提到过她的名字。每到此时,兄弟们就大声起哄附和,把其夸得天花乱坠,简直成了传说中的人物。

此时,我一般都默不作声。我的确对传说中的人物没有丝毫兴趣。

大一上学期,经济系和我们系一起上高等数学大课,我第一次见到江小楠。

平时上课我都会提前 5 分钟到。那天因在图书馆借书耽误了时间,到教室时已经开始上课了,于是就匆匆忙忙在最后一排的一个空位上就座,旁边坐着一个陌生的女生。

板凳还没有焐热,教高数的王老师大声喊道:"刚才上课迟到的那个学生,请站起来回答问题。"

旁边的女生扭过头,小声对我说:"刚刚迟到的那位同学,喊你呢。"

我瞪了她一眼,站了起来,心想:真倒霉!第一次迟到就被抓个现行。幸亏我从小数学就好,区区高数对我来说只不过小菜一碟。

我非常顺利地回答了王老师的问题,旁边的女生竖起大拇指,给了个赞的手势。我回了她一个得意且挑衅的眼神。

当我再一次看向她的时候,似乎觉得有点面熟,从十万八千个脑细胞中迅速收集信息:原来她就是前些日子二哥在图书馆里给我指出的斜对面左边数第三排的那个女生。

放学路上,山仔问我:"老大,你知道今天挨着你坐的美女是谁吗?"

我说:"不知道,都没和她说过一句话。"

山仔说:"她就是狗子念念不忘的江小楠。你今天走桃花运了。"

我说:"去你的,桃花啥?我真是倒霉透了,就迟到一次还被老师逮着,差一点就当众出丑。"

江小楠给我的第一印象是聪明、鬼马、热情,同时也比较讨厌。

没有想到她竟住在传说中的520寝室!她可能也万万没想到我会是今晚的"不速之客",看见我的时候好像愣了一下,随即给我一个让人捉摸不透的微笑。

十四个人把圆桌挤满,看上去还真有家庭聚会的意思。吃饭的程序仍然是那么老套:上水、上瓜子、点菜、聊天、打牌,然后吃饭喝酒。

男生女生一起吃饭,讲究的不是排场和档次,重点在于吃饭的氛围和情绪。更重要的是,有美女帅哥的故事,有酒做催化剂,喝着听着,岂不快哉?

狗子对我说:"老大,你主持吧?"

我说:"让二哥主持。"

二哥比较腼腆,说:"还是让狗子主持。"

狗子愉快地接受了任务,慷慨激昂地介绍了此次寝室联谊的来龙去脉,并畅想了以后的打算,整个过程洋洋洒洒、一气呵成。然后,包厢里响起了雷鸣般的掌声。

后面的节目是大家自我介绍。每个人都介绍得比较有特色,插话撩拨、插科打诨的同志也非常机智聪明,显示了江城大学学生较高的素质水平。

轮到我介绍的时候,我简单地说:"我叫一鹏,大家都喊我老大。"

江小楠接话够快:"为什么不叫二鹏呢?"

我满脸尴尬,现场哄堂大笑。

吃饭时,狗子很贴心地为江小楠夹菜,江小楠有礼貌地拒绝。吃吃喝喝、聊聊谈谈成为那个晚上的主题,有意思的几方早已互相留下了联系方式,没有意思的也在享受着美味佳肴和有关八卦。

酒很香,人很美。有了酒就有了豪情,有了人就有了故事。

到10点整场饭局才结束。114寝室的男同胞们惊奇地发现,520寝室的女同胞们不但美丽漂亮,而且酒量很大。男同胞们在女孩子面前纷纷表现自己,就像雄性蝴蝶招引雌性伴侣一样。

狗子喝得烂醉如泥,在回寝室的路上大喊大叫:"我要追江小楠,你们谁也不要和我抢。"

回到寝室,我感觉到曲终人散后的落寞。狂欢后的人们都要回到日常的生活,而热闹终将随风而逝。

窗外响起了猫叫的声音,在夜晚传得老远。那一晚,估计很多人都会失眠。

06. 年轻血在烧

大学伊始,高中时受到压抑的各种能量被无限激发,大家都在各自的路上开始一段崭新的生活,而新生活的开头都是磕磕碰碰、跌跌撞撞的。

比如狗子,他的初恋不久就变为失恋;比如老幺,刚开始和大家那么格格不入。

而我一边体味着大学生活的来之不易,一边也在勾勒下一步的人生图景。

从小到大,我都是一个喜欢自由并努力奋斗的人。我特别欣赏加缪的"自由应是一个能使自己变得更好的机会"。正是因为深深懂得这句话的含义,我才在不受拘束的环境中,以自己的方式成长。

虽然我一直是父母眼中的好孩子、老师心中的好学生,但长久以来,基于对自由的推崇,我也养成了一定的叛逆性格,只是这叛逆没有表现在行动上,而是深深地埋藏在心里。即便没有心理学家所说的"青春期危机"的各种典型症候,叛逆的个性也像一台永动的引擎,带着我奔向一个又一个人生的驿站。

在深圳是这样,在江城同样如此。

年轻的时候,我认为"有个性"是个优点。若干年后,我深深地认识到"有个性"是一把双刃剑,却还是带着它一如既往、跌跌撞撞地前行。这也就是所谓的江山易改,禀性难移吧。

正式上课后,我慢慢地和王老师开始了暗战。那个时候固执地认为,既然我是她的"弃将",也就没有必要把自己装扮成乖乖听话的小白兔,所以通过对班级活动的漠不关心、消极抵触来发泄不满。有时候我怀疑自己是不是这个班级中的一员,也许只有在上课的时候才意识到自己属于这个集体。

于是,我只有用勤奋学习来填补心中的失落。

这个时候,我总会想起安可,于是更加频繁地给她写信。

江城和北京虽相距千里之远,但是,有一种情绪和渴望把我和她紧紧地联系起来,可能是由于她对我的吸引力,也可能是她成了我在接连受到几个打击后找到的一种心灵上的慰藉。

安可依然正常给我回信,她加入了学生会并担任一个小领导。她说,大学里的生活多姿多彩,每个人都在展示自己,并寻找自己。看来,她是以一种乐观的心态享受着自己的生活的。

是啊!生活本来就是个爱新奇的孩子,拿着好吃的好玩的哄他,他就给你笑脸;说着好听的好笑的宠他,他就带给你幸福。

转眼之间,大一上学期即将结束。

有一天下午自习回来,我发现山仔在寝室里啜泣。我就问其他人出了什么事。

"裤衩"说,他们几个在东操场和一群生物系大二学生踢球,山仔在带球突破时不小心撞倒了一人,也及时向那人道了歉。生物系队的因为大比分落后,再加上队里有人被撞,就故意找碴儿,和山仔打了起来,并扬言"打的就是你们这帮新生"。恰巧那个人的表兄也在这踢球,两个人合伙打山仔,山仔寡不敌众,吃了亏。

我说:"你说的都是事实不?他们是不是故意欺负咱们?"

老幺说:"有那个意思。"

我问:"你们明明知道他们欺负我们,为什么还忍着?"

"裤衩"说:"他们人比我们多,而且还是大二的,我们上了也是挨打。"

我说:"那就活该被打吗?"

大家都默不作声,空气仿佛有点凝滞。我想,他们可能都是好孩子,不想惹是生非;也可能是惧怕那些大二的学生,所以敢怒不敢言;也可能是事不关己,高高挂起。

狗子说:"老大,你看怎么办?山仔就这么白白被打了吗?"

我操起床下的一根铁棍对大家说:"走,找他去。"

说实话,我也不知道那根铁棍从哪里来,反正它一直在床下静静躺着,成为四年里患难与共的见证者。

我们直接冲到了8号楼生物系寝室,那个家伙刚刚从食堂打饭回来,还没来得及吃。

他一脸轻蔑地看着我们一群人,若无其事地准备吃饭。

我冲到他前面,强压怒火问:"刚才是不是你打了我们系的山仔?"

他回答道:"是。你是谁?干吗的?"

我说:"我是谁不重要,你刚才打人,是不是故意欺负我们新生?"

他说:"是的,怎么啦?我就欺负人怎么了?"

我说:"为什么打人?"

他说:"就打了,打他怎么啦?"

看着此人嚣张的样子,我心中一阵无名怒火油然而生,我径直把大铁棍朝他抡了过去。他没有想到我出手这么狠,吓得一下子瘫坐在床上。

铁棍抡到半空,我用力收住——因为不能把事情闹得太大——然后平静地对他说:"告诉你,你不要欺负到我们头上。我叫一鹏,是历社系的一年级新生,大家都喊我老大,住7号楼114,有种你去找我,我随时奉陪。"

他的室友被我的气势压住,没有一个人敢说话。几个认识的人趁机把大家拉开,我带着一伙人安全撤离。

晚上,兄弟们在小九华街聚会,踢球打架事件成为大家的话题。

江城的冬天异常湿冷,小九华街的肃杀抵御不住青春的热情。血在燃烧,心在澎湃,看着室友们可爱的脸庞,我仿佛看到了四年之前18岁的我。

去深圳的第一年,我在建筑工地上打工。

刚到工地上的我也受过其他人的欺负,这些在工地上的经历使我逐渐认识到,面对无赖,讲道理可能是讲不通的,更不能一味地忍让。

小九华街的酒局结束时,已近寝室熄灯时间。山仔喝醉了,"裤衩"喝醉了,兄弟们都喝醉了,我也酒意正酣。

有酒,有你们,真好!

多年以后,再一次想起当时的情景,我情不自禁地摇了摇头,情不自禁地笑了笑,笑当时的年少轻狂,笑当时的冲动鲁莽。要知道,冲动的代价是多么巨大,鲁莽的行为只不过是匹夫之勇。

07. 文明大扫除

大学一年级下学期,班级生活丰富多彩。同学们已彻底完成了从高中到大学的转变,压抑的能量也基本得到了释放,而展示自己则成为学习生活中一个重要的方面。

这是个百舸争流、鹰击长空的时期。这个时期的所有举动,都是青春骚动的产物。

此时此刻,看着校园男女的青春脸庞,我常会想起深圳工地上的兄弟们。两种不同的生活轨迹铸就了两种截然不同的生活方式,但殊途同归,都延伸向幸福的终点,其间的艰辛自知。

我对大学生活,既有美好的憧憬,也有实实在在的理性思考。

和520寝室的联谊活动一共举行了三次,每次内容大同小异,无外乎吃饭、看电影、吹牛,或者在校园情人坡的草坪上座谈。

三次之后,合适的,悄悄地私下里发展了起来;不合适的,或不再往来。

狗子在追江小楠,一个如干柴烈火,一个如冰山积雪,没有产生化学反应。狗子采用了上课占座、食堂打水、连续送花等各种形式,效果一点都没有。

狗子在寝室里非常懊恼地说:"这个江小楠总是油盐不进,真伤透了脑筋,搞得我一点辙都没有。"

俏皮的山仔对我们说:"像狗子这样的常胜将军,眼看此役就要败下阵来。根据我对他的了解,一个月之内拿不下天王山,他就会寻找新的作战目标。"

"裤衩"说:"都用上兵法进行总结了,人才呀!"

二哥说:"我不懂什么兵法,什么计策不计策的,就知道反正狗子遇见美女……你看见过雪地里追赶猎物的饿狼吗?"

山仔故作无知地摇了摇头。

狗子说:"老大,你比我们见识多,帮忙出个主意呗。"

老幺说:"老大没恋爱过,没有任何经验啊。"

我哈哈大笑说:"没有实践,只有理论。学好高数,保你攻城拔寨。"

对高数有恐惧症的狗子,在我的建议下立刻拿起了书本直奔教室而去!爱情的魔力太大了,它可以让一个爱吃肉的狼改吃一顿大白菜。

狗子的临时热情在三天后就消失了,高数的确不是那么简单的,让他学高数就等于让狼吃一辈子大白菜。当然,追女孩更不简单。

那段时间,狗子有点沮丧。不抽烟的他开始抽起了闷烟。

山仔说:"你看狗子真的用心了。我从没见他为一个女孩这么动情过。真是爱有多销魂,就有多伤人啊。"

我说:"他伤心说明真痛了,但他的痛三天就好了。"

山仔接着说:"多情总被无情恼,恼后还是更多情!不过,此情非彼情也!"

这山仔,不是说兵法,就是转诗词,敢情就是一个理论专家!

果不其然,过了一个星期狗子就改道换车,追上了新的目标。

用现在的话说,他总在供给侧和需求侧的动态平衡中找到最大的快乐。

司汤达在《红与黑》中写道:"没有与年龄相称的智慧,便有与年龄相称的不幸。"狗子的不幸在于,他智慧很多,聪明有余,自负过头。

不久,因为一件事,狗子差点和我闹翻。

江小楠这个学霸,因为我上次迟到时回答问题的表现和几次寝室联谊,逐渐和我熟悉起来,偶尔会为了解析高数难题,在课间课后与我交流。但因为狗子,我一直刻意保持着和她之间的距离,一是我不想兄弟们误会,二是我也的确没有这方面的想法。

狗子找到新女朋友之后,江小楠曾约过我两次,都被我以各种理由婉拒了。可是,消息还是传到了狗子耳朵里。

"江小楠是不是喜欢你?她不理我,是不是因为你?"狗子质问我。

我说:"江小楠喜欢不喜欢我,我不知道。她拒绝你是因为什么,我更不清楚。"

狗子说:"你抢了我的女人,你还是不是兄弟?是不是我们的老大?是不是违反了兄弟不能抢其他兄弟女人的规定?"

我严肃地说:"狗子,你扯远了。"

山仔说:"狗子,要是怀疑老大你就错了。咱们相处这么久,他是什么样的人你不知道吗?你可以追江小楠,江小楠为什么不可以喜欢老大?"

狗子一句话不说了。他只是想发泄没有追到江小楠的郁闷而已。

我没有说什么,只是轻轻地拍了拍他的肩膀。他也没有再说什么,从口袋里拿出一支烟给我点着。就这样,所有的怨气都烟消云散。

青春期是热血沸腾的时期,我们都是热血青年,会因为一件事、一句话而冲动。但冲动需要控制,否则就会受到惩罚。

我渐渐地喜欢上了江城,这种喜欢是慢慢适应的结果。日久生情,或者说感情是培养出来的,我现在真的很相信这句话。

有一天晚上,我和狗子、山仔正在学校大门外的凤凰美食街吃酒酿元宵,二哥发来信息:"老大,辅导员刚刚通知明天下午文明寝室大检查,你们赶快回来。"

凤凰美食街是江大学生除小九华街外最爱去的地方,在这里可以尝遍江城几乎所有的小吃,比如酒酿水子、木瓜牛奶、鸭血粉丝,还有最有名的麻辣烫、小馄饨、虾子面,等等。

我敢保证,无论何时去两条小吃街,你都会发现江大的情侣三三两两地拥挤在这里卿卿我我,享受着美食。

狗子总是说:"美女和美食不可辜负也!"

我说:"你怎么不拉着女朋友去吃,拉着我们干吗?"

这厮坏笑道:"咱仨做一次情侣啊。"

"去你的,死变态!"山仔在旁边跷起兰花指,指着花花的狗子说。

我们三个人吃完了小吃,赶回了寝室。院里组织文明寝室大检查,我们这个"地狱煤厂"也难得迎来一次彻底的清洁。作为114的寝室长,我长期以来对寝室的卫生状况深表忧虑,这次对室友们做了一次检查前的动员:"兄弟们,好好地把你们的东西收拾一下,这次如果评上文明寝室,我请客。"

第二天早上,兄弟们迅速行动起来。"裤衩"把几个星期没有洗的内裤袜子一股脑儿全都洗了一遍,挂在院子里,晾晒的地方简直可以开个二手市场。

狗子干脆把女朋友喊过来,帮我们抹桌子。

油嘴滑舌的山仔说:"嫂子出马,一个顶俩;嫂子勤劳,我们文明。"

二哥乐呵呵地看着山仔:"你的脏内裤都从上铺掉到我下铺了。还给你!"

山仔说:"嫂子帮忙洗洗呗,多一个也不多。"

狗子朝他瞪了一眼:"你嫂子都敢欺负?没大没小。"

整个寝室瞬间变成了一个劳动竞技场,不大一会儿,简直变了样。

山仔打趣说:"看来女人对寝室多么重要!嫂子以后要常来啊。"

狗子的那个女朋友笑脸呵呵,一副很受用的样子,殊不知,她三周以后将成为狗子的前女友。

寝室检查结束,114寝室被评为文明寝室,在年终的综合评奖中每人可以各加5分。辅导员王婉莹老师在班级大会上宣布:"这次评比的文明寝室是114,它经历了一个从落后到先进的转变,是大家的榜样,大家要像他们寝室学习。114的各位同学要戒骄戒躁、继续努力,争取下次获得更好的成绩!"

兄弟们好像是获得了奥运冠军的选手一样,兴奋不已,开心不已。

　　我在大学里获得过无数个荣誉,这是第一个团队荣誉,虽然没有实质性的奖励,但深刻地印在我的脑海里。它让我们明白,团结协作是成功的前提。

　　时隔多年,我再次回到江城,再次来到7号楼114寝室门口的时候,很多画面闪现在脑海,而这幅画面是第一个。我仿佛看见"裤衩"拿着臭袜子的场景,又仿佛看见了山仔和狗子在斗嘴。

08. 忆江南之约

　　大学生活充满了一种魔力,既让身在其中的人们感受不到时间的流逝,从而尽情挥霍,又使大学城外的人们羡慕不已。

　　校园是能够让人精神放松的地方。直到现在,每每感到烦恼的时候,我都去附近的大学校园转几圈,忧愁尽消。

　　转眼间到了大二。大部分同学已经适应了大学生活,并摸索出自己的生活方式。

　　学习是主旋律,而爱情则是其间跳动的间奏。有人说,大学期间没有恋爱经历,就不是一个合格的高校毕业生。

　　在江城尤其如此。这是一个盛产美女的地方,人杰地灵,江南的山、江南的水,孕育出众多美女。据说,现在好几个超一线人气偶像女明星就是江城人。

　　在江大,流传着这样的顺口溜:

江大女生一回头,惊倒几排教学楼
江大女生二回头,滚滚长江向西流
江大女生三回头,总统跟她去放牛
江大女生四回头,宇宙从此无地球

　　江小楠就是江大美女中的杰出代表,本身就是南方人的她携带的灵性和美丽足以让人羡慕不已。十个男生起码九个会喜欢这样的女孩,还有一个觉得自己没有资格喜欢。

然而,在我看来,她再漂亮,和我也没有一点关系。我们两个就像太阳和月亮一样,有交替却没有交汇。

那个时候,我心里想的女孩只有安可。

我们之间不停地写信回信,我给她讲述江大和江城的生活,她向我描述北京的生活和学校的各种趣事。

有一天去京城请她吃水煮鱼,这成为我生活中一个小小的期待。这种期待足足支撑了我一年多,直到一天被一封来信打破。

一个阳光照耀的周六下午,我收到了来自北京的一封信。信里写道:"老大,请我吃一辈子水煮鱼的人找到了,他是我们班的班长,一个戴着眼镜、像你一样高大且皮肤黑的男孩子。你到北京的时候,让他请你吃饭。也祝愿你早日找到心仪的女孩。"

我一字一句地读完这封信,心像被扎了几刀一样疼痛,整个人像泄了气的皮球。

实事求是地说,我是非常喜欢安可的。喜欢一个女孩子是每个男孩子的权利,但是,我却没有勇气表达出来,只是通过写信的方式隐晦传达。而谁又能解读得出你的隐衷呢?

多年以后,我才明白:男追女隔座山,要大胆跋涉、勇于攀登,才能到达光辉的顶点;女追男隔层纱,用手指轻轻一捅即点破。

然而,当时我还不懂这样的道理,更没有一点实践基础。所以,与安可的这一段感情只能算单方面的暗恋,充其量是我一厢情愿罢了。

读完了信,我坐在情人坡前发呆,看着眼前走过的对对情侣,不禁暗自嘲笑自己："老大啊老大,大风大浪也算经历了一点,喜欢女孩怎么就不敢表达呢?为什么不敢表白呢?为什么这么厌呢?"

转而又开始安慰自己："这只不过是单恋罢了,不存在所谓的恋爱,更谈不上失恋,何必这么难过?"

我的内心进行着激烈的斗争,一会儿否定,一会儿肯定,不一会儿就脑袋一团乱。

这是我进入大学以来遇到的第三个重大打击。

晚上我独自一个人喝了点酒,然后早早入睡。熟睡中做了个噩梦,迷迷糊糊地看到安可拿着刀向我冲过来,恶狠狠地说:"你给我写了那么多封信,为什么不说你喜欢我?为什么不说你爱我?为什么?为什么?!"

我一下子被惊醒,唰地从床上坐了起来,一身冷汗!看着寝室的几个兄弟还在熟睡,才知道刚刚是梦。

不知道谁说过,人生每多失望,能把思想寄托在高贵的性格、纯洁的感情和幸福的境界上,也就大可自慰了。这三者,当时的我们似乎都有,也都没有。它们若有若无地藏在心灵深处,只有遇到特定的事情的时候才能被激活。

收到安可信的第二天,也就是周日,我的情绪一直都没有缓过来。下午,我背着书包漫无目的、一脸沮丧地走在校园里,周末周围人的休闲轻松和我的情绪形成了鲜明的对比。

"老大!老大!"有人在背后喊我。

我扭过头去,发现喊我的那个人是江小楠。

江小楠问:"老大,你要去哪里?"

我看了看她,没回答,只是说:"这么巧。"

她说:"是啊。我去寝室找你,他们几个说你不在,我就回来了,在这里碰到了你。"

我问:"你找我? 有事吗?"

江小楠说:"没有事就不能找你啦?"

我没有吭声。

她又接着说:"看你脸色,好像心情不太好,是不是出什么事了?"

我说:"没有。"

江小楠问:"那为何愁眉不展呢? 每次见到你,都感觉你很忧郁。"

听到她这句话,我有点吃惊。她和我认识时间不长,也没有见过几次面,为什么能够读出我的心事、把握我的性格?

忧郁不是我的本意,但却是我的性格。

我说:"我就是这个样子吧。"

江小楠温柔又霸道地说:"别不开心了,今晚一起吃饭吧,我要你请客,我埋单。"

我说:"算了吧,不太想吃。"

她说:"没想到老大竟这么抠门,你们获得了文明寝室,连个客都不请啊?"

看她喋喋不休的样子,我感觉今天可能怎么拒绝都没有用了,她一定是做足了功课,有备而来的。

我没有作声,只是点了点头。

她说:"Ok. Follow me, please. (好的。请跟我来。)"

我跟着她,穿过校园里的大道小径。我想起高中毕业的那年夏天,我和安可骑着自行车,穿过小县城的大街小巷,她如同一只飞舞的精灵,飞扬在湛蓝的天空之下。现在,这个精灵已变为美丽的风筝从我身边飞走,而那根线却紧紧地拴住了我的心。

今天,在江小楠的带领下,这些曾经走过无数次的校园道路,竟显得格外不同。

目的地即将到达:忆江南酒家。又是忆江南!

我说:"你为什么选择这个地方?"

江小楠说:"咱们第一次吃饭就是在这个地方啊,那次我见识了你的豪情。"

我说:"啥豪情,就是喝了几杯酒胡说八道,年轻人的通病。"

她说:"你的胡说八道也与众不同啊。"

我点了三菜一汤,其中一个是老醋花生,后来,它成为我佐酒的必备菜品。

那晚的酒依然是扳倒井,52度,带着烈性,带着青春的温度。酒是好酒,只不过,这次喝酒的人没有品出滋味。

但江小楠的目的非常明确:她陪我喝酒,我给她讲以前及现在的故事,包括我的成长经历和深圳的事情,还有今天为什么不开心。

我揣测,她也不一定是想要从故事中发现什么,只是对我充满了好奇。让我纳闷的是,她怎么知道我曾在深圳待过?

我明确地表示:"在说我的事情之前,先说说你。"

一切都源于好奇。好奇是好感的基础,好感是交往的开始,交往是恋爱的第一步。这不是递进关系,也有可能同步发生,这是看似毫无道理却又有内部缜密逻辑的爱情规则。

我从江小楠的叙述中大致了解到的情况是:她的爸爸是地方上一个不大不小的领导,妈妈是一名高中英语老师。她可谓出身书香门第、高干家庭。她的爸爸对她要求非常严格,从小到大她一直都是优等生;妈妈比较温柔,非常疼她宠她,她在无忧无虑的氛围中长大。

总的来说,她是众人羡慕的天之骄"女"。

显然,她和我有着不同的成长历程,但无所谓好坏。尽管我们都喜欢扳倒井酒。

从社会心理学的角度分析,江小楠喜欢扳倒井的烈,这和她美丽的外表和优越的成长环境形成很大反差,却和她的内心相契合。看似温顺、听话的女孩子往往因为被家庭禁锢久了,内心反而会存在强烈的逆反心理。

我喜欢扳倒井的冲劲儿,就如同火热的人生,这股劲儿以一种隐形的力量推动着人生不断前进,当然,得到这种力量需要付出很大的代价。

一瓶白酒在故事中慢慢被消耗,直到最后一滴不剩。

她的家庭、成长、理想、生活等每一个侧面,都被我摸了个底朝天。

我也断断续续、模糊简单地把我生活的枝枝节节和她说了三分,既没有刻意隐瞒,也没有毫无节制地倾诉,如小河淌水一般。

江小楠绯红的脸庞在灯光的照射下显得格外引人注目,她属于青春,属于这个大学里刚刚迎来的未来。

吃完饭已经是晚上 10 点多,小九华街的夜晚永远是那么热闹。有的人喝多了在马路边呕吐,有的情侣拥抱着慢慢而行,有的人还在推杯换盏。夜的乐章丰富了原本单调的生活。

我和江小楠并排沿着街道前行,略有醉意的她看上去更美,裙子随风而动,就像美丽的蝴蝶在上下飞舞。遥远的银河繁星闪烁,星星调皮地眨着眼睛,就像欲语还羞的她。

突然,她挽住了我的胳膊。

我说:"你喝多了。"随即把胳膊抽了出来。

江小楠说:"我没喝多,没喝多……"

我笑了笑:"寝室快熄灯了,咱们快点回去吧。"

09. 难忘圣诞节

我刚一回到寝室,就看见"裤衩"他们在和同寝室的计算机系的几个人争吵。计算机系的学生气焰非常嚣张,江城本地的那个家伙更是牛气哄哄的,扬言要把我们六个都"灭"了。

我了解了事情的来龙去脉:他们中的一个人丢了200块钱,当时只有"裤衩"在寝室,他们非说是"裤衩"拿了。"裤衩"说绝对不是自己。后来,那200块钱又找到了。

"裤衩"让那个哥们儿道歉,他坚决不道歉,于是就惹毛了"裤衩",两个人干了起来。

后来,计算机系的另外三个人,和我们这边的五个都到了。

上次和生物系的人发生冲突之后,我的脾气收敛了很多。再说,现在九个人住在一个寝室,毕竟低头不见抬头见,因为这点琐事闹太僵了,对谁都不好。

熄灯后我们双方在寝室开始了谈判。江城本地的那个家伙坚决说不道歉,否则就要找人收拾我们。

我说:"我们都是江大的,不是厦(吓)大的。我们六个外地人一无所有,如果打架,我们失去的只是锁链,获得的将是整个世界。你看着办吧。"我竟然一不小心引用了马克思的经典语录。

江城本地的那个家伙仍然不依不饶,牛气冲天地说:"信不信现在我叫一车人来?"

狗子说:"信,来吧!"

寝室里七嘴八舌,各不相让。谈判到深夜 1 点多,大家都丝毫没有退让的意思。

我说:"给你们讲一个故事,听完了再吵也不迟。"

江城本地的那个家伙说:"你讲吧。"

我说:"从前有一个孩子非常聪明听话,家长告诉他忍一时风平浪静,退一步海阔天空。隔壁居住的村支书家的孩子比他大三岁,仗着他爹有权有势,总是欺负这个孩子。有一天,村支书的儿子又带着几个小朋友欺负这个孩子,他实在忍无可忍还了手。见他还手,村支书的儿子用椅子在他额头上砸了一个洞,瞬间鲜血直流。

"他忘记了家长的教诲,立刻用门口的木棍把村支书家的儿子头上打出了一个大窟窿,并且把其他几个小朋友打得屁滚尿流。从此以后,村支书家的儿子再也不打他了。从此以后,他成为村子、小学、中学里的孩子王,再也没有人敢欺负他。当然,他的代价就是回家被家长揍了一顿。

"你们知道那个孩子是谁吗?

"他就是我!你们看,那次椅子砸出的疤痕至今还留在我额头的右侧。"

我指了指自己的伤疤。

"我们不是怕什么,只是不想惹事而已。家长也不是怕什么,只是想让我们知道这个社会存在善良与丑恶、正义和邪恶之分。"

听完了故事,本地的那个家伙就软了下来,表示大家都是一个寝室的,要好好相处,日后还是朋友。

我知道,其实那个家伙只是虚张声势,想吓唬吓唬我们罢了。而且我们是六个人,他们是四个人,若是打起来他们也势必吃亏。于是,我们几个也就此打住,此事到此为止,大家洗漱睡觉。

这是校园里的江湖。有时候语言和拳头一样重要。

后来进入社会我更加感到,有人的地方就有江湖,有江湖的地方就有人渣。有的人喜欢诉诸武力,有的人不择手段,有的人笑里藏刀,背地里使阴招。

相对于不择手段,或许喜爱动用武力的还好一些。而背地里使阴招的都是心灵扭曲之徒,只能像耗子一样钻在洞里,像蝙蝠一样在夜里出行。

生活依然在平静中进行,烦恼不会随着年龄的增长而减少。

此间,有一件值得高兴的事情是,我和王婉莹老师的关系逐步解冻。时间是最好的良药,我因为军训分列式和班干部任命积累起来的对王老师的抵触情绪慢慢消失。

王婉莹老师通过大概一年的观察,可能觉得对我这样的人采取非针锋相对的、非暴力的、间接的方式更为妥帖。于是,她变严厉为温婉,推荐我上了学校党校,想发展我成为一名党员。

当然,我对王老师的抵触情绪也渐渐消失,我们慢慢地成为朋友。

教室、寝室、图书馆三点一线成为我的生活常态。和安可的通信几乎已中断,她有了男朋友之后,我感到再过于频繁地往来似乎不太合适。

记得哪个大咖曾经说过,所有的暗恋都不是爱情,只不过是一场自我修行。

我不再想念安可,也许,我只是她心中的一个大哥哥或者哥们儿;或许,时间能够冲淡一切,把不愉快的事情统统抛之脑后。

自从上次和江小楠单独吃过饭之后,她找过我几次,我总是找借口躲开。从感性上来说,我真的不知道该怎么和她相处;从理性上来说,我真的不想伤害这个女孩。

转眼间到了圣诞节。这是大学期间的第二个圣诞节,大家已经是轻车熟路,狗子、山仔两个去陪女朋友了,我和二哥、"裤衩"、老幺四个"单身狗"去小九华街吃饭喝酒。

酒足饭饱,我们四个人兴高采烈地赶往镜湖旁边的教堂。整个城市充满了节日的气氛,每个人都是集体狂欢中的一个组成单元。

十二月底的江城还没有隆冬的气息,大街上到处都是欢度节日的人们。路边圣诞树上的灯光闪烁,圣诞老人的帽子让人想起圣诞袜,儿童在圣诞夜将它挂起,期待着第二天袜子里装满礼物。

我们沿着镜湖步行 15 分钟,就到了江城的天主教堂。到达的时候,已经是晚上 9 点多了。教堂外人山人海,上千号人站在外边排队,我们由于去得较晚,只能排在长长队伍的尾巴处。

突然,我仿佛看见一个人在队伍前面拼命地朝我挥手,看那样子好像是江小楠,但由于人太多了,不一会儿就看不见她了。

教堂的大门已经关闭,只留下一个小门供行人进出。据旁边的人说,连小门马上都要关闭了,里面的人已经满了。

教堂是进不去了,我们只好沿着镜湖返回学校。湖边有一家露天卡拉 OK,价位非常低,但是我们从来没有去过。

"裤衩"说:"哥儿几个唱唱 K 吧?"

二哥说:"好啊好啊。"二哥是我们学校的"十佳校园歌手",唱歌是他的强项。

反正闲着也是闲着,唱着歌过节也算是一种不错的选择。于是我们四个人点了几瓶啤酒,拿着麦克风,在露天的十二月的江城唱了起来。

声音和着节日的氛围,在喧哗和孤独里无边蔓延。

酒越喝越多,歌声越来越大,我们四个可能都醉了。"裤衩"竟然把《真心英雄》和《朋友》这两首歌曲各唱了三遍。

歌在嘴里,泪在脸上,狂号的声音撕裂青春的纠缠、无奈和岁月的斑驳。

歌在心里,泪在心里,吼叫的力量震颤多日的郁闷、焦虑。

这个场景一直清晰地刻在我的脑海里。

当年情,兄弟情,是永远的感情,纯洁得没有一点杂质。

兄弟情,同学情,是一生的痴情,不会因贫富贵贱、地位高低而发生改变。

我们四个人唱完歌,互相抱着、搀着,歪歪斜斜、踉踉跄跄地从镜湖走回学校,嘴里还津津有味地哼着刚才唱的小曲儿。路人纷纷注目,我们却视而不见。

回到寝室,山仔一个人在打游戏,狗子晚上可能不回来了。

"老大,床上有别人送你的圣诞贺卡。"山仔说。

我往床上看去,果然有一张非常精致的圣诞贺卡躺在那儿。打开来,娟秀的字迹写道:

相信这个冬天一定有雪。有我的祝福,你不会寂寞。
Merry Christmas & Happy New Year!(圣诞快乐,并新年好!)

Yours...(你的……)

这是一张没有署名的卡片,到底是谁送来的呢?

我想了好半天,还是没有想到送贺卡的人是谁。我带着一肚子疑问和近乎喝大的脑袋沉沉睡去。

10. 青春狂想曲

过完圣诞和元旦,就进入了大二的期末考试季,大家都忙碌起来。我每天不是在教室,就是在图书馆。我想用成绩向王老师证明她的眼光不会错,同时也给自己一个完满的答复。

那年江城下了一场罕见的大雪。纷纷扬扬的雪花连续飘落了几天,地上的积雪足足有一尺来厚。

在记忆中,只有初中时的那场大雪能与这次相媲美。当时,我在离家5公里的一个学校读初中,平时寄宿在学校,一般只有等到周末才能回家。那年冬天的大雪连续下了几天,整个世界一片白茫茫。

周末,我和几个小伙伴结伴回家。由于没有雨伞,几个人只能把被单扯起来,抵挡漫天雪花的侵袭。

雪下得实在太大,整个田野都被磨平。一个小伙伴不小心掉进了路边的小坑里,怎么爬都爬不上来,眼看就要被雪吞噬。在我的建议下,大家把被单撕成条状,编织成长长的、结实的绳子,然后几个人拼尽全力才把他拉上来。每个人都冻得手脚发麻。

我回到家已经是半夜,父母准备好了饭菜一直在等我,直到看见脸蛋冻得发紫的我出现在家里。母亲看见这个情状,当时眼泪就吧嗒吧嗒地滴了下来。

我没有哭,上前去紧紧地搀住了她的胳膊。那胳膊,是我一生中最为温暖的力量。

从初中到大二,近乎十年的光景,我从中学进入大学,从少年变成青年。大雪把整个江城变成一个银装素裹的世界,也唤起我尘封多年的记忆。

雪花刚刚飘落的时候,我想起那张卡片上的内容:"相信这个冬天一定有雪。"

这个美丽的祝福变成了现实!

我想起一句诗歌:"也许是古人的赞美,也许是今人的叹息,我将所有的足迹,收藏在冬天的雪里。"

走在洁白的校园小路上,飘扬的雪花落在我的身上和心里。

"老大,一个人在赏雪呢?"一个熟悉的声音在耳畔响起,不用说,是江小楠。

"是啊,今年的雪很大,很美。"我说。

"就是嘛!我说的吧,江城今年一定有雪的,你看,应验了吧?"江小楠说。

"啊?!那张圣诞贺卡是你送的?"我问道。

"什么贺卡啊?我不知道你说的是什么哦。"她说着,我却分明看见她的小脸变红了。

我已经明白了她的心思,就没有再追问下去,接着说道:"哦,没有什么啦。我给你朗诵一首词吧?"

江小楠很激动地说:"好啊好啊。快点哦。"

我说:"那你听好了:'雪来比色。对澹然一笑,休喧笙笛。莫怪广平,铁石心肠为伊折。偏是三花两蕊,消万古、才人骚笔。尚记得,醉卧东园,天幕地为席。回首,往事寂。正雨暗雾昏,万种愁积。锦江路悄,媒聘音沈两空忆。终是茅檐竹户,难指望、凌烟金碧。憔悴了、羌管里,怨谁始得。'"

江小楠说:"这首词写得好是好,但是太哀怨了点,不适合现在的氛围啊。换一首吧?"

我说:"好吧,这首诗你应该没有听说过:'帝城寒尽临寒食,骆谷春深未有春。才见岭头云似盖,已惊岩下雪如尘。千峰笋石千株玉,万树松萝万朵银。飞鸟不飞猿不动,青骢御史上南秦。'"

江小楠说:"元稹的诗啊,好有上进的韵味。呵呵,我还以为你会背诵出'忽如一夜春风来,千树万树梨花开'呢!"

我说:"看来你对古典诗词很有研究啊。"

江小楠做了个很鬼马的表情,说:"那是啊,和你在一起怎么能够是个俗人呢?"

我们两个都笑了起来,这些笑都镌刻在雪里,雕刻在时间苍凉的脊骨之上。

这是我关于雪的第二个记忆。若干年以后,北漂的时候,再也没有一场雪能让我有比这更清晰的记忆。

大二下学期是班级活动较多的一学期。这个时候,还没有找工作的压力,而大家对学校生活已经游刃有余。

根据王婉莹老师的提议,这学期每半个月组织一次主题班会活动,五个寝室轮流主持。学期结束,班级对各个寝室的活动做一次总评,获得前三的有奖励。

主题班会是我们班独创的一项课外活动,目的是锻炼大家的组织、协调、表达等能力。活动以寝室为单位,轮流值班、轮流主持,轮值寝室可以自由策划主题、创新形式,一方面可以提升学生参与度和执行力,另一方面可以促进团队融合。同学们对这个活动比较感兴趣,所以,大家也都愿意投入时间和精力去做。几年下来,它成为学校里影响力很大的一项活动。

终于到了我们寝室主持主题班会,兄弟们个个摩拳擦掌。

狗子说:"这次该咱们了,一定要好好弄,必须弄得有特色,不辜负著名的114寝室的美誉。"

兄弟们运用发散思维,将主题选定为:六个男人的青春狂想曲。表现形式为,六个人用各自的方式展现不同的青春梦想,并且和大家互动。地点在江城公园。

定下了活动方案、报告给辅导员王婉莹通过后,哥儿六个分头准备,租车、联系、订票、准备吃的、准备节目等。

活动正式开始。狗子第一个登台,西装革履,一副商界大佬的打扮,他的青春梦想是:创业和年轻人的立业选择。这厮引经据典、侃侃而谈,畅想了他以后要做一个对社会有用的企业家。山仔悄悄接话:"企业家有可能,对社会有用真不敢说!"

山仔随后登台,小清新加学者打扮,他的青春梦想是:大学和其价值。他从山村娃的大学梦说起,一直讲到现在的大学生活,并表示以后要出国深造,回来做一名教授,研究社会、开拓人生、传道授业解惑。

"裤衩"登台,港台律师装,颇有大律师的风采,他的青春主题是:一个律师的自白。他谈起了自己为什么会从事律师这个行业。山仔接话:"还不是因为失恋了?说得这么振振有词!"

老幺一身披头士的行头,既有摇滚青年的范儿,也有音乐人的灵性,他的青春主题是:音乐和人生。大意是人生即音乐,音乐即人生,可能受到了佛家"色即是空,空即是色"的启发。山仔又接话:"装,纯粹是装!"

二哥的装扮最接近他以前的职业——卖服装的老板,他的青春主题是:服装、生活和孩子。乍一看,还以为他卖服装是为了生活和养孩子呢。但仔细一听,主要内容是卖服装是为了更多人的温暖,尤其是那些贫困地区的孩子的温暖。山仔接话:"大爱啊,大爱。"

最后上场的是穿着建筑工地服装的我。同学们看到我的装扮有点莫名其妙,他们不知道这到底有什么含义。

我说:"谈青春梦想之前,我先讲一个故事:一个男孩在建筑工地上的过往……"

讲完故事以后,我接着说,青春梦想是基于现实的理想,也是对现实的妥协。每个人的梦想都不一样,但殊途同归,都是为了追寻幸福,不存在高低贵贱之分,只存在为了实现它付出的努力的差别。就像那个建筑工地上的孩子,他的梦想是希望人能够在合适的年龄做合适的事情,就像春天播种、夏天施肥、秋天结果,而不是以相反的顺序。

我说完,掌声雷动。

六个人,六种不同的青春颜色,六个不同的人生期许,构成了我们青春时代最浓烈的青春狂想。

活动进行得非常顺利,我们的别出心裁赢得了热烈的掌声。我至今仍依稀记得那天同学们的热情笑脸,和飘荡在天空中的欢乐笑声。

活动的成功再次证明团队力量是伟大的,团队精神是成功的基础。

现在回头想来,除了山仔和二哥的梦想实现了,其他几个人的梦想都成了名副其实的"狂想"。

11. 荷塘夜话时

一个晚上,我正在寝室吃饭。

"老大,门口有人找你。"酷头端着饭缸一头扎进我们寝室大声吼道。

"你这家伙,又在骗我吧?"我说道。

"信不信由你!"他说着就走开了。

这该死的酷头!他经常和我开玩笑,不知道他的话哪句是真哪句是假。我本着"宁信其有,不信其无"的原则,走向了门口。

在7号楼面前的马路上,站着一个亭亭玉立的女孩子,竟然是江小楠。

"你找我?"我说。

她回答说:"是啊,我在这儿等了一会儿了呢,想晚上和你一起去看电影。有时间吗?"

说实话,对于这个漂亮的女生,我是有好感的。对于她的邀请,真的有点好意难却。

我想了想说:"那好吧,晚上一起去看,到时候咱们都带个同学,我请客,你别介意啊。"

她好像有点失望,但旋即说:"没关系,那就叫上你的同学吧。"

我回到寝室,找到了酷头。"晚上一起看电影怎么样?"我笑着问道。

"好啊好啊,老大有什么喜事请我看电影?"酷头反问道。

"看电影需要理由吗?去不去?"我说。

"不去白不去,去了也白去,白去谁不去?去,一定去。"酷头贼滑的本性又暴露了出来。

6点40分,我和酷头早早地来到了学校大礼堂。大礼堂平时用来举行各种大型活动、文艺晚会等,周五到周日晚上放映电影,一般是每晚两部电影,每部电影3块钱门票。作为电影迷的我,在这里几乎看遍了当时所有上映的影片,也在这里留下了一个个感动的或欢笑的瞬间。

不一会儿,江小楠也带着她寝室的陈冰一起来了,这个女孩我在寝室联谊的时候见过几次。

还记得那天的电影名字叫《爱在日落黄昏时》,主题是爱情。江小楠和陈冰坐中间,我挨着江小楠,酷头挨着陈冰,整个电影放映过程中,酷头一直眉飞色舞,侃侃而谈,吐沫星子乱飞。当然,神侃的酷头最后把"陈妹妹"侃到了手,这是后话。

看完电影之后,酷头提议去学校荷塘旁边的石凳子上坐坐,我明白他的心思。所谓英雄成人之美,在两个女生也不反对的情况下,我们来到了荷塘。

荷塘是江城大学的恋爱中心,也是江大学生恋爱必去的三个地方之一,另外两个地方是红山和镜湖。荷塘谈心、红山叙情、镜湖看月是当年男生追女生的三个"必杀技"。

荷塘是公共空间,刚刚认识的男女可以在此聊聊天,加深彼此之间的了解。这里距离寝室近,来回较为方便。

红山既有公共空间，也有私人空间，在山间的大草坪上看看落霞，在隐秘的小树林里说说悄悄话，是大多数恋人喜欢的方式。

镜湖更多的是私人空间，恋爱中的情侣相拥着坐在湖边的长凳上，雨天看湖听雨，晴天抬头望月，既温馨又浪漫。

于是，在荷塘边，酷头开始用上了他的第一招——吹牛。

婆娑的灯光把一潭湖水照得粉红，如同女儿家的心事。

酷头继续神侃，上知天文下知地理的他，声音回荡在我们四人围成的小圈子里。陈冰频频点头，江小楠偶尔偷笑，我间或插话，但是说得很少。

"有什么心事吗？"江小楠很关切地问。

"没有啊，今天有点不舒服，你们聊吧，我回去了。"我说。

"那我也回去吧。"江小楠接着说。

酷头不停地朝我使眼色，我立刻明白了他的意思，就是让我们两个先行撤退。

我说："你们两个继续聊吧，我们先回去了。"

酷头说："老大先走，不送。"

我和江小楠一起离开了荷塘。我朝着114寝室的方向走去，江小楠跟在我的身后。

我说："你方向走反了。"

江小楠说："没有反啊，反正你送我，我就送你呗。"

听到这句话，我似乎感觉脸上在发烧。

我的确没有送她的意思。我和她之间的距离不能太近，太近了容易误会；刻意保持疏远也不是一种好的选择，那太伤人。

我为了给自己挽回点面子，说："本来想送你的，怕碰见你的熟人会产生误会。"

江小楠是个非常聪明的女孩,她知道点到即止的分寸,没有接着说"我不怕熟人见着"这样的话,而是说:"我知道啦。"

荷塘距离114寝室只有150米的距离,我们两个人不大一会儿就到了。

到了门口,她主动地和我说了再见,然后面带笑容地转身离去。

看着她远去的身影,我心里突然有一种淡淡的稍纵即逝的失落感。

转眼到了大二的六月,期末考试即将到来,同学们都在忙碌地复习功课,临时抱佛脚总比不抱好,因为任何人都不想挂科。

六月是最为充实的一个月份,NBA总决赛开打,我的偶像科比·布莱恩特正在第一个巅峰期,他用自己的励志故事书写着后乔丹时代最绚丽的篮球美学。

"你见过凌晨4点的洛杉矶吗?"这句话一直激励着一代人前进。

那个时候网络还没有如此发达,喜爱篮球的男生女生们都去食堂看公共电视,一到比赛时间就把整个食堂挤得水泄不通。每当自己支持的球队得分的时候,"粉丝"们就用饭缸击打着餐桌,发出震耳欲聋的呐喊声、助威声和尖叫声。

一天,我正在第四食堂看湖人总决赛的第四场比赛,一个熟悉的身影在右前方拼命向我招手。仔细一看,是江小楠。

在食堂看球时遇见江小楠比较让人意外。据山仔透露的情报,她是不喜欢看球的。

江小楠从人群中挤到我身边,额头上有微微的汗珠,镶嵌在她那美丽的脸上,就如同夏天盛开的荷花上的晶莹水滴。

"你好像比较喜欢 NBA？我发现你好几次都在这里看比赛。"她说道。

我看了看她说:"你也喜欢？不然怎么知道我经常在这里？"

江小楠的脸瞬间红了,柔声说道:"我恰巧路过,就看见你了。"

那场比赛打得酣畅淋漓,科比加时救主,湖人胜。江小楠在我身边像个孩子一样,随着比赛的节奏,时而随大家鼓掌,时而为不可思议的状况而惊讶。

球赛结束,如同曲终人散,有些人落寞,但还是会回到原来的生活轨道。

我见江小楠提着两个水瓶,就假装关心地说:"正好顺路,我帮你拿水瓶吧。"

她立刻调皮地说:"好啊好啊,我正有此意,还担心你太高冷,不屑帮忙呢。"

两个人的聊天把时间消磨得非快,不知不觉就到了江小楠寝室楼下。她接过水瓶,说:"谢谢你。为了表示感谢,我周末请你吃饭,再欣赏一下你喝酒的风采。"

我笑了笑,没有作声,既没有说同意,也没有表示反对。

12.寂寞长江行

不知不觉地到了周五。在江大学生中流行这么一句话:周一是走向深渊人未识,周二是路漫漫其修远兮,周三是长夜漫漫何时旦,周四是黎明前的黑暗,周五是胜利大逃亡。那时上学的我们都期待着周五,就像现在工作的我们都期待着周六周日和其他假期一样。

这个周五于我还有一个特别的事情——赴江小楠的邀约。

果然,午饭过后我就接到了信息:"晚上6点情人坡前见,不见不散!"

这是我和她为数不多的单独见面,也是我们第一次真正的约会。我虽然之前没有给她回复,但还是按时去了情人坡,江小楠已经站在那里了,洁白的连衣裙和情人坡的绿色草坪相互呼应,宛如碧绿的荷塘里盛开的荷花。她看见我既有点惊喜,又仿佛一切都在她的掌控之中。

坦白地说,这是我第一次和女孩约会——小时候与隔壁家的小草儿过家家不算。第一次约会的心情即使不是小鹿乱撞,也是十五只水桶打水——七上八下。

江小楠背着小手,轻轻地走到我面前:"同志,你有什么好的安排吗?"

这一下子把我问蒙了,心想:不是你约的我吗?应该是你安排啊。

这鬼丫头,竟然和我玩起了心眼儿。

我嘴上却说:"你的安排就是最好的安排,你说呢?"

她说:"咱们先去小九华街吃饭,然后我带你去个地方。"

我说:"带我去哪里?我是个路痴,不会把我卖了吧?"

她说:"喊!你想得倒美,能卖到哪里去?有人要你才怪。"然后一脸坏笑地看着我。

我们又去了小九华街,一样的酒,一样的菜,只是不一样的心情。

她的心情是张开的,如同这夜晚的风。我的心情也是张开的,如同那路边的树。

"树欲静而风不止"也许可以这么理解:这个世界上有两种形态、两种力量。

动的力量在于爆发,它蕴含的能量是可视的;静的力量在于包容,它蕴含的能量是无形的,但可消解一切,只不过有时候会让人压抑。

酒的浓香勾连起动与静交汇的世界。

吃完饭以后,已经进入这个城市的"愉悦"时间。大街上的行人、绚丽的霓虹灯、高楼大厦上的亮光、眨眼的星星、一轮即将消失的下弦月,构成了一幅美丽的画卷。

我们每个个体都是这幅画卷上的点缀,看似不值一提。我感到,虽然个体的生命会随着时间的流逝而消磨,最终被一层厚厚的尘埃所覆盖,但是每个个体都会在属于他的那段时光征程中,尽可能地画出自己的轨迹。

江小楠说:"去长江边上看看吧?"

我犹豫了一会儿,说:"那就是你要带我去的地方?"

她说:"是啊。"

我问:"干吗去那里?"

她说:"我喜欢。"

我看着她,不置可否。她扯了扯我的衣服:"走啦!"

我先是跟在江小楠的后面,后来一前一后变成了并行。我们两个行走在人来人往的夜里。

穿过江城最繁华的街道,向西再行一公里不到,就是长江。江城就是依靠长江的地理区位优势才能在千年的发展过程中屹立不倒。

江城早在春秋时即为重镇,农业、手工业、商业等一直颇为发达。南唐时"楼台森列""烟火万家",宋代冶炼业走向鼎盛,史称"铁到江城自成钢";明清两代,此地又形成了庞大的米业市场,居米市之首而名闻天下。封建时代的繁荣已经成为明日黄花,现在的人们不仅仅活在历史记忆里,更活在当下的幸福生活中。

我们两人慢悠悠地晃过江城最繁华的商业大街,朝着长江的方向移近。在距离长江几百米的地方,已经听到江面上船只的汽笛声,似乎把我们带进当年的繁荣。

我们从一个窄窄的入口下行,进入了长江堤坝的内侧。再沿着倚江而建的护江大堤环绕前行,走进一片宁静的图画中。

江风吹起了一丝凉意,天上的一轮冷月投射在若明若暗的江面上,有点深入骨髓的凄清。江水拍打着两岸的岩石,浪花起落的声音演奏出宁静的小夜曲。

这是我第二次看到长江,但和第一次的心情截然不同。第一次是刚刚来到江城时的早上,那天清早,我看到的长江是那么充满活力和热情,而今夜的长江却是如此寂寞和冷清。

我在前,江小楠在后,行走在这寂寞的江边。

大江奔流,冷月无声。

江小楠问:"你喜欢长江吗?"

我说:"喜欢。然而这不是我第一次见到的长江。那时候的长江是金光闪闪的,现在的长江是无声涌流的。这是长江的两张面孔。"

江小楠问:"那你喜欢哪一张面孔呢?"

我说:"闪闪的长江是生命高潮时期的长江,而晚上的长江则是生命低潮时的长江,就如同人的心情一样,高兴的时候你会唱歌,而哀伤的时候你会沉默。不存在你到底喜欢哪一个的问题,它们都是现实存在的,你唯一能够做的就是面对。"

江小楠说:"怎么说起来都是一套一套的啦?"

我回了下头,笑着说:"这不是一套一套的,而是我现在心里所想的。"

江小楠说:"到底什么事情使你有现在的心情呢?"

我说:"秘密!"

"秘密你个大头鬼啦!咱们两个之间还有什么秘密呢!"她撒娇地说道。

"呵呵,这就是你我之间的秘密啊。"我说。

"你这个大坏蛋!"江小楠继续说。

"我看起来像坏蛋吗?坏蛋长得不像我这样帅吧!"我说。

"臭美!"她娇笑着说。

"哈哈哈哈……"我大笑。

"你还是笑起来好看。"江小楠说。

"那今天晚上,我就给你笑个不停,不过要收费的。"我说。

"笑吧。我准备好了!"

在和江小楠的一番对话之后,我突然发现人的烦恼都是心情使然,而沟通是打通心结的良药,难怪心理学上说,沟通是一门重要的学问。可惜,在这门学问面前,我们大多数人都只刚入门。

13. 三少爷的剑

不知不觉地进入了大三,校园生活即将过半。

我和王婉莹老师的关系越来越好,也和她的男友成为朋友。

我加入了校学生会,在学生会的工作中,我如鱼得水,体会到了学习、工作的双重快乐,在物资贫乏的生活里,精神也是一道可取的菜肴。

十一过后就是学校的运动会。这是江城大学多年来的一项传统活动,也是一种精神的延续。历届运动会和矗立在校园内的数栋建筑物一样,见证了这座大学多少年来的风风雨雨。

运动会不但是展现各个院系的精神风貌的平台,而且是展示个人风采的场所。

曾经有这么一个场景:一个流川枫一样的男生在比赛场地打篮球,啦啦队是清一色的美女,每个女孩还打着不同的牌子,上面写着"××我爱你""××加油""××赢了当你女朋友"等。

这样的场景只是运动会宏大景况的一个缩影。

今年的运动会上,我不再是旁观者,而是组织者。我的好朋友酷头更是其中一名参赛选手,他将参加100米、200米的比赛。

我对酷头说:"如果这次能够拿到奖项,你就可以俘获陈冰的芳心。"

酷头说:"您就看好吧,我一定会把'女神'征服。"

运动会最精彩的部分之一就是开幕式。在雄壮的音乐声中，每个院系组成的代表队依次亮相，当美丽大方的礼仪小姐举着引导牌，和一群身材优美的运动员走过主席台时，整个赛场都会响起雷鸣般的掌声和呐喊声。这开幕式简直就是奥运会开幕式的大学校园版。

　　隆重的开幕式之后，就到了正式比赛时间。各场比赛按照日程安排有条不紊地进行，激动人心的比赛时刻不断在场上闪现。

　　到了第二天，完成了一系列工作后，我实在累得不行，于是就在东操场的看台上坐下来喘口气。

　　十月的江城秋高气爽、丹桂飘香，上午的阳光照着疲惫的身体，我看着深蓝色的天空，不禁又想起在深圳的时光。

　　那年秋天，同样的季节，同样的天气，同样的早上，我们干活休息期间，陈师傅问我："小伙子，你知道幸福是什么吗？"

　　我心里想，他今天怎么突然问起了这个哲学问题？我摇摇头，说："不知道。"

　　陈师傅说："幸福就是小的时候有人疼，年轻的时候有追求，年老的时候有饭吃。像你这样的年龄，就应该在大学里读书，而不应该在这个地方浪费时间。"

　　我心里微微一颤，被陈师傅朴素的道理所惊醒。这是中国劳动人民几千年来所追求的梦想，也是个体微观生活的最高境界，既不需要烦琐的推理，也不需要刻意的论证，只是我们往往忽略了它。

　　正是一年多来陈师傅的不断鼓励，最终使我做出了回校复读的决定，然后也就水到渠成地来到了江城。

江城正传：青春，我们之间隔着一座江城 | 129

"老大,发什么呆呢?"狗子打断了我的回忆。

我说:"没有发呆啊。有点累,在看台上休息一会儿。"

狗子手里拿了一本古龙的《三少爷的剑》,炫耀地说:"老大,你看过这本书吗?咱们讨论一下三少爷这个人。"

看着狗子可爱的样子,我的疲惫之意顿时消失。

我对他说:"谈谈你的认识先。"

狗子说:"谢晓峰首先是个剑客,他的剑术天下无敌;其次是个情种,他对慕容秋荻的爱是深沉的;再次,他是个懦夫,有时候不敢面对现实,这一点有点像你,不敢面对江小楠的爱。"

狗子的话不知道是发自内心的,还是为了故意刺激我,反正听了以后,我有点脸红出汗的感觉。

狗子追问:"老大,我说得是不是?"

我不知道该怎么回答他的这个问题,也不想回答。

他看着我一脸不情愿的样子,也就不再苦苦追问这个问题,转而问道:"你怎么看待三少爷?"

我说:"三少爷首先是一个明白人,他对生活和人生的反思,也就是对剑道的反思,悟通了人生也就明白了剑道,也就实现了人剑合一。"

狗子问:"然后呢?"

我说:"然后他是一个痛苦的人,痛苦也在于他的明白和他的看穿,也就是对名和利的看穿。问题在于他是三少爷,不是平凡人,他注定属于江湖。所以,他的爱情苦、人生苦、名利苦都离不开江湖这个大环境。消灭痛苦有两种方式:一是改造肉身,所以他变成了阿吉,但精神还系于其上;二是消灭肉身,所以他削断了拇指,实现了凤凰涅槃。"

我接着说:"三少爷的江湖是一种理想化的江湖,和我们的生活相去甚远。生活是一种现实的江湖,里面没有快意恩仇,只有吃喝拉撒和冷冰冰的现实。所以,三少爷的故事映射的是一种我们想要却做不到的生活模式,寄托了很多美好的愿望,也反衬出现实中的很多无奈。"

狗子被我的一番话说得有点蒙,过了一会儿,他才反应过来,继续追问道:"你和江小楠属于理想还是现实?你的江湖里到底有没有她?"

我说:"你烦不烦?没完没了!要么好好看书,要么好好看比赛,要么滚蛋!"

狗子给了我一个白眼,不再说话,我也不再说话。

天蓝得像一卷画布,又如同一页童话。云仿佛静止,生命仿佛停滞。在静止的世界里,过往的生命匆匆,均是流动的音符。

运动场上的呐喊声和我与狗子之间的沉静形成了鲜明对比,两个世界在同一空间、同一时间,却没有交集。

不知道过了多久,耳畔响起了狗子激动的声音:"老大、老大,酷头获得冠军啦!酷头获得冠军啦!你看,他正在下面披着国旗奔跑呢,还大声喊着'陈冰我爱你,陈冰我爱你'。"

我往操场中看去,酷头已快跑到了我们院系这一块看台,他高兴得像个孩子。

不一会儿,运动场上的广播里传来播音员清脆的声音:"在刚刚结束的 200 米决赛中,历社系的王小川同学获得冠军。祝贺历社系,祝贺王小川同学!"王小川是酷头的大名。

酷头跑到我面前大声喊道:"老大,老大,赢了!"

我立刻从看台上站了起来,直接冲了下去,紧紧地握住了酷头的手,然后给了他一个熊抱,说道:"祝贺你,好兄弟!"

酷头大汗淋漓,还在剧烈地喘着气,兴高采烈地说:"老大,晚上我请陈冰吃饭,你得参加。"

我知道,这个时候扫他的兴是一种不够兄弟、不够礼貌的行为。我也知道,这次陈冰一定会"就范"。

爱情的到来,是天时地利人和的结果。爱情的到来,也是精诚所至、金石为开的产物。

14. 精彩服装秀

晚上,按照酷头的安排,我去学校东门的陈年往事酒家与酷头他们吃饭。我喜欢这个饭店的名字,听起来就有一种故事感。

等走进"今夕"包间的时候,我看见了三个人:酷头、陈冰和江小楠。

酷头在运动场上约陈冰饭局的时候,我就知道江小楠一定会来,果不其然!

落座时,酷头挨着陈冰,江小楠坐在他们对面,旁边空着一个座位,那是有意无意留给我的。这样的座位安排,看起来有点像两对约会的情侣。

美酒菜肴端上,酷头开始瞎哈拉起来:"今天很荣幸,一不小心得了个冠军,纯粹是运气,主要是沾了陈冰同学的运气。运气归运气,但是给我们聚会找了一个由头。先敬大家三杯。"

一番觥筹交错,酷头的话说了长长一串,最后说:"下面,有请老大'训话'。"

说完,他稍带得意地看着陈冰,我知道该到我替他说话的时候了。

我说:"小川今天经过不懈努力和拼搏终于获得了冠军,可喜可贺。"

酷头问:"就这么多?没有啦?"

我说:"猴急什么?——小川是我多年的好兄弟,聪明伶俐、机智过人,说真的,我一直知道他有实力,但没想到这么有魅力。他今天的表现征服了我,肯定也征服了很多人,不知道有没有征服你们?"

我有点想笑,但是还必须装作一本正经。"你们"当然是指陈冰。

江小楠迎合道:"是是。"然后对着陈冰给了个赞的手势,"老大,你继续!"

我说:"据我们寝室的兄弟所知,他一直喜欢陈冰,从来没有喜欢过其他人,总是在寝室里提起陈冰的各种优点,几乎用尽了字典里的赞美之词。他的那种炽热的勇气、那种不懈的坚持、那种执着的精神,值得每一个男生学习。"

平时厚脸皮的酷头,也被我这一番话感动得老脸发红。

我继续说:"不记得谁曾说过,爱情是一场长途跋涉,需要两个人的共同修行,时间长了、日子久了,相爱的人走到了终点,不够相爱的人掉了队伍。走到终点的才是你等的那个人,掉队的人只是一个匆匆过客。经过三年的观察,小川对陈冰的感情应该是真诚的。"

我说完之后,江小楠在一旁不停鼓掌,并添油加醋地道:"冰冰快表态啊。不如就从了吧!"

陈冰此时有点不好意思,幸亏酒精的作用已经使得她的小脸绯红如桃花,否则就会更加娇羞。

她端起了一杯酒,对着酷头说:"祝贺你,王同学!"

酷头举杯一饮而尽,我朝他使了个眼色,意思是说:"兄弟,看你的了!"

饭局结束以后,酷头和陈冰去了情人坡,我和江小楠回了学校。回去的路上,江小楠说:"老大,三少爷的故事讲得很精彩、理解得很透彻啊!"

我惊讶地看着她,随即问道:"你怎么知道?是不是狗子这厮告诉你什么了?"

她说:"别冤枉好人了,你们在那里高谈阔论的时候,我就在后面不远的地方,你一副疲惫又发呆的样子,哪能注意到我的存在?"

我说:"喊,他是好人?他是好人世界上就没有坏人了,明天就让他去骗你!"

她说:"好啊,等着!"随后莞尔一笑,几颗虎牙现出青春的清纯。

她又继续说道:"刚才你说的关于爱情的那段话,倘若没有恋爱经历,哪里来的这些高深的感悟?是不是'老司机'?快说!"

我说:"很多知识不一定非要实践才能获得,前人的智慧是无穷的,只要你多读多看多思考,就一定能够有所收获。"

她反对:"陆游老人家曰:纸上得来终觉浅,绝知此事要躬行。你那是纸上谈兵,得实践!实践出真知,understand(明白)?"

这话我不知道该如何接下去,心里想:难道要我说"咱们两个实践一下怎么样"?

回到了宿舍,我躺在床上,看着天花板,想一想从吃饭的时候发生的事到刚才和江小楠的对话,若有所思,又突然放下。

即将熄灯的时候,酷头来到了我们寝室,悄悄地趴到我的床铺边上说:"老大,成功了!"

我们都明白成功的意思——已经牵手了。

这几个月的时光飞逝,每一天都在消解时间的长河,把生活化为点点滴滴的碎片。欢喜和忧愁都是生活的常态,而平凡注定是主旋律。

我们一如既往地去小九华街吃喝玩乐,谈天说地,纵横捭阖;一如既往地用青春的时间书写青春的历史,即便苍白抑或可笑。

大三下学期,校学生会策划、组织了一场校园模特服装秀,这也是今年学生会的工作亮点。

我和学生会的几个兄弟姐妹去江城的商业街拉店家赞助,一家商场一家商场地跑,一家门店一家门店地问,最终 Mr Sir 服装品牌答应给我们提供场地和所有服装。这算是解决了经费和服装问题。

接下来就是模特选择。学生会在学校的宣传栏和校园广播台都进行了宣传,各个院系的帅哥美女报名十分活跃。

在审查报名人员名单的时候,我发现了江小楠的名字,这让我大吃一惊——这个丫头也来参加,葫芦里卖的什么药?

模特名单确定以后就是集训,学生会请了学校礼仪队的几名老师,利用课余时间对这些选手进行集中训练。在上第一节形体课的时候,前排的江小楠对我迅速做了一个鬼脸。

下课以后,其他人都走了,她磨磨蹭蹭留到最后,仿佛偶遇的样子对我说:"老大,不期而遇啊!"

我心里一直想知道她为什么参加此次活动,但是又装作若无其事的样子,说道:"很巧啊,你也参加这次学校活动了。谢谢你对我们学生会的支持。"

她说:"你还真说对了,就是大力支持你的工作,否则,我才懒得参加这无聊的活动。"

看着她一本正经的样子,我知道她说的是心里话。这也解开了几天来我内心的困惑。

这个丫头接着说:"喂,活动成功了你要有所表示啊,别不表示啊。"

我说:"咋表示?你给个建议。"

她说:"让我想一想,活动结束了告诉你。"说完就离开了。

看着她的背影,我发了好一阵呆。在学生会工作的小李问:"老大,大名鼎鼎的江小楠看上去对你很有意思嘛,已经是嫂子了,还是未来的嫂子?"

我说:"去!别瞎扯,认识而已。"

周末的大礼堂人山人海,服装秀正式开始!Mr Sir 很给力,把他们店里的春夏秋冬四季的各种款式都提供出来,俊男靓女们在台上尽情展示自己的风采,青春洋溢的活力和能量,使大礼堂上空的采光灯都黯然失色。

他们的表演不亚于专业模特,但更多了几分清纯的气息。

当然,其中最受关注的还是江小楠,她的春装展示如春姑娘降临,夏装清爽而校园,秋装立体而不妖娆,冬装厚重而不臃肿。

劲爆、舒缓的音乐轮流播放,灯光交织,忽明忽暗,掌声此起彼伏,各种尖叫声不断,高潮迭起。

这样的活动把我们的生活分成两个不同的世界——现实和

非现实。我后来读到,所谓演出,用社会心理学的语言来说,就是在前台的自我表演,而前台和后台存在着巨大区别。事实上,生活的前台和后台也是如此。

15. 非正式仪式

服装秀取得了圆满成功！分管学生工作的校领导现场就给予了高度评价和赞扬。

活动结束后，恋爱中的男男女女分别找各自的男女朋友过周末去了。我把活动现场的事情处理完毕，想回寝室休息，刚一走出礼堂门口，就发现江小楠一个人站在那里。

"老大，你忙完了？"她正在左顾右盼，一看见我就急切地问道。

在这个时间、这个地点遇见她，我十分惊讶，旋即问道："你在等谁呢？"

她俏皮地反问："你说我在等谁呢？"

突然想起前段时间她说过，活动结束要我"表示"的事。

于是我说："走，咱们吃酒酿水子去。"

她说："这还差不多，虽然便宜了你，但这个表示正合'妾'意，我就不再提更多的要求啦。"

妾意？难道听错了？我用手指揪了揪耳朵。

学校正大门口老奶奶的酒酿水子和牛奶木瓜堪称一绝。

我和江小楠来到老奶奶的摊位前，点了两份酒酿水子，找到一张桌子坐下。说是桌子，其实就是很小的折叠式台子，便于装卸和运输。

江城正传：青春，我们之间隔着一座江城 | 139

不大一会儿,两碗热气腾腾的酒酿水子端了上来,白色的水子连同酒酿晶莹剔透。

老奶奶看看江小楠,然后又看看我,说:"小伙子,你很有福气啊,女朋友真可人。"

老奶奶的话乐得这丫头喜上眉梢,高兴之余又带着女孩子家的羞涩。

"可人"是江城一带夸赞女孩子的语言,意思是漂亮懂事。看着老奶奶忙碌的背影,我仿佛可以看出她年轻的样子,她曾经一定也是一个可人的女孩子,只不过世事苍茫、生活劳苦,光阴流失,把昔年一个风华正茂的女子变成了今天的白发苍苍的阿婆。这让我不由得产生"惟草木之零落兮,恐美人之迟暮"的惆怅。

不知道江小楠到老了时,是否这般模样。我不由得多看了她几眼,四目相对,我意识到她在含情脉脉地看着我,赶快把目光移开,接着说:"可人,赶快吃吧,别凉了。"

江小楠也不是吃素的,立刻回敬道:"三少爷,您也快用膳吧。"

我在和江小楠的聊天斗嘴中吃完了夜宵。等我去付钱的时候,老奶奶说:"你女朋友已经付过钱,就不用再付了。"

这时,我才理解可人其中懂事的含义——悄悄地、不声不响地关心,带着细腻和温度。

我和她朝学校走去,路上我说:"本来是我请你的,结果变成了你请我。"

她说:"不都一样吗?分得这么清楚干吗?你要是过意不去,下次再请回来啊。"

我点了点头。

于是,这个老奶奶的摊子成为我俩后来经常活动的据点。

转眼间大三即将结束,七月的江城闻到了分别的气息。《毕业生》的主题曲反复播放,离愁别恨的情绪仿佛包围了整个校园。

有的人因工作需要东奔西走,有的情侣因天南地北劳燕分飞,有的人因找不到工作而夜夜买醉,有的人分手酒喝得哇哇乱吐……

这也是明年我们毕业季的预演。

分别总是需要仪式的。仪式是让平凡日子发光的魔法,是对平凡生活的升华。《小王子》里有一句话,说仪式感"使某一天与其他日子不同,使某一时刻与其他时刻不同"。

在社会人类学看来,通过仪式,生存的世界和想象的世界借助于一组象征形式融合起来,变为同一个世界,而它们构成了一个民族的精神意识。人们对其生活世界的意义的理解,同样是人类生存的基本问题。

高校的分别仪式分为正式的和非正式的,正式的是毕业典礼,非正式的是毕业晚会。

学生会组织了大四学生的毕业晚会,我对每一个节目进行了预审,审查通过的进入彩排。虽然已经熟悉了所以节目的内容,本以为不会再被感动,但后来的事实证明,我们善于高估自己。

江城大学的礼堂有一种魔力,它容纳下悲欢离合,见证快乐悲伤。晚会开始之前,滚动播放的四年生活学习的视频已经产生了催泪效果,尤其是熟悉的画面播出,涉及的当事人,发出一阵阵掌声、一阵阵欢呼声。掌声下去,有人在小声啜泣。

晚会正式开始,离别大幕缓缓拉开。快乐的、心酸的节目,一个接着一个。

等到山仔参演的节目《四个四年》开始时,我骤然想起三年前的一个片段。当时,作为大一新生的他,在迎新晚会上参演了小品《开学的那一天》,讲的是白发苍苍的农村父母送儿子读大学的故事,其中几句改编的歌词我至今还记忆犹新:"在学校好好学习,千万不要胡思乱想,不要想家乡,不要想爹娘,不要想那心上的姑娘……"

眨眼间,三年时光飞逝。他的家乡怎么样?他的姑娘怎么样?而那个懵懂的山仔已经变成了现在成熟的样子,逐渐褪去了青涩,逐渐意气风发,逐渐和从前判若两人。

而我们每一个人又何尝不是呢?

整台晚会在一首合唱中走进尾声,在行将结束之际,我突然想到《琵琶行》里"感我此言良久立,却坐促弦弦转急。凄凄不似向前声,满座重闻皆掩泣"的场景。

左右环顾,我看到有人小声哭泣,有人暗自落泪,有人茫然若失,有人不知所措。

大礼堂里,有一种说不出来的压抑。我也瞬时感到一种鸟飞人散的悲凉。

晚会结束后,我飞一般地冲了出去。外面是七月的天气,风带来一丝凉意,但仍然阻止不了夏的侵袭。江城的湿热混合着莫名其妙的情绪,更是让人心火升起。

我走到荷塘边,找了一张凳子坐了下来。抬头望见满天繁星在头顶眨眼,低头看见荷花含羞不语。抬头低头间,三年时光雷电般在脑中闪过,如同电影里蒙太奇的手法。

  我坐了半个小时,回到寝室冲了一个凉水澡,企图使自己烦躁的心情平静下来,可是越想睡越睡不着,合上眼都是刚才大礼堂里的各种画面。

  那一夜,我失眠了。

16. 旅程和伴侣

大三暑假放假之前的一段时间，每个人的目标日益清晰，考研的即将准备考研，找工作的开始有所盘算。

狗子准备去大城市工作，二哥和老幺打算回老家创业，山仔正在努力准备托福，"裤衩"打算去北京找父母，我也在谋划着自己的将来。

我和江小楠之间的那层窗户纸一直没有捅破，虽然我知道她喜欢我，我也有点欣赏她，但是，有些距离咫尺如隔着千山万水。

有一天晚上，我们在校园里散步，江小楠问我："你有什么打算？是准备工作还是准备考研？"

我说："不打算考研了，可能准备工作吧。"

她说："目标是去哪里呢？"

我知道她的想法，为了断了她的一切念想，我说："可能是北京，或者是上海，具体我也说不清。你呢？"

她说："我要考研，去你即将工作的那座城市。"

我说："别开玩笑了，我都不知道自己要去哪里。"

江小楠一脸严肃地说："我是认真的，我会追随你到任何一个地方。"

我看了看她，心底微微一颤，她击中了我心中最柔软的地方，但我随即又恢复了平静。

"追随"这个词太沉重,我真的承受不起。

我指了指天上的星星,认真地对她说:"你是最亮的那颗星星,无尽的银河才是你的世界。"

她说:"那你呢?你不也是最亮的那颗星星吗?你那么坚强,那么有能力,那么优秀,你为什么就不可以做我身边的那颗星星?"

我没有说话,深深地吸了一口烟,只对她微笑了一下。她也回敬了我一个微笑,那微笑如同大三那年的暑假一样热烈、写意和悠长。

暑期开始,大多数学生已经离校,此时的校园更加空空荡荡。考研的同学们有的留在学校复习功课,有的去上各种各样的辅导班。

我选择了回家,家是最温暖的地方。一想到父母的辛劳和他们面对苦日子的笑脸,我就告诉自己,要承担起家庭责任,要挣钱养活家人和自己,要工作了。

读了几年大学对我来说已经是一件非常幸运的事情,看看那些没学可上的孩子,我有什么理由奢求更多呢?

我想起在深圳打工的岁月,以及正在经历的美好的大学时光,这一切的一切,让我觉得如此温暖。

九月一号,又一个新学期的开始。我最期盼这个日子,这意味着和漫长的假期告别,也预示着可以和日夜思念却没有见面的人"久别"重逢。

九月的江城秋高气爽,在夕阳西下的时候,可以看见黄昏寂宽的脸庞。大四一年会一晃而过,青春的尾巴已经隐隐约约地暴露在大家面前,不知道谁能抓得住。

未来,我们即将到来。

开学不久,狗子找到我,悄悄地说:"老大,出事了!"

我说:"出啥事了?别着急,慢慢说。"

狗子说:"真是太不幸了,女朋友怀孕了!"

我说:"那应该是值得祝贺的事,恭喜兄弟啊。"

狗子焦急地说:"大哥,别开玩笑,我是认真地征求你的建议的。你看看,应该怎么办才好?"

我说:"我初恋都还没有,谈不上给你什么成熟的建议。只有两种方案选择,一种是生下来,另外一种,你懂的。"

狗子说:"要是你,你会怎么办?"

"要是我,我就不会让这种不该发生的事发生。谁让你管不住自己的裤腰带?"我半开玩笑道。

狗子说:"我女朋友坚持要生,我也不知道怎么办才好。"

我说:"我不了解政策上是否允许大学生生孩子(好像2012年政策才规定大学生可以结婚生孩子),但从目前看,生的时候就毕业了,也不违反学校规定。最重要的是,你爱你女朋友吗?你们做好一个小生命来到这个世界上的准备了吗?你们有能力抚养吗?如果这些都不是问题,我认为应该尊重生命,尊重上天的恩赐。"

狗子说:"明白了,我和她再好好商量商量。"

狗子永远走在大家的前面,成为我们班甚至全校有史以来毕业不久就当爹的人。后来在毕业十年聚会的时候,我们揶揄他说:"可能是你导致了后来大学生可以结婚生子政策的出台,真是功德无量啊。"

狗子自嘲且得意地说:"那是,做第一个吃螃蟹的人是需要勇气的,没有勇敢的心哪行?"

我的兄弟,你何止勇敢?你是初生牛犊不怕虎,虎头虎脑向前冲,冲着冲着就开启了新的人生!

平静的日子在不知不觉中溜走,直到被一个来自北京的陌生电话所打破。

打电话的人是安可。

她在电话中说:"老大,不知道你过得还好吗?"

我说:"很好啊,都是晴天,一切安好。"

她问:"毕业后有什么打算?"

我说:"现在还没有详细计划,走一步看一步吧。"

她问:"有女朋友了吗?"

我支支吾吾,顾左右而言他。

后来我们把话逐渐说开,她的大意是她之前和我提到的那个男孩子出国留学,她打算留在北京工作,他们两个已经分手。她问我是否去北京,如果去北京,她是东道主,可以帮忙找工作,并让我想好了联系她。

放下了电话,我在巷子的最深处,拿出那盒她送我的、我一直珍藏、未舍得抽的芙蓉牌香烟,狠狠地吸了几支。

在烟雾缭绕中,我清醒地告诉自己,一切都过去了。

四年之前,我在高三复读时认识她,纯粹是一场巧合,也是一种幸运；三年之前，那封信背后的潜台词，让我心灵的悸动戛然而止，也曾让我难过了一段时间；现在的这个电话，无论是出于关心，还是有什么别的原因，都已经没有太多的实际意义。

人生恰如旅程，我们都是彼此人生路上的旅伴，而不是伴侣。旅伴是暂时松散地结合在一起，观看已知的风景，匆匆忙忙欣赏完了就一拍两散，可能不会再有第二次，甚至再也不见；伴侣是永久地结合在一起，探究未知的风景，细细领悟，反复品味。一直陪你看风景的那个人，无论路有多长，无论风霜雪雨，他（她）都会站在你身边。

刚开始，我们往往把旅伴当成了伴侣；到后来，我们常常把伴侣变成了旅伴。这看似没道理，但处处发生。

想到此处，我平静地把安可的电话存了下来，增加了一个备注——高中同学。

17. 残酷的温柔

不知不觉来到了十二月,这个十二月原本没有什么特别之处,但因为一件事情,我的记忆格外清晰——我的生日 party(聚会)。

二十四年来,我从来没有过过生日。我这样农村出身的人,从小就和泥土、青草这些自然之物以及贫苦、生存这些现实打交道,所以对生日这种仪式性的东西也比较无感。

大学三年来,寝室里的每个兄弟过生日我们都会去小九华街吃喝一顿,在蛋糕和烈酒里增加一岁。

但每当我生日的时候,我都会以各种理由推辞。而这次,我再也不好推辞,因为张罗的人不仅有寝室的兄弟们,还有江小楠。

寝室里的六名兄弟和江小楠晚上早早就来到了忆江南,点了一桌丰盛的菜,当然少不了扳倒井酒。

二十多年来的第一次过生日让我既熟悉又陌生。熟悉的是,我每年都会参加别人的生日 party,在浓烈的氛围中作为一个参与者分享别人的幸福和快乐;陌生的是,自己从来不是那个主角,也从来没有当主角的冲动。

第一次生日 party 来得那么突然,也让人感到那么幸福。饭还是那么可口,酒依然香醇,气氛更加热烈。

桌上的空瓶子越来越多,兄弟们的话也越来越多。我们在一起聚会,无外乎谈谈男男女女的生活,聊一聊身边的八卦。而这次聊天的主题是我。

狗子说:"快毕业了,我们一直没有大嫂,也不知道老大喜欢谁,是不是有什么问题。"

山仔说:"喜欢谁我不知道,可我知道谁喜欢。"说完他瞅了一眼江小楠。

我似乎看到了江小楠本来已经因为喝了不少酒而发红的脸,更加红扑扑的。

二哥、老幺等几个人也一起起哄,大声说道:"大嫂、大嫂,远在天边,近在眼前。"

我佯装怒斥:"你们都不许胡闹!继续吃饭,继续喝酒。"

不知道是氛围的烘托,还是水到渠成,江小楠站了起来,举起了一大杯酒,然后说道:"我先喝了这一杯,然后说几句话。"

刹那间,兄弟们都寂静无声。

江小楠把酒一饮而尽。

她说:"首先祝老大生日快乐、天天快乐。其次,我就是山仔所说的一直喜欢老大的女孩,几年来一直喜欢,从来没有改变过。我还想做他的女朋友,可以吗?"她的话一说完,整个包厢内就响起了雷鸣般的掌声。

我先是一愣——知道她喜欢我,但没有想到她会在这个时间、这个场合下做出这样的表白。

我的脑子迅速转了十万八千转,知道此时此刻最感人的做法是大声说"我愿意"。可是,那对江小楠来说太不负责任。但是,也绝不能说"不",一旦说"不",将会使她非常没有面子。无论男人还是女人,都是要面子的,尤其在公共场合。

她的话语也非常有艺术,"可以吗"既可以理解为说给大家听的,也可以理解为说给我听的。

我也拿起了一杯酒,走到了江小楠身边一饮而尽,然后握住了她的手,非常认真地说:"谢谢你。"然后轻轻地给了她一个礼节性的拥抱。

江小楠很愉快地接受了拥抱。场面很快得到了控制,兄弟们在起哄中结束了这个话题。

我不停地敬酒,在推杯换盏中迎接人生第二十五个春秋的到来。

记得那晚喝了很多酒,不胜酒力的狗子还没有等到吃蛋糕就已经趴在了桌子上,山仔喝得摇摇晃晃,江小楠脸上也是人面桃花的绯红。

最后唱生日歌、许愿。蜡烛点燃的瞬间,摇曳的烛光照亮了每个人的脸庞。

我闭上眼睛许了一个愿:家人平平安安,一切顺顺利利。

吃完了蛋糕,我们的聚会告一段落,大家分头去干自己的事了,江小楠叫住了我,说:"咱们去江边走走吧。"

我点了点头。

在月朗星稀的夜晚看长江,是恋人们的福利,是奢华的浪漫。这种浪漫,我不曾拥有,也不想拥有。

我们沿着小九华街道,穿过白天熙熙攘攘、现在已静悄悄的步行街,有风吹过,仿佛夜的低吟。

夜色真好,显现出单调乏味又折磨人的现实生活之外,还有情趣盎然又丰富多彩的一面。

江小楠不说话,轻轻地挽住了我的胳膊,这次我没有拒绝。其中没有暧昧,只有情谊。

夜晚的长江失去了白天的喧嚣和咆哮,静静地躺在那里,像一条长龙。江水时而宁静,时而暗涌。

"星垂平野阔,月涌大江流。"我随口说道,"我们的人生也像这大江一样日夜不息,但旋律和节奏如星辰变幻。"

江小楠说:"你可以洞见各种人生的道理,说明你经历过的恰恰就是你的财富。"

江小楠像风中的百合,江风吹起的连衣裙犹如荷花盛开。我又一次发现,月光下的她美得如此恬静、如此安怡。

我笑了笑,没有接话。

我们沿着江边防洪大堤一直往前走,最终,还是江小楠憋不住了,她问道:"刚刚在饭桌上你是什么意思?同意还是不同意?现在没有其他人,我想听听你真实的想法。"

这个可人的女孩!

沉默了一会儿,我不敢看她的眼睛,侧过身子,十分郑重地说:"小楠,你是一个非常懂事、非常漂亮的女孩,你能够喜欢我是我的福分,谁能够得到你的爱也是他的幸福。可我做不了你的白马王子,因为我必须对你负责,因为我不想也不能伤害你。"

江小楠说:"你能告诉我为什么吗?"

我说:"可能俗了点,但我比你大四岁,不得不考虑现实。第一,从家庭角度而言,我暂时给不了一个女孩子幸福。门当户对部分是封建思想,部分也是前人的智慧总结。虽然在你面前,我没有自卑,但你家里那边怎么办,你的父母对此会怎么想,你有了解过吗?第二,从事业角度来讲,大学快要毕业了,我的未来在哪里我都不知道,我怎么敢轻易地给你许诺?空洞的许诺那就是不负责任,就是对你的欺骗和伤害。我是喜欢你的。几年来,我一直小心翼翼地守护着我们的这种朋友关系。进一步,受伤的是你;退一步,受伤的也是你。所以,我在用比你大四岁的、微不足道的理性来规制着无数次汹涌澎湃的感情,直到今天,直到现在。坦白地说,在我心里,你的分量无可替代。但喜欢一个人,不一定非要得到,祝福也是一种很好的方式。你应该有你的未来,而且是美好的未来。相信我,我的眼光不会错。如果有缘,我们还会再见;如果有缘,我们还会走在一起。"

一股脑儿说完这些话,一颗泪珠从我的眼里夺眶而出,流到嘴里咸咸的、涩涩的,就像在深圳三年的时光碎片的味道。

我迅速地做了一个擦拭的动作,然后转过身来,分明看见江小楠也有泪水在眼眶里打转,但她一直努力保持着她的良好仪态。

她说:"你为别人考虑的时候,你有考虑自己吗?为什么总是那么理性?为什么总是按照自己的规划来设计爱情呢?未来可以一起开创,我家人可以说服,而你为什么不能坚持呢?我本来以为你和别人不一样,谁知道你也那么俗、那么现实。"

她轻轻地捶了我几拳,继续说:"其实,当大一刚开学,你和二哥在图书馆的时候,我就开始注意你,也就是从那个时候起,逐渐喜欢上了你。当你在图书馆的时候,我就会出现在你的后方,只是你没有发现我而已。那天高数课,既是一场巧合,也可能是上天的安排。狗子策划和我们寝室联谊的时候,我不假思索地同意,也是因为知道你在那个寝室,你一定会出现在联谊会上。114,520。一鹏,我爱你……"

她边说边悄悄地流着泪,泪水滑过她的脸庞,流进我的心里。

我再次转身,慢慢地环抱着她,像抱着一整束含苞未放的玫瑰,然后,轻轻地替她擦去了眼角的泪水,也擦去了四年来我们之间的距离。在"人生有情泪沾臆,江水江花岂终极"的长江,我用这样的方式,残酷又温暖地了却了一段感情。

夜的沉静覆盖万物,多情的大江奔腾不息,不会嘲笑我们曾经的幼稚和年少的多情。

今晚的长江,格外地不同。今晚的月亮,照耀了以后的生活。

18. 可能性选择

春节过后,进入了大四的最后一个学期。五个月之后,我们即将和这座生活了四年的城市说再见,和这所最温暖的大学说再见。

离别,从来都不是一个短暂的过程;离别的氛围,从本学期伊始就已经慢慢地营造起来。毕业生就像无数只飘荡在校园上空的风筝,终有一天风筝会脱线而飞,飞得很远很远。

同学们都在为自己的未来做着计划,有的人搬出去住了,有的人在慢慢处理着自己的各种物品,有的人在无所事事地等待着大学毕业后的失业。

每个人都在做着自己的选择。选择是一个复杂的过程,理性选择理论的集大成者、社会学家詹姆斯·科尔曼指出,合理性是理性行动者的基础,而行动者的行动原则可以表达为最大限度地获取利益。"理性人"兼有"经济人"和"社会人"的特质,不仅受到经济因素的影响,还受到社会的、文化的、情感的、道德的多种偏好的影响。

每个即将毕业的大学生,虽然不可能完全按照理性选择理论的模式去选择自己未来的发展方向,但的确需要考量多方面因素。

其一是家庭。家庭经济条件决定了是继续读书还是工作,家庭教育模式影响了个人的心智成熟和心理健康程度,父母"望子成龙、盼女成凤"的心态会转化成不同的具体要求,等等。

其二是学校。学校氛围陶冶了学生的情操,老师们的水平间接影响学生的水平。学校的职业生涯设计课程,给学生们的就业指明了方向。更重要的是,学校不仅教给学生们知识,而且教会他们如何去选择。

其三是个人。个人在选专业的时候,就给未来的职业选择埋下了伏笔;在学校努力奋斗的结晶,比如奖学金、发表的论文、评优等成为择业的敲门砖;个人的志趣或者专长,是择业的竞争优势所在;未来的职业发展和职业理想,决定了个人职业选择。个人的性格也很重要,有的人适合闯,有的人适合平稳,有的人则随遇而安。

当然,以上只包含"供给侧"的诸多因素。至于能找寻到什么样的职业,还要看"需求侧"。

套用以上综合分析方式,我可以隐隐约约地推测出我们寝室几个人未来的发展情况。

狗子天生有种不安分的气质,大胆闯、大胆试对他来说最合适不过了,所以他最可能去有竞争力的大城市。

"裤衩"属于随遇而安的那种,或者是当个老师,或者是找个平常的工作平常地干着,或者干脆选择自由职业。

山仔是块读书的好材料,继续学习深造,完成他的读硕、读博梦想,继续在象牙塔里游弋,才是他最好的选择。

老幺出身好,可以从事商业,也可以选择走仕途,他的视野、他的见识和他的经历,让他无论身在何种情形下都能够从容面对。

豁达、从容的二哥是个多面手,除了创新性的工作以外,他或许什么工作都能干得有模有样。

初春三月的晚上,乍暖还寒。江城的杨柳抽出了丝条,让人想起"扬子江头杨柳春,杨花愁杀渡江人"那首诗。

114寝室召开了一次卧谈会,主要内容是未来打算和职业选择。

狗子说:"快毕业了,除了山仔读研究生的目标清晰外,咱们哥儿几个以后都干点什么呢?"

"裤衩"说:"莫急,时间还早!"

狗子说:"大哥,三个多月以后我们都要卷铺盖滚蛋了,还不急啊?"

"裤衩"接话说:"急有什么用?一切顺其自然!你先说说你的打算。"

狗子回答道:"我打算去'魔都'了,它是一个国际大都市,小时候我的梦想就是去这样的地方工作、生活,虽然不求出人头地,但也希望有所发展。"

二哥乐呵呵地说:"你这样的人才适合去大城市,像我们这样的小人物适合在老家干点力所能及的事,我们就不和你竞争难得的机会了。"

山仔说:"我的打算就不用说了,老幺呢?"

老幺说:"我也没什么说的,可能自己创业,征求一下我妈妈的意见后再定吧。"他看着我,"老大,你呢?"

我默默地看着窗外,春夜深邃,如同黑洞。远处是理想,近处是现实。人们常说,理想很丰满,现实很骨感。

我说:"我要工作了,希望自己能够养家糊口,希望能够凭借自己的能力让父母过上好日子。"

过上好日子,是中国人几千年来追求的朴素的梦想,也是我们奋斗的动力源泉。只不过,在这样的夜晚,谈起这样现实的话题显得有点沉重。

这晚的卧谈会竟然成为我们寝室的最后一次卧谈会,它就像以前每次卧谈会一样,在我们的生活中起着作料的作用。但这次卧谈会的意义,我们却没有足够重视。

三个月以后,这晚吹过的牛、说过的话基本上都得到了兑现。

狗子要去"魔都"工作了,在那广阔的天地里,他必将大有可为。女朋友再过几个月就要生产,他已经做好了当爹的准备。总体来说,狗子在大学的收获无人可与之匹敌,他即将成为历社系的一个"不朽传说"。

"裤衩"即将去北京,至于去做什么,我们不得而知。据小道消息,有的说是去找他家人,有的说是到了一个咨询公司,还有的说是在火车上认识了一个在北京读书的女孩子,追随她去了。

山仔的托福考试得了建系以来的最高分,申请到了去一所世界一流大学攻读的机会,要去美国读书。他将在遥远的异国他乡度过至少七年的时光,直到拿到博士学位。

老幺准备在江城创业,重振家族的昔日梦想和荣光的重担在肩。不久,他就注册了公司,办好了工商手续。他已提前响应了如今的"大众创业、万众创新"的号召。

二哥回老家县城开服装厂,从大学前开服装小店,到毕业后开服装厂,大学对他来说只是一个思考和休息的驿站。不同的是,从"小店"到"大厂"的飞跃,知识在其中起到了重要作用。我们都期盼着,有一天二哥给我们兄弟邮寄几件免费的衣服。

寝室的五位兄弟都选择了自己的追求,将来也必定会沿着初始的轨迹走向幸福。

我的老师和其他同学也在这个即将结束的学期,找到属于自己的幸福和未来。

王婉莹老师结婚了,新郎是恋爱了八年的男友。我们班同学都参加了她的婚礼,那天是她和她爱人一生中最为幸福的一天。

他们的幸福,也让在场各位即将踏入社会的年轻男女联想起自己可以期待的生活,也许他们的现在就是自己的未来。

在婚礼现场,新娘把手捧花扔给了刚刚读大学一年级的狗子的小姨子。在大家的一致起哄下,小姨子差一点把花送给狗子。

酷头即将去深圳,深圳是一个火热的地方,符合他的性格,在那里或许能够实现他的梦想。

江小楠如愿以偿地考取了P大经济学的研究生。在收到录取通知书的那天,她兴冲冲地找到我说:"老大,我考上了,考上了!就是你想去工作的那座大城市的学校。"

看着她幸福又激动的眼神,我真的替她开心。旋即,我反问道:"你怎么知道我要去那里工作?"

江小楠说:"我是你肚子里的蛔虫啊!"

19. 最后一堂课

王婉莹老师给我们上了最后一堂课,也就是我们的最后一次班会。

坐在主教学楼 203 教室里,恍然如梦。汤显祖《牡丹亭·惊梦》中的那折曲子仿佛在耳边响起:"则为你如花美眷,似水流年……"

四年前,入校刚刚几天,就是在这个地方,王老师给我们上开学第一课。那个时候她刚刚硕士毕业,带着对第一份职业的无限热爱,带着青春的激情和热情。

"同学们,欢迎你们来到江城大学,欢迎你们成为历社系的光荣一员。在这里,我们将一起度过四年大学时光;在这里,我们将一起迎接未来的机遇和挑战。我希望,咱们班 40 名同学珍惜时光、珍惜当下,学有所得、学有所成;我希望,大家齐心协力、众志成城,打造团队、打造班级;我希望,四年后我们收获满满、硕果累累,无怨无悔、不留遗憾。"

王老师在讲台上说完,班里响起了雷鸣般的掌声。

然后,同学们依次上台自我介绍。轮到我介绍的时候,台下响起窸窸窣窣的声音,好像是在小声议论着什么。

"我叫一鹏,来自江中省平原市平原县平原镇的一个农村,今年 22 岁,是复读后考上江城大学的,现住在 7 号楼 114 寝室,年龄可能比你们大几岁,很高兴和大家成为同学,希望和大家成为朋友。"

坐在教室右后方的几个人中,不知是谁发出了"我们都叫他老大,以后你们也可以管他叫老大"的声音,引得大家哄堂大笑。显然,那几个人都是我们114寝室的兄弟。

介绍完以后我回到座位上,坐在旁边的山仔问我:"老大,你看上去是不是比咱们辅导员年纪还大?"

我狠狠地瞪了他一眼,这小子假装受到了惊吓,然后吐了吐舌头。

四年后的今天,王老师更加成熟稳重。她对我们这个班级付出的心血和热情,也变成了一张张奖状和一个个荣誉。

"同学们,四年前,你们来到了江城大学;四年后,你们即将离开。四年来,我们一起努力拼搏、积极进取;四年来,我们经历风风雨雨,体会酸甜苦辣;四年来,我和你们一起成长、一起收获。个人的收获、班级的成绩,甚至系里和学校的发展,都留下了你们40个人的脚印。下面,请每个同学谈谈四年的收获和今后的打算。"

其他人的发言我基本都已经忘记,114寝室的几位兄弟的话语到今天还仿佛清晰地回荡在耳边。

狗子说:"来到江大读书是一生的幸福。四年里,我收获了很多,其中最大的收获就是江大包容的氛围和宽容的环境,它允许我在这里发展个性、施展个性、成长个性。我认为个性是一种驱动力,就是我们社会学意义上的内驱力,它促使我克服困难、保持前进。当然,我的个性中也有很多缺点和不足。俗话说,江山易改,本性难移。工作以后,我还将保持自己的个性,但会更加注意方式方法。欢迎大家今后到'魔都'来做客,到时候我做东,大家一醉方休……"

狗子吧啦吧啦讲了一大段,竟然把现场当成了他的告别演说会。狗子说完,接着是"裤衩"言简意赅的发言。他说:"鉴于狗子同学讲了很久,在这里我就不多占用大家的时间了。我最大的收获就是你们,谢谢大家。完了。"

教室里笑成一片。"裤衩"淡然如初。

轮到山仔时,他说:"我在江大最大的收获有两方面,一是学业,二是友情。你们可能都知道,在学习上,我基本上获得了奖学金大满贯,这是对我大学四年最好的交代,它也鼓励着我去继续攀登新的学习高峰。在交友方面,有一群兄弟陪伴我走过了这段难忘的岁月,我们的友情是我一辈子最大的财富。尤其是老大,他永远是我的兄长和导师。"

山仔说完看着我,几乎眼含泪水。

接下来是老幺的感言:"感谢江大,它让我度过了四年美好的大学时光;感谢王老师,您的教导我会记在心头;感谢同学们,你们的帮助我终生难忘。以上就是我的收获,也是我以后前进的动力。我会永远记得大家,有缘江城再见、再聚。"

二哥基本上都是最后一个发言,他不紧不慢地说:"以上大家说的,我就不再重复了。感谢王老师四年来的辛苦付出,感谢同学们四年来的友好相处,感谢114寝室五位同学的帮助照顾。欢迎大家以后到我的老家来做客,祝福大家发展顺利、事业有成。"

兄弟们的发言都发自肺腑,他们的总结成为江城大学生活的终点,也即将成为社会生活的起点。

王老师最后总结道:"你们这届历社班是我带的第一个班级,也是最后一个班级。所以,可以称之为前无古人,后无来者。感谢四年来你们对我工作的支持和理解,感动你们的努力和付出,感恩每一天的阳光和温暖。恭喜你们即将顺利毕业,走向各自的未来。今天,你们以江城大学为荣;明天,江城大学将以你们为荣。祝福你们在以后的人生旅途中一帆风顺、诸事顺意。欢迎你们常回来看看母校,常回来聚聚。我在江大等着你们。"

王老师说完,眼圈竟有点发红。

不知从什么时候起,班级里出现了女生的啜泣声,一会儿啜泣声演变成更多人的小声哭泣。我看看坐在身旁的女同学,她的眼睛里满是泪水。我悄悄地把书包里的那包纸巾递给了她。

那哭泣是一种不舍,是一种留念,是一种怀念,是一种祭奠。

那泪水是一段成长,是一段历程,是一段光阴,是一段青春。

20. 泪洒散伙饭

终于等到了散伙饭。四年大学生活都是这一晚的前奏,所有情绪都注定要在这一晚绽放和挥洒。

毕业散伙饭地点仍然是忆江南酒家。这个饭馆我们熟悉得不能再熟悉,老板娘多久修剪一次头发,饭馆有多少个包间、多少张桌子,特色菜多久更换一次,甚至那个新来不久的漂亮的长发女服务员的腰围是多少,兄弟们都一清二楚。

本来大家计划带着女友参加,他们也打算喊江小楠一起,但经过最终的商量,今晚的饭局只属于我们六个。

在那个名为"离人"的包间里,我们六个人分别落座,就像往常一样。但和往常不同的是,开饭之前每一个人都要有一段发言。

狗子干脆利落,第一个发言的仍旧是他:"真的很舍不得大家,但我们终究要分开。此前四年的道路一起走过,今后的道路依然漫长,还需兄弟们相互扶持。狗子在这里先祝大家一切顺利,大展宏图。"

"裤衩"说:"今天的分别是为了明天更好地相聚,别的就不说了,一会儿都在酒里。"

山仔又玩起了他的打油诗:"今晚要喝醉,青春不散场。不醉不罢休,兄弟终一场。四年弹指间,闻得梅花香。问我何所有,友情一箩筐。问我何所欲,定然美娇娘。问我去哪里,四海皆故乡。问我都念谁,在座五儿郎。"

老幺说:"我作不出山仔那么精彩的诗篇,只是觉得时间过得太快,一眨眼四年就没有了。如果还有四年和你们在一起该有多好。不过那不太可能了,只希望大家未来一切都好。"

二哥接过老幺的话:"时光如梭,光阴似箭。四年前来到江大的时候,我还是一脸迷茫。现在,我明白了很多,也收获了很多,而你们是我最大的收获。今日一别,来日方长。"

倒好的扳倒井已经咻咻地燃烧,即将点燃热血。透过泛起酒花的玻璃酒杯,我仿佛穿越时光隧道,看见四年里每一个人的影子、每一个落地的脚印、每一个微笑的眼神。

我说:"今晚是我们在大学里最后一次相聚,是114寝室大学生活之中的最后的晚餐,却是我们以后美好生活的甜点。在江大的四年,是我一生中最难忘的四年;咱们六位,是一辈子的同学和朋友。今晚,我们只吃菜喝酒、聊天叙话。大家不能喝多,喝多了也不准哭闹。现在举杯,庆祝我们的大学生活圆满收场。"

六只杯子撞在一起,发出清脆的声音,就像僧敲木鱼般,提醒我们时间的流逝和生命的无常;又像梦想开花般,告诉我们要珍惜所有和眼下。

不大一会儿,六瓶白酒空了五瓶,另外一瓶已经打开。

一杯杯白酒入肚,饮尽四年来所有的酸甜苦辣,饮尽四年来所有的悲欢离合。

在那个说好不哭的夜晚,酒入愁肠还未成相思泪的时候,我们的眼泪就已经慢慢地汇聚成了汪洋大海。

忆江南的老板也很应景,在餐馆大堂里播放着吴奇隆的那首《祝你一路顺风》:

当你背上行囊卸下那份荣耀
我只能让眼泪留在心底
面带着微微笑
用力地挥挥手
祝你一路顺风
……

歌声穿过大堂飘进我们的包间,就像催泪瓦斯一样刺激着我们的神经,冲击着毕业生们的脆弱心灵,把我们的情绪推向了高潮。

首先哭泣的是山仔,这个爱读书的大男孩感情细腻而脆弱。他一直拼命地向我们敬酒,不知道喝了多少杯,醉了后他抱着我说:"老大,四年中最高兴的就是认识你。那次,我被打了,你帮我讨说法之后,我就把你当成自己的亲哥哥了。你在王老师门口替我求情的事情,我一辈子都不会忘记。在我的人生故事里,你就是个传说。可是,我们要分开了啊。"

话还未说完,他就已经哭起来,哭声穿过四年时光,把一个个片段连接成一幅画卷,然后融化在酒里,融化在我们的故事里,融化在那永远不再回来的青春岁月里。

狗子带着哭腔说:"看你那出息,我们是暂时分手,又不是以后见不了面了,你哭什么……"说着说着,他也大哭了起来。

已有点醉意的"裤衩",拿着酒杯跟跟跄跄地走向山仔,拍了拍他的肩膀,然后边哭边唱:"朋友别哭,我依然是你心灵的归宿。朋友别哭,要相信自己的路……"唱着唱着,他已哭得稀里哗啦,再也唱不下去。

不胜酒力的老幺,已歪歪斜斜地趴在桌子上。听到歌声和哭声,他马上摇摇晃晃地站了起来,然后跟跟跄跄地朝我们几个走过来。

坚强的二哥,豁达的二哥,在我旁边已哽咽,他虽然想极力控制住自己的情绪,可是泪水就像断了线的珠子落了下来。

看着兄弟们,抱着兄弟们,我已泪流满面。

整个房间被哭声所充斥,所有人的情绪就像泛滥的洪水,接连不断地冲击防洪大堤,直到大堤完全坍塌。

饭店小服务员听到哭声,不知道发生了什么事,到我们包间看了一眼,就悄悄地走开了。

不知道过了多久,大家的心情才慢慢地平复。我逐个抱了抱大家,再次落座,然后给兄弟们挨个盛了一碗解酒的酸辣汤。

天下没有不散的宴席。我们六个相互搀扶着走出了忆江南酒家,回头再看这五个镏金大字,尤其第一个字是那么刺眼,那么让人刻骨铭心。

七月的天气燥热难当,偶尔有风吹过,也带不来内心的一丝丝平静和清凉。有骑自行车的高中生模样的人,从我们身边擦肩而过,他们就是四五年前的自己。

街上的霓虹依然在闪烁,这些熟悉的街道、熟悉的街灯好像慢慢地变得陌生起来。它们也在默默地为我们送行?

天上的星星依然闪烁。在无数个夜里,它们有的为我们指引方向,有的鼓舞我们前行。有星星闪耀的地方就有希望。在漫天星河里,哪几颗是我们六个呢?哪一颗是江小楠?

回到寝室,已经是深夜了。他们几个相继入睡,如雷的鼾声就像一台台向前行驶的蒸汽机车发出的巨大声响。

毕业班再也没有熄灯时间的规定。我走出了寝室,走向了东操场。

我在东操场的台阶上坐着,再次长久地看着天上的星星,它们让我想起寝室的兄弟们经常背诵的顾城的那首诗:"黑夜给了我黑色的眼睛,我却用它寻找光明。"

光明在哪里呢?或许是在明天吧。

我想起远在千里之外的家乡,白发苍苍的父母用岁月无声地编织亲情,督促着我前行。

我想起远在千里之外的深圳,逐渐老去的陈师傅和其他工友,一如既往地为生存打拼。

时光倒带,把一幕幕连成黑白胶片,在今晚的万家灯火中尽情绽放。

21. 我们毕业了

我们终将毕业,踏上各自的征程。

毕业典礼在大礼堂举行,这是人生当中一个比较隆重的正式仪式。人类学家凡·杰内普指出,"无论是何种社会,个人生活都是随着其年龄的增加,从一个阶段向另一个阶段过渡的排序"。人的一生中需要进行多次生命仪式,仪式之后社会身份就会发生转换,人们会倾向于用仪式来消除这种转换带来的不安和忧虑。

如果说毕业晚会是非正式的仪式,那么毕业典礼则是一种正式仪式,它意味着我们从此要和大学生活正式告别,意味着我们从此之后不再是学生,而是真正意义上的"社会人"。

典礼开始之前,最重要的节目就是各种拍照合影:班级拍照、年级拍照、宿舍拍照……拍照与其说是为了纪念,不如说是一种无声的告别,同过往岁月和过去伙伴的告别。

其中,最为经典的拍照姿势就是把学士、硕士、博士帽子扔向空中,然后大家一起跳。

当即将结束拍照的时候,我发现一个人站在我身后,那个熟悉的身影,不用问就是江小楠。

她笑盈盈地说道:"老大,现在该咱们俩了吧?"

我接道:"你的语气,乍一听还以为咱俩拍结婚照呢。"

她说:"来啊。你有那贼心也没那贼胆!"

我开玩笑说:"那等我积攒点贼能力吧。"

她拽着我的胳膊,摇了摇说:"别贫了,去拍照吧。"

在她的指引下,我们走过大门、主教、三教、图书馆、四食堂、工会楼、行政楼、地理楼、中文楼、音乐楼、敬文楼、逸夫楼、东操场、情人坡、荷塘、大礼堂……每一处都留下了我们的合影。

在一个个相机快门闪动的瞬间,光线穿过空中,像是穿透我们曾经经历的所有岁月,它慢慢地把我们塑型、定格。

最后,我和同学们来到了大礼堂。

初来学校,迎新晚会是在这里;即将离开,毕业典礼也是在这里。这里既是起点,也是终点。

在这里,无数少男少女度过了大学岁月中最浪漫的一段时光,或看电影,或参加晚会,或举行各种比赛、活动。

这里,在《卡萨布兰卡》的《燃情岁月》中见证了《英雄本色》,在《罗马假日》里偶遇了《一百零一只斑点狗》。

如果把江城具象化,那么江大的具象一定是大礼堂,它承载了岁月,摇曳了时光,见证了过往。

毕业典礼即将开始,大礼堂上空回荡的音乐仿佛是一首别离之歌,它让我想起弘一法师的《送别》:"长亭外,古道边,芳草碧连天。晚风拂柳笛声残,夕阳山外山。天之涯,地之角,知交半零落。一壶浊酒尽余欢,今宵别梦寒……"

当校长拨正我的学士帽上的帽穗的时候,我知道,我们即将彻底告别大学生活!

我们因为青春相聚,又在期待下次相聚之中分开。

人生就是一场分离。当呱呱落地的那刻,我们和母体分离,一个小生命开始了他或她几十年甚至上百年的长途跋涉;当我们渐渐长大成人后,要和父母短暂分别,独自踏上风霜雨雪、日夜兼程的人生;当我们成家立业、娶妻生子后,父母渐渐老去,最终和我们彻底分开;当我们的孩子完成了这么一个轮回时,我们也日益老去。所以,在这个意义上,分别甚至"向死而生"既是哲学上的重大课题,也是人类现象学的法则。这就是人生的规律,无法抗拒。

在此,我再念叨一遍我的那些老师、兄弟和同学,你们注定是我青春岁月中不能不读的诗篇。

狗子,永远的兄弟,你的传说注定清晰地写在江城大学历社系的历史上,且前无古人,后无来者。

山仔,永远的兄弟,你的幽默机智一如既往地提醒我青春是如此单纯。

老幺,永远的兄弟,你的谜一样的生活、鬼一样的才情让我终生难忘。

"裤衩",永远的兄弟,你的背影浓缩了我们无处安放的青春。

二哥,永远的兄弟,你的善良、乐观让我们在遇到困难时就会想起你的那些箴言。

酷头,永远的兄弟,你的诙谐聪慧至今还闪现在你的工作生活之中。

江城大学7号楼114寝室,是我们一生中谁都抹不去的印记,它已经深深地融在我们的血液里。

王婉莹,一辈子的老师,一辈子的朋友。感谢你四年来的关心,你用充满师德之心在我们最青春的年华里,帮助我们成长。

江小楠,那个善良的漂亮姑娘,你让我在最绚烂的年华遇见你,成为最美好的记忆留存在我心中。你永远像花一样,盛开在我生命中的每一个季节,年年岁岁、岁岁年年。

还有无数个人、无数件事,你们都是我生命历程的组曲中不可或缺的一篇篇优美乐章。

四年情,一生缘。

几载时光、几载江湖、几载烟雨、几多浮沉,都融化在豪情满怀的大学时光中。

我至今无比感谢江城大学,它用深厚的历史积淀和文化底蕴教会我们"厚德、重教、博学、笃行",它以博大的胸怀和恢宏的历史孕育出"学高为师,身正为范"的学子,它用母校的庄严承载了一代代知识分子的"先天下之忧而忧,后天下之乐而乐",把"修身齐家治国平天下"的古典理想融入现代教育的精髓之中,为祖国培养出一代又一代江大学人的同时,也成为我们这些毕业生的精神家园。

我也感谢历社系的每一位老师,他们用渊博的知识和育人的情怀,不仅教会了我们书本上的知识,而且教会了我们做人做事的道理。秉承着"传道授业解惑"的神圣天职的老师们,把江城大学近百年来的办学经验和智慧,融合在个人的知识传承中,从而把江城大学的文化传统逐渐内化为广大师生的心理需求和行动自觉,鞭策和激励着一代又一代江大学人为实现社会价值和个人价值而努力奋斗。

22. 江城长相思

十年之后的一天,我再次回到江城,早已物是人非。

我长久地徘徊在7号楼114寝室门口,看着那些出入的青涩学生,仿佛看到了当年的自己。

我再次来到了忆江南的旧址,一幅幅过往的画面再现在眼前,如电影倒带、昔日重现。

忆江南,江南无限好,青春归何处? 也许第一次来这个酒家的时候,就注定了一生的回忆。

在学校门口的那家酒酿元宵摊,那个老奶奶已经变得更为苍老。她好像认出了我,用一种比十年前更加无力的声音说道:"小伙子,是你啊。以前经常陪你一起来的那个姑娘呢?"

听到这句话,我心里的酸楚加剧。在泪眼婆娑中,我仿佛看见江小楠坐在那张桌子前,一碗热气腾腾的酒酿水子刚刚端上来,她柔声细语地说道:"亲爱的三少爷,请先用膳。"

我点了一碗酒酿水子,味道还是以前的味道,只是身边的人不再是以前的那个人。

在酒酿水子飘荡的热气里,我想起那年在江城红山之上,那个江湖术士给我算的命。命运里的曲折爱情,爱情里的曲折命运,反反复复折射出坎坷生活的各个侧面。也许,这一切都是命中注定的。

今天唯一能做的,就是尽力避免昨天发生过的遗憾。有些遗憾让人惆怅,有些遗憾令人唏嘘,有些遗憾穷尽一生不可追。

突然,耳畔传来了周蕙那首《不爱了也是一种爱》,瞬间我的世界仿佛大雨倾盆,我犹如一个无助的孩子,依稀想起第一次遇见江小楠时的情景……

江城后传：北漂往事

01. 北京北京

我叫孙一鹏,在大学时,同学们都叫我老大。

据说家里的老人给我取名字的时候,借用了"大鹏展翅,一飞冲天"的典故。可惜,我是一个不太争气且喜欢自由的孩子,不怎么努力,所以也达不到"一飞冲天"的高度。有时候怀疑,老人们那天是不是看错了皇历,认错了我的命运。

我的前二十几年在艰难和顺利的转换中度过,所以,随遇而安是生活给予我的最大启示。我没有"修身齐家治国平天下"的理想抱负,也没有"先天下之忧而忧,后天下之乐而乐"的高尚情怀;既不想做伟大的科学家,也做不了热心的人民公仆。

在大学里,我的主要爱好就是看专业课课本之外的乱七八糟的书,在浩如烟海的书籍中寻找灵魂的栖息之地。

我还有一个爱好就是思考,思考一些七七八八、有的没的的事情。

大四毕业,同学们都找到了工作,只有我还在慎重思考着未来的人生,比如去火星上种菜,比如去终南山做一名与世无争的隐士,又比如去南极养企鹅。

在我思考着伟大的宇宙课题的时候,学校下达了毕业即走的命令。这就意味着我将要和这所我在其间留下遗憾的大学告别,要和以前的人生说句拜拜。

就在我向去终南山做隐士的道路上迈进时，远在北京的高中同学虎子打电话过来，话筒里传出来他那万年不改的豪气之音："大鹏，来北京吧，咱们兄弟一起闯。"

啊，北京？！

我从来没有去过北京，我出生的农村，距离这个神圣伟大的地方太过遥远。

记忆中，我只在小学课本里念过"我爱北京天安门""我爱伟大领袖毛主席"，其他关于北京的情况，几乎都是从电视上和书本里获得的。

在离开学校就要住桥洞或者地下通道的情况下，在虎子满怀豪情的感召下，我怀着对美好生活的无限向往，怀着对北京的莫名期待，以及对不可预知的未来的幻想，搭上了去往北京的火车。

哐哐的火车敲击铁轨声让我不由得回想起刚刚结束的四年大学生活。别人收获满满，找到了心仪的工作，甚至收获了美好的爱情。

而我在看书、思考和无聊中度过了四年时光，工作找得一塌糊涂，爱情方面连初恋都还没有交出去。想起四年来的种种，我心里的滋味不知道是苦涩还是悲伤。

大学几年，有的同学收获了"学神"或"学霸"的美誉。我不是太喜欢学习，只有考试的时候才临时抱一抱佛脚。庆幸的是，智商不低的我，看一眼就能记住复习题的答案，所以，考试科科通过。

其实，学渣的世界和学霸的世界隔着四十多个名次以及几个CET-6。

我从不在乎成绩,唯一在乎的是长了什么本事。回头看看,本事其实也没长。

记得隔壁系的一个叫小楠的女孩,曾经向我表露过好感,被我委婉拒绝。我的宗旨是不谈无谓的恋爱,现在想一想真是有点傻。

在这行进的不知未来如何的列车上,我才来得及认真整理四年的大学生活,陡然发现其过程没有太多的内容,而结果亦是那么模糊。想到此处,心底竟然有一点苦涩。

唯一可聊以自慰的是,我还年轻,读了一些不知道以后能不能用得上的书,同时还保有初恋,也就保留着对爱情的美好向往。

过去四年已统统切割清楚,而未来的路到底是什么样子?

我想起大学期间在不记得什么地方读到的一段话,大意是说纽约是一个神奇的地方,能够让乞丐变成富翁,让麻雀变为凤凰。

我寻思着,北京大概也是如此吧。

"旅客们,前方到达的是此次的终点站北京站,请您提前收拾行李,准备下车。"列车员清脆的播音打断了我的思绪。

北京,我来了。凌晨4:30的北京,我看不清它模糊的样子。

北京站,是江城到北京的终点,却是我人生中一个新的起点。以后,我将无数次在这里来回穿梭、送人接人,以此为始发站,奔波在全国各地。

还没有出站,我就发现虎子在接站口拥挤的人群中朝我拼命地招手。我出了站,飞快地上前紧紧抱住久别重逢的他。高中毕业后,我们两个几乎很少见面,为数不多的几次都是在寒暑假期间,却保持着紧密的电话和信件联系。

凌晨4:30之前的北京还没有公共交通运行。不知道,这么早虎子是打车还是怎么过来的;也不知道,为了接我,他这一晚有没有睡好。

但我知道,此前的友谊固若金汤,此后的生活彼此相扶。所以,虎子起大早去火车站接我的画面一直深深地印在我的脑海里。若干年以后,每当喝多的时候,我都会诉说起这个事情,它坚定了一生的兄弟情谊。

虎子住在一个叫北苑的地方,距离北京站非常遥远,我们倒了几次地铁才到。大概测算了一下,这个距离是我读书所在的江城整个城市直径的两倍。

这个叫北苑的地方,后来成为我生命中不可抹去的痛点,也承载了很多美丽的记忆。

虎子租的房子是两室一厅,共住了两家人。除了虎子之外,还有一个来自河北廊坊的房地产中介。

在这狭小的空间里,原本素不相识的两家人构成了一个暂时的生态群体,用不同的生命形态演绎着所谓的北漂一族、所谓的社会底层奋进的进行曲。

来到北京的第一个晚上,我们两个在小区附近的小店吃了我来京后的第一次晚餐。现在,这个小店早已不知去向。

吃完饭回来以后,我们一直聊天到深夜,聊以前的事情和今后的打算。

不一会儿,虎子就鼾声如雷、梦见周公了。也许是酒精的作用,也许是陌生的环境,也许是对未来的迷茫,我在床上翻来覆去,脑子里一遍遍播放起汪峰的那首《北京北京》:"人们在挣扎中相互告慰和拥抱,寻找着、追逐着奄奄一息的碎梦……"

在北京的第一夜,我失眠了。

等到我第二天早上醒来时,已经日上三竿,阳光都晒着屁股了!

虎子和室友都上班去了,我就在房间上网浏览各种招聘网站,查看各种各样的招聘信息,碰见招聘条件中有与我相同或相近的专业,不管三七二十一就把简历发过去。

我在历社系学的是公共事业管理,一个在学校里据说前途光明的专业,高考志愿填报的时候得到强烈推荐的专业。等到找工作时才发现,以前的"据说"和宣传都是假的,虚假广告害死人哪!

我连续几天都在投简历的枯燥生活中度过,一封封邮件基本上是石沉大海。即便有的公司在"售后"方面做得很不错,对我投的简历进行了象征性的反馈,但结果大体可以分为两类,一类是说专业不对口,另一类干脆找了其他各种借口委婉地给予拒绝。

随着时间的流逝,原本宽心的我开始有点着急起来。一是住在虎子这里,吃他的喝他的,感觉不够坦然;二是自己已经囊中羞涩,孔方兄告急。

我这时才发现,生活是多么现实。无论有没有理想,都得吃喝拉撒睡地活着,活着就需要钱,有工作才有钱,就是这么一个非常简单的逻辑。

大学里可以与世无争,可以吊儿郎当,可以任意挥霍仅有的青春年华。但一旦毕业,就必须承担起一个男人应当承担的责任,无论是在北京,还是在其他地方。

在苦苦的等待和煎熬中,终于有几家公司给了我面试的信息,但面试结束后,结果还是完全一样——被以各种理由拒绝,有的说学校不是"985""211",有的说没有工作经验,有的说……

失望、焦躁、生气等情绪慢慢地升级,一晃二十多天过去。

北京的夏天炎热又漫长,尤其是干燥的气候,让我这个南方人非常不适应,来了不几天就开始流鼻血。

我喝了很多的水,出了很多的汗,再加上工作的事情,更是让我热上加热。我挺想去喝喝冰啤酒、吃吃羊肉串,来驱赶这盛夏的不安。

02. 初次遇见

为了缓解找工作的各种不顺带来的焦躁心情,一天晚上,我和虎子去北苑小吃一条街喝冰啤酒。

夏天的夜市人山人海、灯火通明,每家店几乎都人满为患。烧烤的滋滋声、啤酒杯的碰撞声,以及鼎沸的人声,交织成一首欢快的北京夜曲。

我们到了一家靠夜市深处的店,同样是人声鼎沸,平时稀稀拉拉的几十张桌子都坐满了人,只有一张桌子有空位,桌子一侧坐着两个女孩。

老板招呼我们两个坐到那张还有空位的桌子前。这正是虎子求之不得的事情,即便老板不招呼我们,虎子也会主动地坐过去。因为对于单身的青年男人尤其是虎子这样的男人来说,美女也可以养养眼、消消暑。

坐下来后,我开始点菜,虎子假装玩手机并偷偷地瞄着对面的女孩。我都点完菜了,虎子还保持着这种状态。我瞥了一眼,此时她们已经开吃,一人面前放了一瓶啤酒。两个女孩都像刚刚毕业不久的大学生,二十二三岁的样子,校园气息未脱,社会气息未有,左边的长发飘飘,右边的短发过耳。

虎子一直喜欢短发女孩,所以他之前毫不犹豫地坐在了桌子的右边,我当然只能坐在左边,所以就和那个长发的女生面对面。

她们两个一边小声地聊着,一边小口喝着酒;我们两个一边大声地聊着,一边大口喝着酒。两组陌生的男女,一张桌子,显得很不协调。

我们两个狼吞虎咽地吃串,各自喝了几瓶啤酒之后,她们的一瓶酒刚刚下去半瓶。本来酒量还不错的我,不知道是喝多了,还是聊天太入神,还是不小心把手伸长了,竟然把对面女孩的酒拿起来喝了一杯!直到右边的短发女生咯咯笑起来我才发现。

我非常不好意思地笑了笑,连忙说对不起,并起身给对面的女孩倒了一杯酒。那个女孩简单地说了一句:"不用了,谢谢。"

在短暂的尴尬之后,我们又各吃各的,直到吃完离开。

喝完了啤酒我才发现,北京的夏夜,似乎也不是那么难熬。而明天即将到来。

找工作往往是对耐心和毅力的考验,一次次地跌倒,再一次次地爬起来,直到最后成功。伟大的篮球运动员迈克尔·乔丹曾经说过:"纵使命运让我跌倒 100 次,我也要从 101 次抗争中站起来。"

皇天不负有心人。大约在吃烧烤的一个星期后,正当我在屡屡被拒的时候,我接到了 H 公司的面试电话。

H 公司是一个国内非常知名的药品研发生产制造私营企业,总部在北京市北四环的一栋摩天大楼里,全国有几十个分公司,主营业务涉及药品、医疗器械、高端物流和房地产等。

接到面试通知的时候,我感觉天上掉下了馅饼。这根本就是不可能的事嘛。我想,也许我只是面试大军分母中的一员,被那些自称面试官的大爷戏弄一番,然后被扫地出门。

即便如此,我还是带着试一试的心理,做了较为充分的准备,想要抓住这个机会。面试的前一晚,我把头发重新理了一下,把穿过无数次的在动物园批发市场几百块钱买来的西装熨烫得笔挺,把从网上下载的面试宝典背了一遍又一遍,差一点就烧香祈祷了。

我运用查尔斯·库利的"镜中我"理论激励自己。站在镜子前,我反复练习着可能问到的问题,告诉镜子里的自己:"孙一鹏,你肯定行!明天你就要大鹏展翅了!"

按照事先约定的时间,我提前半个小时就到了H公司,因为实在对北京的交通情况没有信心。

面试等候间坐了几十号人,我无所适从地玩着手机,偶尔听身边的人聊起,他是北大附属医院的,他是中国医科大学的,这更加剧了我的惴惴不安和焦虑。

当然,也激起了我的斗志。名校有什么了不起?我一定好好表现,超过你们。我心里暗自想。

等候的30分钟的时间似乎像三年,但又像是一泡尿的工夫。

"孙 鹏,请进来!"

一个似曾相识的身影走出来,招呼我进面试室。天哪!这不是几天前在吃烧烤时坐在桌对面的那个女孩吗?我惊讶了一下。

那个女孩似乎也认出了我,对我微微笑了笑。

我进来之后在答辩席坐下,对面五个面试官中间的一个胖子说:"子彤,准备好了吗?马上开始记录。"

那个女孩说:"张总,准备好了。"

我一下子明白,那天晚上吃烧烤的女孩叫子彤,估计是H公司人事部门的 HR(人力资源)。

张总首先让我做了三分钟的自我介绍,然后几个评委轮番轰炸,问了一系列问题,包括对公司的认知、个人竞争优势、销售未来的方向、团队合作、应聘成功以后个人工作打算等等。

我把二十几年来所学所听所见所闻的所有知识,以流畅的语言、敏捷的思维、清晰的逻辑,毫无保留地全说了出来。

张总听了时而点头,时而微笑,时而和左右两边的两位面试官小声嘀咕,弄得我异常紧张,差点把昨晚背诵的东西都吐了出来。

30 分钟的时间,在紧张的对话和问答中瞬间过去。在 25 摄氏度的空调房内,我仍然抵挡不住汗流的侵袭,出了面试室,我的衬衫几乎湿透。

那个叫子彤的女孩出去喊下一位的时候,和我打了一个招呼,笑着说:"你表现得不错。"

我连声道谢,然后出了 H 公司的大楼。

上午的太阳炙烤着大地,马路两边高大树丛的遮挡带来了夏日里的一丝清凉。偶尔有风吹过,就像童年时期,妈妈摇着扇子哄年幼的孩子睡觉一样。

北京这座城市,突然让我多了一份亲切和好感。

03. 面试成功

从 H 公司面试回来后,生活还是如初,街市依旧太平。

渐渐地,我对住在一起的房地产中介,也就是后来被我称为"房哥"的人也有了更多的了解。

他是个高大帅气又带着几分社会气息的男人,来自河北廊坊,天天烟不离手。他后来告诉我,他高中毕业就从老家来到了北京寻梦,现在梦想尚未成真。

房哥早出晚归,过着非典型的、无固定收入的、起伏不定的北漂生活。

虎子朝九晚五,过着典型的、正常工薪阶层的北漂生活。

我们三个一样,都是北漂,都怀揣着不同的梦想,来到这个我们在此无依无靠的城市。

我们一样,都经历过焦虑、困惑和种种不堪。不一样的是,他们已经处于相对稳定的生活之中,而我却还在为了一份工作而奔走。

我们这些人因为相同的境遇而叠加在这个两室一厅的空间中,演绎着看似不同却相似的生活轨迹。

北苑小吃一条街是消暑的好地方。坐在冷气四溢的屋子中,我呆呆地看着来来往往的人群,他们在这个城市里穿梭,用青春追寻着十分渺茫的北京梦。他们拼命地想要拥进这座城市,但是很多不可控因素把他们拒之门外。

也许,我根本不属于这里。也许,北京根本就不是我的城。

白天,夏日的炎热笼罩着一次又一次寻找工作未果的心情,即使喝上一打北冰洋汽水也浇灭不了我的焦虑。

晚上,缩在拥挤狭小的空间里,锅碗瓢盆的撞击声、洗澡上厕所的流水声,各种嘈杂声把人弄得神经紧张,心头火起。

在一个惆怅的晚上,我几乎喝得酩酊大醉。我说:"我就是一废物,工作找不到,自己也养活不了自己。北京不收留我,我该回去了!"

虎子说:"老大,这明显不是你的性格啊,遇到这么点小挫折就受不了了?当年那么骄傲的你去哪里了?不是要成就一番事业吗?不是兄弟们一起打拼吗?怎么就这么轻易地放弃了?"

我知道虎子用的是激将法,说的也是真心话。

我从来就不是一个懦夫,但现实可以让理想枯萎,让豪气凝滞。没有饭吃,没有活干,说什么都是白扯!

虎子说:"你看见咱们室友了吗?他不是大学生,但是照样生活得很好。你看见大街上这些熙来攘往的人了吗?他们90%都不是北京人,照样能在这个城市生存下来。你怎么就不行?我不相信!"

虎子的话,深深刺激了爱面子、自尊心很强的我。是的,我不应该这么轻易被打败。我暗暗告诫自己,我是大鹏,是尚未展翅的雄鹰,别人能够活得精彩,我也能够在这个城市生存,甚至要比很多人活得更精彩。

我放下了离开北京的想法,再一次投入找工作的洪流中。

大概是去 H 公司面试一周后的一天下午,我接到了一个电话,电话那头的声音有点熟悉。

"请问是孙一鹏先生吗?我是 H 公司人事部的聂子彤,您通过了我们公司的综合面试评估,请于明天上午 9 点到公司办理入职手续。"

我惊愕得下巴都快掉了,却故作镇定地说:"谢谢、谢谢,我明天一定准时报到。"

电话挂断后,我掩饰不住内心的欣喜,几乎喜极而泣。一个多月找工作的辛苦、煎熬和无奈在这一刻都消散了。

我立刻拨通了虎子的电话,兴冲冲地喊道:"兄弟,我中奖了,H 公司!"

电话那头传来虎子的声音:"晚上等着我回去,饭店见!"

这顿饭,是我到北京一个多月以来吃得最香甜的一顿饭,带着消除饥饿的香,带着足以解毒的甜。

饭后,天空下起了久违的大雨,雨水冲刷着干涸的土地和心灵,给这干燥苦闷的天气带来了难得的凉意。

久旱逢甘霖,多么实在的领悟!

第二天早上,我早早就起了床,洗脸、刷牙、捯饬头、穿西装,这些动作一气呵成。我在路边的早餐铺子买了几个包子、一杯豆浆,唱着小曲,直奔地铁 5 号线北苑站。

我早早赶到了公司,距离上班时间还有一个小时。我大致浏览了一下公司各个楼层的分布,观看了公司展厅内的公司情况介绍,以及未来发展的前景等。

到了上班时间,我到人事部办理相关入职手续,主管是那个叫聂子彤的女孩,这是我和她的第三次见面。

这次,我有充足的时间和稳定的情绪打量她:依然是长发飘飘,一身白色淡雅的连衣裙,明眸皓齿、略施粉黛的瓜子脸上一左一右各镶嵌着一个美丽的小酒窝,笑起来的时候两个小虎牙微微露出。

办完了手续,我在聂子彤的带领下去销售部。去的路上,我鼓起了勇气说:"聂主管,可以知道您的电话号码吗?方便以后工作上联系和向您请教。"

多么老套的梗!

聂子彤立刻从随身携带的笔记本里拿出了一张名片递给了我,微笑着说:"不用客气,大家以后就是同事了,欢迎经常联系!"

我接过带着女孩体温的名片,小心翼翼地放在西装里面的衬衫口袋里。

销售部是H公司一个非常大且非常重要的部门,一方面承担着全国几十家分公司销售部门的业务管理、指导工作,另一方面还承担着具体的销售工作,每年还有一定的任务指标,就是现在所谓的KPI(关键绩效指标)。

所以,销售部的工作压力很大。当然,升迁的机会也相对较多。

按照公司的规定,每个新来的员工都需要接受一个半月的封闭式入职培训,通过后才能正式进入工作岗位。

我明白,这45天至关重要,它决定了我在公司的去留。所以,我一改以往吊儿郎当的态度,白天参加各种高强度的团队训练、企业文化学习、专业知识学习,晚上恶补各种理论知识,研究标杆企业的各种案例。

新员工培训结束,我掉了十几斤肉,却换来了"最佳入职培训生"的光荣称号。

其间,那个叫聂子彤的姑娘来过一次封闭培训的地方,陪领导检查培训工作的进展。她坐在培训教室的第一排,我只能远远地看着她的后脑勺。

培训结束后,我正式入职。

这是我人生中第一份正式工作,非常来之不易。为了较快地融入公司,也为了曾经三番五次麻烦聂子彤,我决定请她吃饭以示感谢。

04. 职场有刀

一个周五,我鼓足勇气给聂子彤发了一条短信:"晚上有时间吗?我想请您吃饭,感谢入职以来对我的帮助,还请以后多加关照。"

不一会儿,手机收到了回复:"吃饭就不用了吧,咱们一起喝个茶、聊聊天,你定时间、地点吧。另外,我带一个美女。"

带一个美女?啥意思?是因为不好意思,还是为了提防色狼?我心里泛起了120个疑问。无论如何,我都不能孤军作战。于是,我立刻给虎子打了一个电话:"晚上一起喝茶,有美女!"

虎子在电话那头说:"得咧,晚上见哈。"

听说有美女,这小子绝对不会错过。

晚上6点半,按照约定的时间,我提前到了这家位于亚运村的名叫茶言心语的地方。

不一会儿,虎子也到了。这家伙打扮得和相亲一样。

"你小子整什么节目?穿得跟新郎官一样。"

"你不是说有美女吗?当然得捯饬一下了。"虎子一本正经地说道。

聂子彤和另外一个女孩不久也到了,正是在烧烤店和她一起撸串的短发女孩。

四个人已是第二次见面,没有太多尴尬。聊天在非常愉快的氛围中进行,彼此之间有了更多的了解。

聂子彤是浙江绍兴人,人民大学人事学院本科生毕业,刚刚在H公司人事部工作一年。

短发女孩叫叶玉乔,是黑龙江哈尔滨人,聂子彤的同班同学,现在一家私企做商务咨询。

这两个女孩能玩到一起简直是奇迹。聂子彤有着南方女孩的温婉,安静而精致;叶玉乔是典型的北方女孩,看起来大大咧咧、风风火火的样子。

伟大的心理学家荣格认为,互补定律影响人际交往。他说,当遇见一个有我们"影子性格"的人时,我们内心会涌起兴奋的愉悦感,因为对方体现出我们所缺乏或压抑着的特质。这种心理被称为互补定律,指人在需求、性格、兴趣、能力、思想观念等方面存在差异,当双方的需要和满足途径又正好形成互补关系时,彼此之间会有更大的吸引力。

我回想起大学期间在心理学课上学过这些内容,心想,聂子彤和叶玉乔可能就是互补吧。

整个喝茶、聊天期间,叶玉乔一直在叽叽喳喳,虎子一直在向叶玉乔献殷勤。我和聂子彤在旁边听他们讲话,偶尔插几句,也挺有意思。

一顿茶的时间过得非常之快,周五的晚上总是那么令人惬意,因为周六不用匆忙地起来上班。若是周五晚上能和美女做伴,那简直就是神仙般的时光。

回来的路上,虎子说:"老大,我可能喜欢上叶玉乔了,要追她。"

我说:"你啊,只要是个雌性的,都有兴趣。"

虎子一本正经地说:"老大,真的,这次是真的。"

我哈哈大笑道:"兄弟啊,这句话我都听过无数遍了,来个新鲜的好不好?"

虎子说:"我这回真是觉得对眼了!"

我说:"黄鼠狼衔油条?那你就去对吧,恭喜啊。"

这厮又接着说:"大哥,我看那个聂子彤也不错,和你很般配,你可以追她……"

我笑了笑,打断了他的话:"我可不像你春心荡漾,我刚刚找到工作,要好好地把工作做好,其他的都不在考虑范围之内。"

工作如同恋爱,相识容易,相爱很难。

医疗行业是一个非常复杂的行业,水非常之深,有很多显规则和潜规则,初入行的人一不小心就有可能掉进水里淹死。

因为我原本学习的专业和医疗无关,所以相对其他人来说,感到工作难度更大。

公司为了培养我们这些新人,实行"老带新"培养模式,把我分到了顺义密云组,组长是较有经验的老销售黄光明。

黄光明是一个极其自私的人,大家私下里都叫他"黄世仁"。他有一个固定的小圈子,其中包括刘芬芳和肖天等。除了小圈子里的人,他很少教其他人办事方法,不给我们客户渠道,不主动帮助我们,团队里的人对他意见很大。

据说,刘芬芳是黄光明的红颜知己,有人也说是他的小情人。仗着黄光明的权力,她经常对我们这些新人横挑鼻子竖挑眼。

肖天是一个精明的小个子,很会拍黄光明的马屁。

他们两个简直是黄光明的哼哈二将。

一天,我去向黄光明汇报工作,由于事情很紧急,我着急忙慌地跑到他办公室敲门,门虚掩着,我顺手一推,门开了,我一进去就看见那个刘芬芳正坐在黄光明的大腿上。

他们可能太过于投入,竟忘记锁门了!

我连忙说:"黄总,对不起,有紧急情况汇报。"

黄光明此时一脸蒙,他可能认为门锁上了。愣了1秒钟,他立即把刘芬芳推开,然后说:"我和芬芳在谈工作,你一会儿再汇报吧。"

我像受惊的兔子一样,闪电一般地从他的办公室里退了出来。

再到黄光明那汇报工作已经是15分钟以后,他假装刚才没发生任何事情,问我:"什么事?说吧。"

我说:"刚才××医院打来电话,说要紧急订购一台美国产的CT。我做不了决定,就立刻来向您汇报了。"

黄光明说:"好的,我知道了。你出去吧。"

此事汇报给他以后,几天没有下文。

我揣测道:是我发现了他的秘密还是什么原因呢?转而一想,可能是因为我不是他的人,他不想让我介入这么重大且利润非常高的医疗设备生意。

最后不知道什么原因,这单生意最终没有做成。

我和黄、刘二人的关系却因为办公室偶遇事件发生了些许变化。从那以后,刘芬芳见到我非常不自然。

而黄光明装作若无其事的样子,但是,我不知道他暗地里给我穿起了小鞋,总是以这样或者那样的借口找我的碴儿。

现在想一想,职场就是战场,尤其是在像医疗设备这样的完全竞争性的行业之中。所以,人与人之间的关系也是非常微妙的。一般情况下,只有进入了圈子,才有可能愉快合作。而进入圈子的前提是有人带路,这个人即职场导师。这种导师亦师亦友,对初入职场的新人来说非常重要。

在初进职场时,如果没有一名"老兵"带领的话,就容易一头雾水、迷失方向;如果有"老兵"带领,可以少走弯路,避免付出不必要的代价。带领你的"老兵"就是你的伯乐,然而,这样的伯乐不多。

伯乐是要靠人品的。人品,或者说人性,已经被无数事实证明,在利益面前经不起考验。

所以,这个行业的人际关系有时候复杂到让我怀疑人生,然而却是现实存在的。

05. 公报私仇

第一年年终考核结果出来，因为"黄世仁"的带队无方、自私自利，我们这个组在 H 公司总部销售部的业绩排名倒数第一。

黄光明大为光火，在总结会上将我们这个团队的成员几乎挨个儿骂了一遍。

轮到和我同小组的同事 Lisa 的时候，他说："Lisa，你来的这半年几乎一事无成，就是你们这样的人拖了我的后腿，像你们这样的 80 后一无是处！"

Lisa 是今年和我一起进来的中国医科大学的研究生，能力、素质都不错，待人也很好。

黄光明越说越激动，似乎停不下来了。我看了看坐在身边的 Lisa，她的脸由白转青、由青转紫，委屈得几乎要流下泪来了。

此时，我站了起来，说道："黄总，Lisa 是和我一个小组的，是我的拙劣表现影响了她，进而影响了咱们这个组的业绩，要骂您就骂我吧。"

他冷冷地看了我一眼，说道："孙一鹏，你想英雄救美啊。还没有说到你呢，也不看看你的业绩，简直是西瓜皮揩屁股——一塌糊涂，还在这里逞能装样？自己先把自己的事情做好。"

我在心里问候了他祖宗几千遍，心想：要不是你的自私，我们的业绩指标早就完成了。

我说:"黄总,您说怎么惩罚吧,我都接受。"然后一屁股坐了下来。

黄光明骂了一会儿也就消火了。会议结束,大家都急匆匆地走出会议室,实在不想在这里多待1秒钟。

Lisa 在回办公室的路上,给我发了一条信息:"孙哥,谢谢你!"

我回道:"不谢。"

总结会议结束后的不几天,我就收到了 H 公司人事部给予的个人年终考核结果反馈:我得了销售部第一,当然是倒着数的。

我明白,这是"黄世仁"因为刘芬芳和 Lisa 的事情公报私仇,在背后狠狠地"捅了我一刀"。辛苦拼搏的第一年,这样的成绩对我来说,非常不能接受。

刘芬芳见到我,虚情假意地说:"小孙,倒数第一也不是什么丢人的事,明年再来。"

我呸!要不是你和"黄世仁"苟且,我能有今天这样的悲惨结局?

我强作欢笑,说:"谢谢刘姐,没有关系。谢谢您的鼓励,明年我会更加努力。"

Lisa 关心地问:"孙哥,对不起,是我拖累了你,希望你别生气啊。"

我说:"一切都和你无关,是你孙哥不争气罢了。"

说归说,笑归笑,糟糕的业绩考核结果还是让我很受伤。坦白地讲,这半年以来,我非常努力,大家都有目共睹。只不过,这次我成了"黄世仁"的替罪羊罢了。

回到北苑,已经是华灯初上。都市的霓虹灯不停闪烁,如同人心跳动。只不过红心泛起的是瑞气祥云,而黑心勾起的是乌云蔽日。

年终业绩考核的糟糕结果使我有三点认识。一是工作不仅仅需要激情,更需要方法和技巧。激情是一种动力,而方法和技巧能够让人事半功倍。

二是利益比大多数东西都重要,尤其是在医疗领域。它既体现在金钱上面,也体现在小团体、小圈子等上面。

三是超越利益的是人情和人性。人情让这个社会不会永远活在铜臭味和麻木里,而人性让还心存善念的人们保持着对这个世界的美好向往。

虎子还没有回来,十有八九是和叶玉乔约会去了。

房哥带了一个女朋友回来,但不是上一次那个了。他看见我,大声喊道:"一鹏,来给你介绍一下,我女朋友小瑞。"

他指着我,对身边的女孩说:"这是一鹏,我的室友兼好朋友,他是名牌学校的大学生,现在一家世界500强公司做销售,老厉害了。"

这厮非常精明,总是借助夸赞身边的人,来夸赞自己。

我说:"哥,我还没有吃饭,得去整点吃的。"

房哥豪迈地说:"整啊,哥请你去吃火锅。走吧。"

对于我来说,此时还有什么比酒更能消愁的呢?我们三个来到北辰泰岳火锅店。房哥在新的女朋友面前,为了显示他很大方、很有钱,点了满满一桌菜,大部分都是他喜欢的,我们就开始吃喝起来。

那天也许是心情不好的缘故,平时能喝一斤白酒不醉的我,没喝几瓶啤酒就感觉有点头脑发晕。

房哥不停地给我倒酒,我们不停地举杯,一个多小时下来桌子上摆了一堆啤酒瓶。

也许是喝醉了,房哥列数他的前女友,大骂女人都是爱钱、爱房的主儿,只看重眼前的利益,只想坐享其成,看不到男人现在的奋斗,看不到男人的将来。身边的现任女朋友已经至少制止了他三次,他还在那里喋喋不休。

他的尽情发泄勾起了我对考核结果的不满情绪。我痛斥"黄世仁",说他是伪君子、人渣、败类;痛斥这没有人情味的都市,容不下我等小民的立足;痛斥这生活,让我们疲惫不堪。

喝着喝着,到最后我竟然喝断片儿了!

第二天我一早醒来,发现自己躺在北苑出租房的床上,谁结账的、什么时候回的、怎么回的、最后我都说了些什么,一点都记不起来。屋子里有一股浓重的酒味儿。旁边桌子上一个女孩趴在那儿好像睡着了,背影看似熟悉。

我问道:"您是哪位?"

那个女孩猛地从熟睡中醒来,一回头,竟然是聂子彤。

我立刻蒙了!这是怎么回事?

聂子彤揉了揉惺忪的眼睛,笑了笑,对我说:"昨天晚上你朋友打电话给我,说你喝多了,联系不上你的那个叫什么虎子的朋友,就拨通了我的电话。我到了以后,你和你的朋友都醉得不行了,我和你朋友的女朋友费了很大力气才把你们弄回来。回来之后,你还没有醒酒,我怕你出事,所以就一直待在这里看着你。后半夜可能太困了,趴在桌子上不知不觉地就睡着了。"

听了聂子彤的解释,我大概明白了一些个中原因。

这个该死的虎子电话打不通,肯定是和叶玉乔出去谈"唐诗宋词"了。

我非常不好意思地笑了笑,连忙说道:"聂经理,对不起,给您添麻烦了。"

聂子彤说:"没有关系,咱们都是同事。不过,下次要少喝点,喝多了对身体不好。"

我不知道从哪里冒出了一句话:"今天还需要上班吗?"

聂子彤扑哧一笑,说:"今天是周三,又不是周六,当然要上班。时间不早了,赶紧起来上班去。"

我一股脑儿从床上爬起来,给她找了一个未开封的一次性牙刷,然后跑到厨房狂喝了半瓶醋解酒。我们各自洗漱完毕,就匆匆忙忙地去5号线北苑站赶地铁。

5号线是北京地铁三大拥挤线路之一,其他两条线路分别是八通线和1号线,在这三条地铁上,能够把人挤成相片儿。

我每天都往返在5号线上,有时候都被挤得有点怀疑人生。今天,我和聂子彤一起坐车则显得有点不同。

开始,我们两个都比较尴尬,不知道说些什么才好。后来,从地铁拥挤说到北京的交通,才逐渐打开了话匣子。

快到公司的时候,聂子彤说:"咱们下车后各走各的,你就当昨晚的事没有发生,也不要和公司里任何人说起。"

我心里暗自笑道:昨晚也没发生什么事啊。

下了地铁,我们两个一前一后隔着100米,向公司走去。

到公司我换好衣服、打开电脑,工作不到半个小时,就收到了一条信息。点开一看,是聂子彤发过来的,上面写着:"茶水间已经有人给你准备了早餐,喝点小米粥暖暖胃、解解酒。"后面是一个调皮的笑脸符号。

不用说,早餐肯定是聂子彤叫的外卖。这个体贴的女孩子考虑问题真是太细致周到了。

我赶忙回信:"谢谢,太谢谢您了。"又回了一个玫瑰花的符号。

对方回道:"Take it.(拿着吧。)"

我吃完早餐,酒味渐渐消去了,整个人的精气神都转变了。中间办事时遇到了Lisa,她问我:"孙哥,心情好点了吗?"

我回答说:"心情一直不错啊。"

Lisa看了我一眼,不解地走开了。

中午休息时,我给房哥打电话,问道:"哥,怎么回事?怎么把我的丑事都捅到女同事那里去了?"

房哥电话那头笑得简直肆无忌惮,说道:"一鹏兄弟啊,事情是这样的,昨天我也喝高了,咱俩都喝断片儿了,吐得一塌糊涂。我女朋友一个女人也带不动咱们两个老爷们儿回家去,也需要有人照顾你啊。于是她就根据你的手机标识,给你朋友打电话,看到标注有'北京'的她就打过去。第一个打的是虎子的,电话打不通,第二个打的就是一个姓聂的女孩子的,电话接通了,她就赶过来了,事情就是这样。据我女朋友说,那个姑娘老漂亮了,快告诉哥,是不是你女朋友?"

房哥在电话那头哇啦哇啦说了一大堆,我才彻底明白了来龙去脉,连忙说道:"她不是我女朋友,就是普通的同事。"

房哥又说道:"兄弟,赶紧抓住机会吧,时不我待啊,这么好的姑娘你不追,马上就被人追跑了……"

挂了电话,我笑了笑,觉得有点莫名其妙。

06. 斗智斗勇

下午,我和 Lisa 去 S 区的一个医院,洽谈一台医疗设备的合作。

在路上,Lisa 对我说:"孙哥,上次那家单位的那个家伙,总是用色眯眯的眼神看我,我有点怕。"

我说:"怕什么?他敢骚扰你,你就告诉'黄世仁'。如果过分的话,告诉公司人事部,再不然报警。"

Lisa 说:"'黄世仁'他们几个是一伙的,蛇鼠一窝,他肯定不会向着我啊。"

我说:"反正你小心点,不到万不得已的时候不要单独和他相处。遇到了事情,在危急关头可以给我打电话。"

Lisa 笑道:"还是孙哥好,不像那些职场老油子。"

我随口一说:"总有一天我也会变成他们那样的。"

"我才不信。"Lisa 说道。

如果我变成了职场老油子,那是多么可怕的一件事情,真的不敢想象。但随着时间的流逝,我们都会变老,但愿不要让我们因为年纪增长而失去初心。

我们到了 S 区人民医院外科主任室,见到了提前预约好的康主任。康主任是一个 50 多岁的中年男人,个子不高,微胖,穿着白大褂,戴着一副古板的眼镜,貌似很有学问的样子。

我之前单独和他见过两次面,所以也算认识。他一看到我就说:"小孙来了,这位姑娘是你的同事吧?"

我转身对 Lisa 说:"这是康主任,人民医院著名的外科主任。"

还没介绍完,康主任直接走上前去和 Lisa 握手。Lisa 有点尴尬但又不失礼节地和康主任握了握手。

介绍完我们各自落座。寒暄了几句之后,我问道:"康主任,手术医疗设备的事咱们已经谈了两次了,这次想听听您的具体意见。我们公司会以最优惠的价格、最好的服务,提供最好的设备。"

康主任若有所思地点了一支香烟,然后站起来给自己泡满枸杞的杯子续上了水,没有立刻回应我。

我接着说道:"康主任,您看咱们也算是朋友了。我和 Lisa 都刚刚毕业没有多久,真诚地想推销公司的产品,也真诚地想向您学习。您这笔业务对我们来说非常重要,希望您能考虑。"

康主任看了看手上的那块劳力士,然后说:"这样吧,一会儿也快到吃晚饭时间了,咱们一起去简单吃点东西,吃饭时就合作事宜深入沟通一下。"

我给了 Lisa 一个眼色,Lisa 接着助攻:"多谢康主任给我们这样的机会。"

康主任脱下了白大褂,换上了便装,看起来还真是一副文雅的样子。然后,他下楼取车,带着我们直奔医院五公里外的渔家山庄,他的座驾是一台奔驰 GLE450。

在车上,他说:"医院附近熟人很多,吃饭就要远一点,而且吃饭一般不超过 5 人。"

这老家伙真是个人精,套路挺多的。

他继续说道:"我只喝白酒,不喝红酒和啤酒。酒是粮食精,越喝越年轻,喝白酒相当于吃小麦面粉。红酒虽好,但不够劲儿。啤酒胀肚子,没有营养。"

我们两个一致应和道:"康主任真是有生活经验,我们得好好学习,最好拿个小本子记下来。"

他听了很受用的样子,哈哈大笑起来。

到了饭店,服务员似乎和他很熟,一口一个主任地叫着。康主任很娴熟地拿起菜单,把上面推荐的几个名贵小河鲜几乎点了个遍,等菜上齐后满满一大桌子。

吃饭当然少不了白酒。酒是 30 年的二锅头,他说这既不违反规定,也不影响酒兴。

我给他和我分别倒了一分酒器的酒。他叫道:"给小柳也倒一壶,现在的女孩子都能喝。江湖上不都说吗:女的当销售,一瓶白酒都不够。白酒不喝,订单别摸。"

无奈之下,我也给 Lisa 倒了一壶。

康主任果然是"酒精"沙场,酒量真不是盖的,不大一会儿,一壶酒就喝了个底朝天,根本就不用我们主动敬酒。当然,我的一壶酒也快完了,而 Lisa 喝得满面通红。

第一壶喝完,我们三个又分别倒了一壶。商务应酬是一件极其无聊的事情,但作为销售,我们又不得不面对,毕竟为了生活。

康主任喝了六两白酒以后,话越来越多,非要 Lisa 给他敬酒。

我试图替 Lisa 挡酒,他坚决不允许。没有办法,Lisa 只能敬酒。这家伙倒是喝得非常豪爽。其间,他几次想去搂 Lisa 的腰,都被 Lisa 巧妙地躲闪过去。从这个时候起,我对他的人品产生了怀疑。

这家伙白酒足足喝了八两之多,然而一点事情都没有。要不是 Lisa 在场,我今天一定得把他给喝趴下,让他见识一下酒乡出来的人的酒量。

吃完饭已经将近 9 点,埋单结账完毕,我们就准备回城里,其间事情也谈得七七八八了。

康主任却不慌不忙地说道:"Lisa 啊,听你声音不错,估计唱歌一定好听,咱们是不是听一听?"

我朝 Lisa 使了一个眼色,意思是让她直接拒绝。

Lisa 也很聪明,立刻对康主任说:"康主任您过奖了,我天生五音不全,唱歌会吓到您的。"

康主任说:"我就爱听五音不全的。去不去,你们看着办吧。"

在医药市场中,销售是乙方,是相对弱势的一方,在很多情况下都要根据甲方的意思办事。当然,很多情况是指一不违反道德、二不违反法律的情况。触犯道德底线或违法挣钱,都会付出相应的代价。

《市场营销学》的基本原理告诉我们:无论甲方或者乙方,都要保留着做人的尊严,守住法律的底线。但同时也告诉我们,一定限度的妥协是一种艺术。

所以,在这种情况下,即便有 120% 的不愿意,我们也只能走一步看一步。出于无奈,我和 Lisa 答应了康主任的提议,去了附近的 KTV。

到了 KTV 之后，我点了一打啤酒和一些点心。康主任一进房间就开始展示自己的歌喉，唱了《鸿雁》和《蒙古人》。说实在的，要不是发生后面的事情，我真的觉得他的歌唱得还是蛮不错的。

康主任唱完之后，非要 Lisa 和他来一首情歌对唱。Lisa 说了几遍不会唱之后，康主任还是点了一首《心雨》。

两个人站起来之后，康主任和 Lisa 靠得越来越近，直到揽住她的腰。Lisa 急忙躲开，康主任却紧追着她。或许是酒精的作用，或许是 Lisa 的闪躲激恼了康主任，他发疯似的抱住了 Lisa，不肯松手。

Lisa 大声喊道："康主任放手，放手！"

我也大声说道："Lisa，你喝多了吧，赶快去洗手间！"但是，这个老色鬼还是不肯放手，紧急关头我急中生智，拿起手机咔咔拍了几张照片，闪光灯的光亮刺激了他的眼睛，他意识到有人拍照，立刻停下了手中的动作。

他走到我身边，大声问道："拍照干吗？赶快删除。"

我突然意识到，对于这家公立医院的主任来说，这些照片可能就是他的命门。

07. 人的面孔

我当然不会轻易删除照片。我对康主任说："没有拍什么，是手不小心碰着拍照键了。"

康主任唱歌的雅兴顿时全无，房间里面出现了些许尴尬的气氛。他此时此刻也认识到，我们两个也不是傻子，他肚子里的那点花花肠子已被我们看穿。所以，不大一会儿他就找了个借口，离开了KTV。

我给他叫了个代驾，送他安全地上车之后，与Lisa分头离开。

回到了住处，虎子还是不在。我猛喝了几杯凉开水，来冲淡浓烈酒精的侵袭。坐到床上，那本还没有看完的关于市场营销的畅销书《定位》正静静地躺在那里，这本书对销售人员来说如《圣经》一般，它告诉每一个销售人员在市场中如何找到自己的路。

鲁迅先生说，世界上原本没有路，走的人多了，就成了路。《西游记》主题曲唱道："敢问路在何方？路在脚下。"

可我的路在哪里呢？

一个北漂，在一个陌生的没有任何关系的城市里，只有依靠自己的意志、能力，才能够生存下来，然后才能谈理想和未来。

一个职场新人，在一个陌生的没有任何依靠的单位，只有自己打拼和奋斗，才可能有出头之日。

在思考着这些莫名其妙的问题时，一个电话打了进来，是聂子彤的。

她在那头问道:"在干吗呢?"

我说:"刚刚应酬回来,在看书。"

她说:"应酬和看书两不误,真是可以啊。"

我说:"你就别嘲笑我了,昨天晚上的丑态全被你看见了。"

她说:"嘿嘿,谁说全部看见了啊?就看见了极小的一部分。"

我趁着酒兴说:"要是搁古代,你就得嫁我了。你我孤男寡女共处一室一夜,而且你还照顾了我……"

她说:"打住!要不是你同宿舍哥们儿的女朋友说你快不行了,我才懒得理你。再说,我和你无亲无故的,你不行了也和我没有关系啊。"

我竟一时无语。

她又继续说道:"看把你能的,咋不说话了?换句话说,你还得对我负责呢,我还没有和男生共处一室过呢。"

我尴尬又高兴地笑了笑说:"那我真是荣幸了!"

尴尬的是,没有想到平时文文静静的聂子彤,讲起道理来一套一套的。当然,在企业做 HR 的人大高才生没有两把刷子是不可能的。

高兴的是,她间接地透露给了我很多信息。

她继续说道:"那可不嘛,你荣幸极了!对了,给你打电话是有点事。那个……早上我把发卡忘在你桌子上了,记得哪天上班的时候带给我。"

我说:"好的,我找一找,找到了就给你。"

她又说:"对了,既然你说我看到你丑态的全部了,那我再多说几句哈,你住的那间屋子真的太乱了,简直还不如我们家猫住的——对了,我们家猫在老家的房子里,不在北京。你有时间的时候,可以收拾一下,男子汉一屋不扫,何以扫天下?"

我连忙说道:"是是,你提醒得对,以后要讲究点。"

挂了聂子彤的电话以后,我在桌子上果然看见了一个女士发卡。我把发卡用信封装起来,准备上班时带给她。

然后,我花了一点时间,简单地把屋子收拾了一下。想了想,在这个大城市里,我没人关心没人问,幸好有聂子彤这样的同事,否则会有多惨。

于是我就编了一条信息给她:"周末晚上一起吃饭,还你发卡,请勿回绝。"

不到 1 分钟,手机就嘀嘀地响了起来,上面显示:"礼尚往来,上次你请,这次我来,周六晚上 6 点,亚运村西贝,请勿回绝。"

我回复道:"我请,勿回绝。"

她又回复道:"男孩子婆婆妈妈不好,晚安,关机。"

我回复道:"晚安。"

过了一段时间,对方不再回信,我知道不用再等待了。瞌睡一个接着一个,长夜已经到来。

第二天早上,我又去了 S 医院找康主任。不过,这次没有带 Lisa。

康主任穿着白大褂,又恢复了一本正经的样子。看见我一个人过来,好像有点担心,但又装作若无其事。这种虚伪真的让我作呕。

人都有两张面孔：一张是白天的面孔，仿佛天使模样，纯洁善良、温情脉脉，这是人之为人的一面，可以称之为佛性；一张是黑夜的面孔，仿佛魔鬼模样，凶狠残忍、恶毒吓人，这是人之为鬼的一面，可以称之为魔性。

佛性和魔性原本只差一线，通常泾渭分明，这不可怕。如佛性压过魔性即为善，魔性压过佛性即为恶。

可怕的是魔性的魂穿着佛性的皮，这很难洞见，也具有极强的杀伤力。康主任就属于这类人。

人类社会就是这样，善恶相伴相生，没有恶就体现不了善，没有人渣就显示不出好人。

作呕归作呕，我还要谈我的医疗设备。我进了康主任的办公室，这次他故意没有关门，让我坐下来，随后倒了一杯水递给我。我以前来过三次，从来没有这种待遇。

我暗地里揣测，一定是昨晚拍照的事情惊吓了这个老东西。

我问道："康主任，又来打扰您了，设备的事情您考虑得怎么样了？"

康主任大声说："小孙啊，你的热情打动了我，你们的设备品质好、价格优，在同等的产品里是最好的，而且你们的服务也好。我昨晚考虑了很久，决定使用你们的产品。具体的购买程序就根据院里的相关规定办理吧。"

我说："谢谢康主任！"

康主任随即关上了门，小声问："小孙，昨晚的视频和照片删除了吗？你千万不要给我们领导看，那就麻烦了。"

我笑着说道："康主任您放心，昨晚我根本就没有拍视频，照片就拍了几张,您看看,是不是这些?我现在就删。"

他说道:"快删,快删!我不看了!"

我扎着架势,做出删除照片的动作。其实,昨晚我就把照片删除了,不想它们玷污手机内存。

谈妥了S医院的生意,我异常兴奋。这是我入职以来第一次独自完成这么大的一个单子,也是我们这一组这一年来做成的最大的一笔生意,岂能不让人高兴?

回顾整个事情的过程,我认识到,复杂的职场人群,虽然不能简单地以好人和坏人来区分,但的确存在着善与恶、美与丑的分别。同时,和职场对象打交道,也不能一味忍让与软弱,该抵制的时候必须抵制,该硬气的时候必须硬气,该坚守的时候必须坚守。

在回公司的路上,我给 Lisa 发了一条信息:"Bingo!(成了!)"

Lisa 立刻给回了一个赞的表情。

08. 四种层次

周六晚上 6 点的亚运村华灯初上,城市的霓虹晶亮闪烁,点缀着这座城市的繁华与喧嚣。天上的星星眨着调皮的眼睛,如同刚刚出生的婴儿。

聂子彤一袭长裙站在西贝门口,飘逸的长发仿佛三月江南的柳丝,大大的眼睛如同刚刚看见的那颗天上的星星,深深的酒窝镶嵌在笑盈盈的脸上,犹如婴儿入睡般恬静。

我们在靠窗的座位上面对面坐下,点了几个菜和一瓶啤酒。

聂子彤说:"怎么这么小气?就点了一瓶啤酒,还不够漱口的呢。"

我说:"上次你也没怎么喝啊,再说,让你喝多了,多不好。"

聂子彤带着一种调侃的语气说:"同学,上次不喝,不代表这次不喝啊。而且,我好像看见某人喝多过哦。"

我尴尬又不失礼貌地笑了笑,朝她做了个鬼脸。

女人这种生物非常奇怪,尤其是处于恋爱前夕的女人,她的心思猜不透摸不着。当你以为是此的时候,她偏偏是彼;当你以为是彼的时候,她又跳到了别的地儿。好像有首歌就叫《女孩的心思你别猜》,非常著名。

聂子彤这种高智商的女孩子的心理更是难以琢磨。所以,不如不猜,不如喝酒。我又点了三瓶啤酒,凑够"四季发财"。

聂子彤说:"这还差不多,那天在北苑小吃一条街见识过你的酒量,如果今天不陪你喝,你会寂寞的。"

她的戏谑让我有点不好意思,但又感到非常轻松。

我说:"像你这样的女孩子喝酒一定好看,因为女人如花开云端,饮酒作乐值万钱。"我把李大诗人的诗歌进行了篡改。

她:"你啊,就是能贫。看到你这样的状态,我就再也不用担心你年终考核的事情了。"

我嘴上说:"哪壶不开提哪壶。"心里想:你什么时候担心过呢?

菜慢慢上来,酒越喝越浓。在这样的餐馆、这样的氛围里,我想起虎子关于吃饭的四个层次理论。

虎子曾经曰过,人吃饭一共有四个层次。一是吃文化,这一般是有钱人或上流人士的饮食习惯,它往往引领饮食文化甚至整个社会文明的发展,伟大的哲学家埃利亚斯在《文明的进程》中对此有精辟的阐述。这是最高层次。

二是吃美食,这是喜好美食的食客的追求,这种往往是以满足味蕾的需要为主,其次才在潜意识中把文化纳入其中。比如,《舌尖上的中国》《寻味顺德》等节目就把此种对美食的追求做到了极致。

三是吃情调,这往往是小资或恋爱中的年轻人的选择,也可以称之为"吃环境"。环境可以把人带入一种想要的氛围中。比如北京的蓝色港湾、世贸天阶,又比如上海的石库门,都是此类的代表。

四是纯粹为了果腹而吃饭,仅仅满足肠胃的需要,这是一般人的基本日常。这也是马斯洛需求的五个层次中的第一个层次。

今天,我和聂子彤的吃饭属于第三层,不高不低。两个人一起吃饭比上次我们四个人更加温馨,而夜晚的北京依然让人沉醉。

喝了酒的聂子彤,面如桃花绯红。我第一次距离她这么近,可以感受到她的呼吸,让我想起春天从南方吹来的风。

吃完饭时间还早。回去之后,不是对着空房中的书本,就是对着喋喋不休的虎子,所以,我提了个建议:"你请吃饭,我请看电影怎么样?"

聂子彤说:"好啊好啊,这个太可以有了。"

距离西贝不远的地方就是亚运村漂亮广场购物中心,那里有一家很不错的电影院。

看电影是青年男女恋爱最常见的节目,也是一项较为暧昧的活动。

青年男女刚认识,在看电影的过程中,一个忐忑不安,一个偷偷瞥对方。热恋中的情侣看电影,基本是牵手拥抱,卿卿我我。

说实在的,我和聂子彤一起看电影,有点怪怪的、说不出的感觉。说白了,还没有到那份儿上。所以,就当是自己看电影时,偶遇了一个熟人吧。

电影结束,我送她去公交车站,一辆疾驰的自行车迎面而来,几乎同时我们都抓住了对方的手。车子过去后,她朝我笑了笑,仿佛一轮明月挂在晴朗的夜空。

回到了北苑的住处,几个晚上不见的虎子今天终于回来了,看见我就说道:"和哪个妞出去玩了?"

我说:"去你的,我哪能和你一样?"

虎子坏笑着说:"我咋闻到咱们屋里有女人的味道呢?"

听到他的话,我就知道这小子似乎听说了什么。

我打哈哈道:"啥味道啊?都是你的臭袜子臭内裤的味道。"

虎子说道:"你这家伙,还骗我,前几天是不是喝醉了?是不是有个女孩在咱们屋里过了一夜?是不是发生什么了?从实招来。"

虎子这个坏蛋,显然已经从房哥的嘴里知道了全部内情。

我说:"还不是因为你?你不在我就和房哥去喝酒,结果喝不过就倒了。你要是在的话,我肯定喝不醉。"

虎子说:"继续,继续,说主题。"

我说:"喝多了,打你电话打不通,就喊了我的同事。"

虎子问:"那个同事是男的女的?我认识吗?"

我说:"你明明知道,还装糊涂问我,那个人是聂子彤。别问了,OK?"

虎子用手指着我:"好啊,背着我搞'地下活动',是不是成功了?"

我说:"成功你个头啊,你想哪里去了?我问你,为什么那晚给你打电话,你总是关机?你究竟去哪里了?快说,不说我告诉叶玉乔去。"

虎子说:"告诉她干吗?我和她出去谈'革命事业'了,手机没有电了,就没有接到你的电话。"

我继续问道:"连续谈了几个晚上?"

这个不要脸的家伙坏笑着说:"是啊,事情重大啊,必须反复

江城后传:北漂往事 | 217

研讨。"

我指了指他:"兄弟,你可千万要小心,切不可把'革命事业'变成了你的家庭生活,哈哈。"

和虎子聊天结束以后我就呼呼大睡,那一晚着实睡得很香很香,直睡到第二天日上三竿,太阳照着屁股了。

09. 自我要求

生活逐步进入了正轨,第一年考核的阴霾几乎被一扫而光。不能让自己总是生活在过去的失败里,这是我经常鼓励自己的一句话。

工作的第二年、第三年,我不再是职场上的"菜鸟"。在工作中,用心观察、仔细思考,诚心待人、勤劳敬业,慢慢地积累起经验,慢慢地积累起人气,销售业绩也越来越好。

在这几年里,我给自己定了几个工作上的要求,或者说规矩,规矩是用来约束自己的。

一是保持一颗善心。《道德经》说:"上善若水,水善利万物而不争。"俗话说,善有善报,恶有恶报。所以,即便是在尔虞我诈的职场上,都要时刻保持着一颗善心,与人为善、待人友好,不抢别人饭碗,不与人纷争不休,尽可能帮助人,尽可能交朋友。如果自己有一米阳光,可以分给别人九分。

二是坚守一个底线。从哲学的意义上来说,底线是事物发展过程中从量变到质变的临界点。在医药销售行业,守底线就是要守住道德底线和法律红线,不触摸任何一个禁区,不越雷池半步。只有守住了底线,才能够找到"上限"。

三是发扬一种精神。这种精神就是拼搏精神,它是一种来自心底的力量。爱因斯坦说,由百折不挠的信念所支持的人的意志,比那些似乎是无敌的物质力量有更大的威力。拼搏精神可以细化,比如要把一件事做到自己满意为止,又比如早上要第一个到办公室,再比如要制订出一月、一周、一天的详细工作计划,并根据实际变化来调整执行,等等。

我是这么想的,也是这么做的,尽管有些方面还做不到完美。但这些自我要求不仅给我以约束,而且给了我坚持的勇气。当工作不顺利时,当遇到很大的困难时,当碰到烦心事时,我也会用以上这些来开解自己、安慰自己。因为我知道,在这个大都市里,自己如果活得不明白,就没有人能够让我明白地活着。

我和小团队以及大团队的同事们都处得很好,他们都知道销售部有一个积极向上且与人为善的小伙子。

聂子彤有一次开我玩笑说:"据说你即将成为你们部门的明日之光,等那天也照亮我们一下哈。"

我寻思,我虽然工作上很努力,但平时也都是低调做人做事,咋一下子成为大家的谈资了呢? 转而对聂子彤说:"部门里有些大妈就喜欢家长里短的,不要听她们胡说八道。"

聂子彤说:"不是大妈们说的,是小姐姐说的。"说完朝我递过来一个鄙视的眼神。

我说:"喊,我们销售部可没有小姐姐。那一定是你们部门的吧?"

她没有回我,用手比了一个无聊的手势。

销售部进行了"大换血",新上任的总监名叫钟群,是一个40多岁的有魄力的中年事业型男人。据说,他曾经是H公司连续三年的全国销售冠军。

钟总像我们一样,从初入职场的年轻人一路成长上来,对年轻员工关爱有加,尤其对我们这样有冲劲、有能力的所谓人才更是信任并支持。

有一天他把我喊到办公室,让我坐在沙发上,并递过来一杯矿泉水。

他对我说:"小孙哪,我来销售部之前就听说你很能干,很有想法,谈谈你对我们销售部的工作想法。"

我说:"钟总,我还是新人,还处于学习阶段,工作上一切都听领导的安排。"

他说:"这不是我想听的,我想听一听你自己内心对销售工作的认识和见解。"

我说:"钟总,那我就按照自己想的说啊,哪里不对您批评指正。第一,我不是学销售出身的,对销售理论记得背得不是那么多,但是管理学上有个概念叫移情,就是要站在别人的角度上考虑问题,也就是我们要站在客户的角度上考虑问题。"

钟总点了点头,用肯定的眼神看着我说:"继续说下去。"

我继续说道:"第二,要有好的产品。了解了客户的所思所想,就要拿出来质量好、价格优的产品,用好的产品和服务让客户满意。第三,就是声誉,也就是所谓的品牌影响力,能够让客户一看到产品、用到产品就想到我们H公司。"

"还有吗?"钟总问道。

"第四,个人认为最重要的一点,也往往是大家容易忽略的一点,就是信任。这种信任基于现代市场经济的契约精神,但更多的是基于自律和良心,基于交往的时间和人际沟通。一旦产生了信任,一切问题都不是问题,反之亦然。"我说道。

钟群笑眯眯地看着我,弄得我毛骨悚然,以为自己说错了什么。

他说道:"你说得很好,尤其是第四点,不是照着教科书背诵出来的,而是平时思考的结果。这些想法和我不谋而合,在你身上我可以看到自己刚毕业那几年的样子。"

他问道:"你对自己的职业生涯有什么规划吗?"

我说:"先脚踏实地把目前的工作干好,其他没有什么想法。"

他继续说道:"顺义密云小组的组长有兴趣吗?"

我诚惶诚恐地问:"黄组长不是在负责顺义密云片区吗?"

钟总说:"近年来他为公司做出了很大的贡献,老同志干得太累了,应该给他找个地方好好休息一下。"

此时此刻,办公室里寂静无声。

我没有轻易表态。一是因为这消息突如其来,我没有任何思想准备;二是因为我是一个职场的半新人,对很多职场规则还不是太熟悉;三是也不想得罪黄光明那一派的势力,他们几个人一直在背后给我们组里的新员工使坏。

钟总看我不说话,继续说道:"沉默就是同意,我相信你的能力和为人,好好干吧。"

我看了他一眼,郑重地点了点头,然后就急匆匆地走出了他的办公室。

那天的阳光很好,天空很蓝,我的心头有一种轻松的感觉,但仿佛又有千钧重担。那是一种被信任又受到自我驱动的感觉,很多年以后,我知道那种感觉叫成长。

10. 职场如花

根据公司的统一安排,在我接替顺义密云组组长的同时,黄光明被调入了公司客服部的售后服务协调岗,这是一个养老的岗位。

俗话说,人走茶凉。他的那个小圈子也树倒猢狲散。

接手顺义密云组后,我首先想做的事就是重塑团队文化。在我看来,文化是一个组织成长的内在驱动力,好的文化可以凝聚力量、鼓舞士气、众志成城、攻坚克难,进而实现组织的目标。

在重塑团队文化方面我做了三件事情。一是健全小组规章制度。制度是一个组织运行的基础,所谓的有规可依、有章可循,说的就是这个道理。

二是建立小组沟通渠道。每个月小组团建一次,组内学习一次,加强大家之间的沟通与交流。

三是完善传帮带制度。给予一定的物质和精神激励,充分发挥老同志的传帮带作用,加快年轻人的成长步伐。

在黄光明转岗的事情上,我也动了一番脑筋。为了维护小组以前的传统和今后的团结,我决定为他举办一个欢送座谈会。

在座谈会上,黄光明收敛了他以往嚣张的气焰,好像变了一个人似的,说话也非常客气:"首先感谢孙组长,给我举办一个隆重的欢送会,更谢谢各位同事多年来对我工作的大力支持和帮助;其次,欢迎大家到客服部做客,如果大家以后有什么需要,可以直接找我,我也可能有什么事麻烦大家;最后,祝福大家在小组里工作愉快、身体健康、万事如意!"

会场上响起了雷鸣般的掌声,即便原来对他不满的同事们也满脸欢笑地拼命鼓掌。

小组里的人一一发言。刘芬芳说:"谢谢黄组长的一路关照,也希望以后我们在孙组长的带领下,业绩一路长虹、如日中天。"

这显然是在拍我马屁,和我此前认识的那个刘芬芳简直是两个人。

Lisa说:"感谢黄组长一直以来对我们的关心帮助,祝黄组长在新的岗位上万事如意。"

虽然黄光明曾在众人面前批评过她,但这次她说得不卑不亢,体现了这几年来的进步。

最后轮到我做总结,我说道:"首先非常感谢黄组长,是他高风亮节、提携后进,把组长的位子让给了我这个刚刚工作两三年的小年轻,我实在是受宠若惊,让我们以掌声对黄组长表示衷心的感谢。"

黄光明微笑着看了我一眼,站起来给大家微微鞠了一躬。他心里可能知道,我给了他足够的面子,也化解了几年来对我们这几个不隶属他那个小团体的人的怨恨。

我继续说道:"其次,热烈欢迎黄组长随时回组里进行指导,小组和销售部永远是您的家,有什么事您随时吩咐;最后,我们要发扬黄组长的优良作风,继续奋斗、努力拼搏,把我们组的业绩做到最好,不辜负黄组长的期待和鼓励。"

欢送会在一片欢声笑语中结束,每个人都笑靥如花。

通过这次欢送座谈会,我也意识到,职场不但有刀,而且也可以有花,就像今天这样的笑开出的花。

这让我想起人类学家本尼迪克特的《菊与刀》。刀和花可能代表了一个组织两种不同的形态、两种不同的面相。而两种形态和面相的合体才是组织及生活在其中的人的完整形态。

Lisa担任了我的副手,和我一起在顺义密云组里继续攻坚克难。

11. 信任效应

　　自从康主任购买了我们那款设备之后,我就再也没有找过他。打心底里,我对这种人是看不起的。

　　一天,我和 Lisa 正在密云的 T 医院洽谈一桩合作,电话振动了好几次,我偷偷一看是康主任的电话,就悄悄地挂断了,然后发过去一条信息:"正在开会中,一会儿给您电话。"

　　T 医院的事情谈了将近两个小时,进展不太顺利。这已经是我们第三次来这里了。医疗行业的竞争异常激烈,细分市场更是如此。每家厂商和每个代理都有自己的势力范围和底盘,几乎形成了水泼不进的铜墙铁壁。

　　新的厂家想要进入一家新的医院并有效开展业务简直比登天还难。可是,销售工作逼着你必须进入新的领地,否则只能坐吃等死。这也是销售工作的难处所在。

　　如果你以为销售就是卖卖东西,那就大错特错了。这样的理解,也只是停留在菜场摆摊的水平。

　　但是刚刚进入销售职场的新人们,总带着天真的幻想。我就是这样堂吉诃德似的第三次来到了这家医院,第三次铩羽而归。

　　谈完了 T 医院的事情,我和 Lisa 没精打采地正准备离开,突然想起刚才康主任给我打电话的事情。

　　于是,我漫不经心地拨通了他的电话。电话那边传来康主任的声音:"小孙哪,会议结束了?"

我回答道:"是的,康主任您找我有什么事吗?"

他连珠炮似的说道:"没事,没事,就是想和你说一下,你上次推荐给我们的那款机器非常好用,医生和病人都反映非常好,谢谢你啊。科里有台旧的机器用了将近十年,我们想再换一台新的,准备走招标程序,欢迎你们到时候来投标。在哪里开会呢?开了这么久。"

我说:"T医院。"

他接着说道:"T医院我熟悉啊,放射科宋主任是我的大学同学,有什么事你可以找他帮忙。"

放射科宋主任?不就是我刚刚见过的那位吗?我心里嘀咕道。

见我沉默了一会儿,他又问道:"小孙,怎么了?是不是信号不好?"

我想了想,说:"康主任,T医院还真有件事要麻烦您一下,不知道当不当讲?"

他说:"说吧说吧,这不像上次我见到的那个小孙啊!"

想起上次的事情,我既好气又好笑。

我说:"康主任,刚刚和我们一起开会的就是宋主任,我和他不太熟悉,公司的一款新品准备打入T医院,谈了几次都没有成功。"

康主任说:"这事包在我身上,你放心吧。"没等我说谢谢,他在那头就挂断了电话。

几天以后,T医院通知我们参加竞标。我和Lisa既吃惊又高兴。吃惊的是,之前谈了几轮都没有谈下来,今天竟然喊我们去竞标了;高兴的是,这等于给了我们一次机会。

我带着团队加班加点做标书,因长时间加班,抵抗力下降,得了重度感冒。

Lisa很关心地说:"孙哥,要不要休息一下?"

我说:"不用,等咱们中了这个标再说休息的事。"

皇天不负有心人,经过团队的齐心协力,我们最终中了T医院的标。

竞标成功以后,我去宋主任办公室拜访,他抽出时间接待了我。

"恭喜你,小孙。"一见面他就说道。

我连忙说:"非常感谢您,宋主任。"

宋主任说:"要是感谢的话,就去感谢老康吧,是他把你们的产品推荐给了我。"

我说:"你们两位主任我都要感谢,你们有什么要求尽管说,我们一定会提供最好的产品、最优质的服务。"

宋主任说:"路遥知马力,日久见人心。这是咱们第一次合作,希望有一个良好的开端。"

我说:"宋主任,您放心吧。感谢您给的这次机会,我们定会倍加珍惜,一定不会辜负您的信任。"

走出宋主任办公室,我立刻给康主任打了个电话,我非常真诚地说:"康主任,真心地谢谢您!这次能够成功,多亏了您的帮助。"

康主任在电话那头说:"小孙啊,不用谢。你们之所以能成功,是因为你们团队良好的产品性能、优质的售后服务打动了我,获得了我们这些老客户的信任。希望你们团队以后越来越好。"

在小组对这个案例进行总结的时候,大家都说到成功的原因有团队精神、加班加点、努力拼搏等等。

我在心里想,还有一个非常重要的因素就是信任——康主任对我们的信任,以及宋、康二人之间的信任。

信任是一种财富,一种无形的财富。在商场上,信任有时比金钱更为重要。

12. 冒险游戏

有人说,生活就是一场战斗。也有人说,爱情是生活的一个组成部分。

当我还在医院里为推销一个个产品,和一大群科室主任唇枪舌剑的时候,虎子和叶玉乔已经干柴烈火地在一起了。他们腻腻歪歪的,使我这个没有恋爱过的人都有点感受到了爱情力量的强大。

有一天虎子比较正经地说:"老大,玉乔对我说,聂子彤可能喜欢你哦。"

我说:"去你的,瞎扯淡。你一定是听错了!子彤那么优秀、那么漂亮,怎么可能?"

虎子说:"不可能听错。傻子都能看出来,难道你看不出来?"

我说:"你骂谁呢?"

虎子说:"说谁谁知道!"

我在公司里偶尔能看见子彤,只是觉得她遇见我时,眼神有点和以前不一样了,飘忽不定而又故作镇定的样子。

这对我来说是一种特殊的感觉,就像生活里的盐巴一样。

在酸甜苦辣的时光流转中,我度过了在 H 公司的第三个年头。第三年业绩考核,我们全组得了第一,我个人有幸被评为当年公司销售之星。

这算是对我几年来北漂生活的一个最好的交代,也是从此以后人生"星星点灯"之路的开始。写到此处,我正好听到郑智化的那首歌曲,泪落如雨。

虎子说:"老大,当选销售之星是不是需要大快朵颐一次?"

我说:"那是必须的!"

虎子问:"都准备喊哪些人?"

我说:"小范围吧,哥也没有几个大洋。"

虎子说:"喊上子彤和玉乔?"

我假装不高兴地点了点头,指着他说:"臭小子,就知道你要喊你的叶玉卿。"

虎子回道:"是玉乔,不是玉卿。"

我哈哈大笑着说:"反正都是玉字辈的嘛!"

北京的冬天飘起了第一场雪花,让我想起童年的家乡,而千里之外的家乡不能给身在异乡的我们带来温暖。我们只能抱团,只能依赖自身的热量。

在那个飘雪的晚上,我们四个人来到附近的东来顺吃火锅。虎子和叶玉乔这对"双子星"一直在秀恩爱,我和子彤成为大大的电灯泡。

在推杯换盏中,四个人喝得无拘无束。酒是对抗寒冷的有效工具,也是自我安慰的良好药剂。

酒喝到情绪高昂的时候,一定会出幺蛾子,尤其是在有虎子的情况下。虎子冲我挤了挤眼,说道:"咱们玩'真心话大冒险'怎么样?"

我用手指了指他,做了个 shut up(闭嘴)的口形。

叶玉乔立即附和道:"好啊好啊,who 怕 who(谁怕谁)!怎么玩？是划拳还是石头剪刀布？"

虎子说："老大怕了吧？胆小鬼！"我说："怕你个头啊,你一定是心怀鬼胎。如果真的想玩,哥我奉陪到底！"

虎子说："那再好不过。就选石头剪刀布吧,我的运气一般情况下都是最好的。"

聂子彤微微笑,朝我点了点头,四个人就这样达成了一致意见。

从小到大,我都是个运气不算好的人,所以基本靠实力说话,无论是划拳还是石头剪刀布,都有绝对的实力,在实战中几乎没输过。所以,今天晚上的游戏,我基本上是胜券在握。

游戏第一把叶玉乔输了,由我提问。

我问虎子："老弟,你说提什么问题好呢？"

虎子说："老大笨啊,你不想知道她有过几个男朋友？"

我说："就这个问题了,玉乔你回答吧。"

叶玉乔说："这是什么大冒险？我谈过三个。"

我坏笑着说："包含虎子吗？"

叶玉乔说："当然不包括啊！"

虎子在一旁气得对我直翻白眼。

曾经谈过三个男朋友好像是某个相亲节目的标准答案。她的话是真是假就无从考证了。

第二把虎子输,本来由子彤提问,子彤让给叶玉乔了。

她说道："大老虎,我就直接问了啊,你第一次是几岁？"

虎子说："第一次上小学一年级是七岁啊。"

她说："你故意耍赖,这个不算,不算……"

两个人闹成一团,我和子彤在一旁幸灾乐祸地边看边笑。

第三把子彤输,女汉子叶玉乔不等我们两个出手,直接开始发问:"聂小姐,你喜欢孙一鹏同学吗?"

子彤温柔地问道:"可以换一个问题吗?"

"双子星"异口同声地说:"不可以!"

子彤朝我看了一眼,或者是喝多了,或者是真心话,她调皮又羞涩地小声说:"喜欢还不行吗?"

"双子星"哈哈大笑,不依不饶地说:"什么是'不行吗'?喜欢就是喜欢,不喜欢就是不喜欢。"

我分明发现他俩的笑中带着杀气,知道他们两个肯定不会轻易放过我。

虎子说:"鹏哥,你都听见了吧?都听见了吧?是不是男人?是男人就起来拥抱一下子彤!"

激将法是一种很有效的方法,尤其是对喝了酒的男人来说。酒精点燃了荷尔蒙,将青春和热血、勇气和血性都激发得淋漓尽致。

男人在这个世界上最不愿意听见的一句话就是"你到底是不是男人",就像女人最不愿听见的是"一点女人味都没有"一样。

血气方刚的我,从来没有恋爱过的我,本来也喜欢子彤而没有表达的我,在酒精的作用下,转身一把抱住了子彤。意想不到的是,子彤也转过身来,给我一个轻轻的回应。

那一瞬间,我脑子突然清醒,感觉到空气凝滞、时光停留。

窗外大雪飞舞,远远望去,就像天鹅绒一样柔软。

冬天,原本亦可如此美丽。

13. 分离之痛

就这样,我稀里糊涂、朦朦胧胧、半推半就地和子彤谈起了恋爱。我的初恋,也是她的初恋,两个初恋的人没有套路,没有经验,只有真情。

有了子彤,我在这个大城市里不再孤单。每当倦怠的时候,想到身后还有人为我鼓掌、为我加油,再累的身体即刻便被柔软的心灵暖化。

子彤既是我工作上不断前进的动力,也是我人生路上的幸运星。和她恋爱以后,幸运女神不断眷顾我,我在工作上是芝麻开花——节节高。

当我和子彤还在热恋之中的时候,虎子又有了让我佩服的动作——这个恋爱的老油子不久就和叶玉乔同居了。如果按照这种速度,年底他可能就要抱娃了!

虎子和我说:"老大,我要搬家了,去过自己的幸福小日子啦,从此你一个人独守空房!"

我说:"赶紧搬走,去经营你的二人世界吧。"

虎子说:"老大,放心吧,有了她我也不会忘记你的!"

我说:"最好忘了我,至少每年我能省好几顿酒钱。"

虎子说:"你休想!"

在他搬出北苑原本属于我们的住处时,我和他紧紧相拥,不是矫情,不是煽情,而是多年来的感情和在北京几年的同甘共苦之情。

是他,在这个十几平方米的小房子里收留了我;是他,陪着我度过了艰难的找工作阶段;是他,和我一起见证了北漂生活的悲欢离合。

看着搬家的货车渐行渐远,我怅然若失。这个大大咧咧的男孩,我从小到大的玩伴,终于又有了自己爱情的归属——虽然是第n次归属!

我们懂得,任何人都不能阻止岁月的洗礼。我们终将慢慢地长大成熟,长大成熟是以独立和分离为起点的,正所谓天下没有不散的筵席。

这也是残酷的人生。从某种意义上说,人生就是一个不断分离的过程。

每一次分离都是残酷又痛苦的,也是人类文明发展进步的逻辑使然。

想到此处,看着虎子远去的背影,我内心深处不禁一阵酸楚。

20世纪的第一个十年,是医疗行业从野蛮生长走向逐步规范的十年。这十年也是公司快速发展的黄金期,销售部作为H公司最重要的部门之一,在公司发展中起到了重要的作用,尤其是钟群来了以后,更是一跃成为公司最红火的部门。

在最好的时代,在最好的领导的带领下,我们这个销售小组也努力进取,连续三年都成为销售部的第一名。

我这个小组长也因业绩突出,多次得到了领导的嘉奖。伴随着工作业绩突出,肚子也渐渐地凸出,这是代价。

销售是一个青春的职业,需要激情和热情,所以这个队伍新陈代谢的频率相对较高。

销售也是一门学问,里面有很多的技巧,也需要很多的经验积累,所以最后留下来的基本上都能担任领导岗位。

这几年,公司人事也发生了变动。我熟悉的人当中,黄光明已经退休,其他人有的跳槽,也有的换了部门。

偶尔,我一个人站在这座繁华都市的天桥上,看着川流不息的车队长龙和熙熙攘攘的人群,在内心不由得问自己:我们生活的目的是什么?奋斗的意义是什么?

在异乡的这座城市,我没有找到自己的答案。

改革开放以来,中国社会和经济发生了天翻地覆的变化,个人的生活随着祖国的兴旺发达而不断演进。

相对于宏大叙事,我们这些底层人民在日常生活中演绎着自己的悲欢离合。也正是我们这些底层人民,这些历史的无名者,用沉默的方式,书写着个人微不足道的历史,以微观叙事构成了宏大叙事中的重要组成部分。

这也许是我们在这个城市打拼的理由。

14. 家庭差异

到了和子彤在一起的第三个年头。

三年来,我和子彤的生活也发生了一些变化,我们用心用情用爱在这个城市中生活和工作。

除了工作,我们还有一个共同的爱好,就是旅行。旅行是心灵的自我修复,也是和自然对话。我们去过祖国大好河山的很多地方,这些地方以后都将属于记忆。

在烟台,我们品过12年的红酒,正如品过我们的青春,在酒的绯红里,我仿佛看见子彤的心事和期许。子彤说红袖添香,美酒佳人一生一世。

在青岛,我们在大海边看潮起潮落,栈桥的灯火、五四广场上的人流,让我身在异乡也并不感到寂寞。子彤说细水长流、岁月静好。

在北京,那年十一的天安门广场,人如潮涌,拥挤不堪,我们紧紧地牵手,看祖国大好河山风景如画,赏古都秋色,品白云细雨。子彤说相守永久、陪伴左右。

今天,我依然记得子彤当时说:"一鹏,你是我这辈子爱的第一个男人,也可能是最后一个男人。你要对自己的一生负责,也要对我负责。"

我说:"我如果对不住你、辜负了你,我孙一鹏就是个浑蛋。"

子彤说:"你千万要记住这句话啊。"

我一本正经地说:"时刻记着!"

子彤再次提议,让我去绍兴见一下她的爸妈。已经记不清这是她第几次提议了。经不住她的软磨硬泡,我做出了 OK 的手势。

说句心里话,我还没有足够的勇气去见她父母。我是农村出来的穷孩子,现在在北京漂着,既没有房,也没有车,我有自信,但底气不足。

子彤说:"你别想多了,就是见个面而已,别有什么思想负担。"

到了绍兴,一座美丽的江南名城。这里有鲁迅先生的童年和他笔下无数个鲜活的人物。

这里有陆游和唐琬悲戚的爱情,沈园注定成为中国爱情故事中难以绕开的一个话题。

这里有大禹庙,三过家门而不入的传说鸣响在我们耳边,为我们所熟知。

我见到了子彤的父母,她的爸爸是老师,妈妈在一家百货公司上班。在吃饭的时候,短暂的寒暄之后,子彤妈妈问我家是哪里的、家中有哪些人、在北京的收入怎么样、有没有车子和房子这些其他父母都会问的问题。

我如实且不卑不亢地一一回答了她提出的问题。

子彤爸爸和我很聊得来,他认为我是个很上进、勤奋的小伙子,说我以后一定有不错的前途。

那是一顿既不热烈也不冷淡的饭,不咸不淡。若干年以后我领悟到:不咸不淡就是不感冒,就是不上心,也就是看不上。

饭后,我回到了宾馆。第二天早上,子彤来找我吃早餐的时候,我发现她有大大的黑眼圈,情绪显得有点低落。

我问:"你是不是没有休息好?"

她回答:"也不是。"

我说:"感觉你情绪不对,发生什么事了?"

她说:"没有什么,你别问了。"

这样的状态,我怎么能不问呢?

我说:"子彤,不论发生什么事,我都和你站在一起,你不说出来,憋在心里也不能解决问题啊。"

她带着哽咽的声音说:"我妈妈……我妈妈好像不太同意咱们两个在一起。"

我紧紧地抱住了她,没有再说什么。

这也是我对绍兴最为清晰的几个记忆之一,多年来它一直缠绕在我的心头,甚至梦里。

15. 调任上海

我在北京生活了七年时间。六年多的工作经历,让我这个销售"菜鸟"逐步变成了销售部主管,虽然级别不是太高,但有一定的话语权。

在这六年中,在这个全国较大的私营企业工作,我没有所谓成功的厚黑学,只有一路的打拼。

我在个人年终总结的笔记本上写道,在工作中要想成功,必须具备三个基本特质:

一是以德为本。正所谓厚德载物,用真心换真心,面对人和事的时候讲道德,刚开始可能会吃亏,但最后一定能走得更远。因为黑路走多了肯定见鬼,而正路的尽头一定是光明。

二是领导赏识。一个好的领导可以成就一个人,把好钢用在刀刃上,反之也成立。在此,我必须感谢钟群,我们销售部总经理,后来的公司副总。

三是团队精神。个人的成功一定是建立在团队的基础上的,团队里的每一个人都不可或缺,众人拾柴火焰高是一个永恒的法则。

除这三点之外,就是拼搏、拼搏,再拼搏。我身上有种不服输的精神,那是几千年来世世代代的先祖面对艰苦的大自然环境所养成的一种精神。

记得曾经为了和一个密云的客户谈判,我坐公交到密云,他刚刚离开,我又从密云坐公交追到了顺义。那天大雨滂沱,没有打伞、浑身湿透的我出现在客户面前时,他被我的执着所打动。

子彤曾经问我:"你喜欢我什么?"

我回答:"我喜欢你的漂亮、懂事和智慧。"

我反问她:"你喜欢我什么?"

子彤说:"我喜欢你的豪气和骨子里面的那种精神,我在北苑小吃街的烧烤店第一次见到你时就发现了。当时你喝了8瓶啤酒,说了一个晚上的话,话里都是奋斗、理想和未来。"

我的子彤啊,若干年以后,我想告诉你的是,我只不过是一个有点慵懒思想的奋进者,以前在世俗的眼光中窥视云淡风轻,现在为了生活而苟且偷生。

我被提拔为主管一年后,人力资源部张总监,也就是面试我的胖张总,和我进行了一次严肃的谈话。

上海区的销售负责人退休,总部需要派一名具有开拓精神、能够吃苦的年轻同志负责上海的工作,以便进一步开拓该地区的市场和业务,时间至少两年。

钟群认为我能够胜任这一职位,就不遗余力地推荐了我,并派北京的搭档Lisa协助我开展工作。

我没有当面给出肯定的答复,因为需要征求子彤的意见。我回去和子彤进行了面谈,直觉告诉我,她这一次的态度显得有点不太对头。

那个时候是子彤在职攻读人大人事学院研究生的第一年,功课非常繁忙,而且第二年要准备毕业论文。

我从子彤的眼神和话语里读出了她的矛盾。

她若有所思地说:"从我个人来说,不希望在最繁忙的时候,你不在我身边。从公司发展需要和个人成长来看,这对于你是一次非常好的机会,我支持你去。"

那是一次严肃且沉重的谈话,结尾是子彤以微笑化解了所有的尴尬和迷茫。

她说:"去上海吧,但要经常回来看我。"

在去上海之前,我把房子退了,搬离生活了几年的北苑社区。

在搬家的那天,虎子回来了,房哥也一直在帮忙。

房哥说:"一鹏发达了,要去上海挣大钱,到时候别忘了我这个兄弟。"

我说:"我即将从北漂变成沪漂了,又要有一个全新的开始,真不知道前面有多少困难。"

看着这些相处几年的室友,我真的有点恋恋不舍。可是,天下没有不散的筵席。

16. 南北双城

我来到了上海,一座妖娆富丽的大都市。

前任的工作做得中规中矩,但没有亮点和创新之处,原来的业务在逐渐萎缩。对于60岁的他来说,能求稳则求稳,只要不出事,什么都好,直到他退休的那一天。

我带着三重任务来到上海区,这三个任务都是需要下很大气力才能完成的。

一是钟总的重托,要扭转上海区目前的不利局面,开拓新的领域和新的业务。

二是兄弟们的期盼,要把目前的销售业绩做上去,给大家更多的年终分红和奖励。

三是子彤的期待,要在两年之内完成任务,回到北京。

带着这三个任务,我意欲飞翔,但翅膀如带着铁块般地沉重。新到一个地方、一个单位,打开工作局面没有那么容易,需要熟悉公司的人事、财务、运营等方方面面的情况,更重要的是需要重新搭建和政府、企业之间的关系,并营造自己的人脉。

刚到上海的时候,我还能保证每天都和子彤通电话,一个月左右回京看她一次,或者她借出差的机会来上海看我。

随着业务的不断深入、工作任务的不断加重,我和子彤的电话越来越少,说话的时间也越来越短。

我以为,恋人的感情会随着时间的推移慢慢地变成亲情,我们的感情依然固若金汤。

可是没有想到的是,时间能够冲淡一切,也包括感情。

那年的春节我回北京过年。在整个春节期间,子彤和我说得最多的就是什么时候回北京。我到现在依然非常清晰地记得当时我们之间的对话。

子彤说:"一鹏,你还是回北京吧,两地分居使我们的交流越来越少,我都不知道你在想什么、做什么,这样对我们感情的发展、未来的生活都不太好。"

我说:"子彤,你再等一等,两年的时间转瞬即逝,上海的工作一完成我就立刻回京,咱们立刻结婚。"

我当时似乎瞥见子彤有点失望。可是当时的我还比较年轻,还没有真正领略到:女人是感性动物,往往不会把自己的想法和盘托出,而爱你的女人往往欲言又止,让你自己去体会。而大意的男人总是认为,男人是理性动物,他对女人的爱总是放在心里的,不轻易诉说。

一个感性的女人和一个理性的男人如果不顾及彼此感受,可能会导致火星撞地球般的爆发。

而一个感性的女人和一个理性的男人如果太顾及彼此感受,就会把一切放在心里不愿挑明,到后来小小的摩擦会酿成巨大的内伤。

春节以后,我回到上海,工作任务更加艰巨和繁重,回北京的时间越来越少。

四月份的时候,子彤硕士毕业论文到了最为关键的时候,她白天工作辛苦,加上连续几个晚上熬夜写论文,最终累病了,因突发急性阑尾炎而住进了医院。

在动手术之前,她给我打电话:"一鹏,明天我动个小手术,你能不能回来?"

恰巧那时候公司和一个医院的合作谈判到了最为紧要的关头,公司下达死命令,我必须待在上海,争取在最短的时间内啃下这块硬骨头。

我想回北京陪子彤做完手术,却无法脱身。我说:"公司的事情太忙了,这次真的回不去,等忙完了,我立刻回去。"

子彤用微弱的声音说:"知道了。"挂断电话之前,我似乎听见那头有哽咽的声音。

我只好打电话给虎子,请他帮忙照顾一下子彤。

后来,虎子和我说,子彤一个人躺在冰冷的病床上,而那个时候我却不在她身边,她肯定是伤心极了。

手术完了以后,我无数个电话打过去,那边一遍又一遍地传来:"您拨打的电话已关机,请稍后再拨。"

当天晚上,不顾公司的要求,我来不及收拾任何东西,就从上海飞回了北京。

子彤躺在医院的病床上,当我出现的时候她有点意外。动过手术的她明显非常虚弱,脸色略显苍白,吊瓶里的药液正一滴一滴地随着针管流入她的身体。

"你怎么回来了?"子彤问。

"我非常担心你。"

"你担心我?你如果担心我早就回来了。你知道吗?我为了不让家人担心就没告诉他们,我上手术台是部门领导签的字。"

平时能言善辩的我,此时竟无言以对。

我在北京陪了子彤两天,每天变着花样做三顿营养餐哄她,才换取了她的谅解和笑脸。两天后,因为公司再三催促,我又匆匆忙忙地回到了上海。

女人在生病的时候是最脆弱的,这个时候一天的关心和照顾抵得上平时的半年。如果你及时出现在她面前,再辅以精心的照顾,她就会感动得稀里哗啦。如果此时你不出现,她就会记恨一辈子。

可惜,我们总结经验往往都是在事情发生之后,为时已晚。

两个月后,上海区的重要项目经过团队的辛苦拼搏终于有了良好的结果,我们赢得了一个非常大的合同。公司和上海区都非常振奋,为庆祝项目的成功,我们提前一周邀请了地方政府的有关人员、相关合作企业和上海区的中层以上管理人员做项目结题,说白了也就是办一个庆功宴。

大家精心设计,认真准备,酒店、菜品、排桌、主持等所有细节都考虑得细致入微,我这个上海区负责人也承担了主持的任务。

我想,项目完结以后,我就休假几天,陪子彤去马尔代夫或者欧洲。

17. 爱情丢了

命运总是喜欢捉弄人。非常巧合的是,子彤的硕士毕业典礼恰恰安排在我们庆功宴的后一天。

我跟子彤说,这边的宴会结束以后我就立刻回京,不耽误出席第二天的毕业典礼。

那天晚宴非常成功,所有请到的嘉宾都非常尽兴。他们表示了对我们公司包括上海区的支持,并在公司领导面前对我进行了诸多赞美。

我在上海的500多天里,每天都在拼搏、奋斗和努力,一年多的辛苦终于换来了上海区的业务蒸蒸日上。我得到了很多,也失去了很多,这就是现实,这就是生命的张力。

那晚,我不知道喝了多少杯,有幸福的、喜悦的,有心酸的、失意的,我只记得送大家散场时的情形,此后的记忆全部断片儿。

第二天醒来的时候,已是上午10点,我头昏昏的,竟然发现身边还有一个人——我的搭档Lisa。我倒吸一口凉气,酒意醒了十分。

我立刻开机,发现里面竟有子彤的十几条呼叫记录和几条短信。糟糕!今天是子彤的毕业典礼,我答应她参加的,竟因醉酒而错过了此事。我立刻打电话给虎子,让他赶快去人大,代我参加子彤的毕业典礼。

我看了看 Lisa,问道:"你怎么在这里?"

她说,昨晚我喝太多了,同事们把我送回来后怕出事,就让她留下来照顾我。我们之间没有发生什么,并让我放心。

从进 H 公司以来,Lisa 就是我的搭档。但是,我们之间一直是单纯的同事关系,从来没有任何越雷池半步的事情。出现了这样的情况,不管有没有发生什么事情,我就算跳进黄河也洗不清了。

虎子到了人大的时候,毕业典礼即将结束。我没有到场、没有电话、没有回信,子彤从希望到失望,最后到绝望。

错过这么重要的仪式,成为加剧我们感情危机的又一致命因素。任凭我怎么解释,子彤都不听。

她说我根本就没有把她放在心里,永远都把所谓的事业放在第一位,而这不是她想要的。她想要的男人虽然注重事业,但不会放弃对家人的关心、对生活品质的追求。

事业、家庭、女人的排序是一个古老的哲学问题,仁者见仁,智者见智。

我在排序的时候只考虑了单一因素,而这个世界是多元性和非线性的。所以,我的答案一定是愚蠢的。

在我和子彤陷入冷战状态、感情处于低谷的时候,最后一根稻草压垮了我们七年的爱情——那晚 Lisa 住在我那里的事情传到了子彤的耳朵里。

连续多天从未主动联系过我的子彤主动给我打电话,她的语气中夹杂着失望、怨恨和哽咽,问我到底是怎么回事,没有参加她的毕业典礼是不是早有预谋,我是不是很早就和 Lisa 在一起了……一连串地问了很多问题。

我如实回答了子彤的提问。

子彤说:"孙一鹏,我不再相信你了。你打破了我对你的所有信任,而这是咱们在一起这么多年的基础,这个基础已不复存在。"

我说:"子彤,你要相信我,我真的没有做过任何对不起你的事。"

子彤说:"不管有没有,我想我们应该是缘尽了。"

我哀求道:"就不能再给我一次机会吗?最后一次。"

子彤说:"已经不可能了。谢谢你陪我度过这几年的美好时光,谢谢你给我美好的初恋回忆。祝你好运!"

她在电话的那一头已泣不成声,我在这边已泪如雨下。依稀记得子彤说的最后一句话:"孙一鹏,你是个浑蛋!"

我就是个浑蛋!

我把我最爱的女人和最爱我的女人弄丢了,丢得那么狼狈、那么心碎。我把我们彼此的初恋都丢了,从此以后,爱情不再是它原来的色彩。

我把我的爱情弄丢了,而且永远都不可能再找回来。我亲手葬送了我们的爱情,在一个连说再见都比较吝啬的年代。

那天晚上,我把自己灌得烂醉。用一支支香烟炙烤我苍白的灵魂,用酒精麻醉我空洞的大脑。

我一千遍地斥责着自己,一万遍地念叨着子彤的名字。那天这个城市都显得支离破碎。

喝醉了的我沿着城市的大道疯一般地走着,不知道走向哪里,我只记得自己一路走一路哭一路念着子彤,路边的行人指指点点,城市的霓虹灯闪烁着泪光。

　　我像一个疯子一样狂奔,几乎到耗尽了所有的力气时才停下来。第二天醒来,我发现自己睡在城市的天桥下,旁边是一个年老的乞丐。

18. 空城往事

后来,我从上海回到了北京,仍然住在北苑。我在两个城市经历了太多,回头凝望,却不见来时的路,梦醒之后均是一座空城。

再后来,我主动辞职,离开了 H 公司。

其间,我多次找子彤,她都故意躲着我不见。我也请虎子和叶玉乔帮我做了很多工作,一切都无济于事。

爱情就好像是在高速公路上行驶,只有或快或慢地前进,而没有掉头的机会,只留下终生的悔恨。即便有匝道、出口,等出去再回到路上的时候,也要付出惨痛的代价。

生活是如此,人生亦是如此。

我的北苑的朋友们的生活也发生了一些改变。房哥还是无休止地换女朋友,日子倒也过得不亦乐乎,只是像抖音段子上说的那样:年初带 200 块钱去北京打工,到年尾一看还剩 200 元,白吃白喝了一年。

虎子和叶玉乔结婚了,我是伴郎,可是久久等待的子彤一直未出现在婚礼上。

所谓的遇见,所谓的期待,在心伤透了以后,就已可望而不可即。再后来,我搬离了北苑这个有太多难忘回忆的地方,回忆一不小心即可触摸,触摸一次,悸动一次,心痛一次。

几年来,我仍一个人在北京打拼。用时间舔舐着滴血的伤口,直到它一点一点地愈合。

这几年,我一直反思,事业和爱情如何才能更好地平衡,工作和生活如何才能更好地协调。

这几年,我也一直在想,是北漂生活改变了我,还是我适应了这种生活?

其实,人生本无定法,缘来缘尽一切如水,就如有句话说的:初恋时我们都不懂爱情,懂爱情时都不再年轻。

这也许就是成长,这也许就是生活,只不过有时候显得有点残酷。

我与子彤的这一段感情,本质是美好的,不让它在心里发酵成灾,就逐渐地让它酝酿为酒吧。我的心情逐渐平复,所有的呢喃都化为希望子彤生活得更好的祝愿。

在一个阳光灿烂的下午,我出去办事又路过了北苑。那家烧烤店已经被改造成咖啡馆,名字叫"心情故事"。

我径直走进咖啡馆,选了一个靠窗的位置,点了一杯卡布奇诺,呆呆地看着门外的行人。阳光斜斜地照射进来,我感到有点额头发烫,有点慵懒倦怠,有点恍如隔世。

江城外传：成长代价

01. 一生小爱

小爱是我在江城大学认识的女同学当中最为传奇的人物,甚至没有之一。

2002年,小爱16岁,读高中二年级,花一样的年龄,她的理想是读师范大学英语系,毕业后做一名光荣的英语老师。

2003年7月,高考录取通知书下达,事与愿违,她虽考取了江城的那所大学,但不是英语系。那时候师兄已经大三。

9月开学,学生会承担新生接待工作。担任学生会主席的师兄负责整个接待的组织协调。

那天,小爱第一次见到他,觉得他就像一个阳光大男孩,高高的个子,挺挺的鼻梁,脸上挂着灿烂的微笑。

师兄第一眼觉得,这个师妹比较活泼漂亮,一对小虎牙,两个会说话的酒窝。那个时候,他已有女朋友。

开学后,小爱对大学生活充满了好奇,用心体验着生活的点点滴滴。同时,也像寝室其他五名女孩子一样,憧憬着美好的未来。

小爱寝室的卧谈会内容非常丰富,既有本班同学的八卦,也有上几届同学的事情,当然其中少不了师兄。

师兄是学霸,成绩一直位居年级前三。对这一点小爱心里既有点小小的佩服,又有点鄙夷,因为她对读书不是那么上心,对喜欢读书的书呆子更是看不上。

据说师兄有个很漂亮的女朋友,和他是一个年级一个班级的,成绩也很好。

寝室姐妹们戏谑道:"一个学霸就很可怕,两个学霸恐会爆炸。"的确如此,男女朋友都是学霸,如果互相吸引会产生很大的合力,如果相互排斥产生的杀伤力更为惊人。所以,一般来说,两个学霸的爱情一般都不会长久,除非其中一人愿意爱得深入,愿意低下高贵的头。

大一上半学期眨眼而过。小爱渐渐熟悉了学校的环境和生活,始终带着一种欣赏并尝试的心态,积极投入大学生活中。

从小就喜欢唱歌跳舞的她加入了学生会文艺部,在那里她偶尔会看到师兄的身影。

事实上,整个大学第一年,他们之间几乎没有交集。

小爱偶尔在学校举办的活动中能够看到师兄,彼此见面也只是打个招呼而已。这么近,那么远。

然而,小爱在学生活动中感觉到,师兄浑身有一种力量,她也不知道那是不是所谓的魅力。总之,她对他有了一点点莫名其妙的好感。

师兄就知道,这个师妹很漂亮,学生会的活动组织得井井有条。听人说,虽然有男同学追她,但还没有拍拖。

他和她一个在 7 号楼,一个在 11 号楼。11 号楼在学校的半山腰上,站在楼顶就可以看见 7 号楼。

小爱偶尔在寝室里提起学生会活动的时候,会提起师兄,就那么几次。寝室里的姑娘们总是开她玩笑:"是不是喜欢他啊?

喜欢就说出来啊。"

每当此时,小爱就露出小虎牙一笑,说:"去你的。"

她和他就像陌生城市里的两个孤单背影,一个往东,一个往西。

如果生活只是这么平淡,永远循规蹈矩,他们之间不会有什么故事。就像星星从不和太阳对话,向日葵和蒲公英从来没有约定。

2004年6月,师兄失恋。在学生会的办公室里,他一遍遍地听悲伤的情歌。

她发现,他偶尔在学生会的值班室一个人默默发呆,甚至有些忧郁。每当这个时候,她不免有点好奇,又摇摇头微微叹息。

2004年11月13号下午,是个周六的下午,天气晴。

小爱和萍从她们做家教的人家出来的时候,已经是下午5点钟,天色将晚,暮色即将布满整个城市。在骑车回校的路上,她们看到有个人在飞快地踩着自己的自行车向前飞奔。

萍说:"小爱同学,我敢打赌前面的那个人是师兄。"

小爱说:"呵呵,这不是春天吧?难道你思春了?"

"臭小爱,敢打赌吗?如果是师兄怎么办?"

"哈哈,是的话,我请你吃饭,怎么样?"

"你输定了,等着请客吧。我们骑快点,赶上去看看不就明白了?"

小爱和萍飞快地踩着自行车,发疯似的穿越江城的大街,不知道情况的人还以为她们两个在进行骑车比赛呢。

前面那人的车速也快得不行,好像在有意识地和她们两个比赛一样,把萍气得肺都肿大了。

小爱和萍使出了全身的劲儿,还是和前面的那人落下了大约100米的距离。巧合的是,在繁华街头的十字路口,平时不是很堵的街道开始堵了起来,前面那个骑车的男生在等红绿灯的时候,她们二人抓住了这个空当追了过来。

刚到那个男生的身后,萍就大声地喊着:"师兄,是你吗?"

师兄回了回头:"真巧,是你们两个。"

"是啊,我们为了追你才赶得这样快的啊。"

"追我?"

"是啊,我们两个带家教出来后,看到前面的人像你,于是就打了个赌,所以一直在追赶你。"小爱说。

"不好意思,不知道你们在后面,不然就等你们一下了。"师兄微笑着说。

"没有关系啦。"萍说完,回头朝小爱得意地笑了笑。

小爱也在一旁暗笑不止,输了赌约,赢了时间,她的酒窝就像花开得那样美。

小爱朝萍使了个眼色——我一定兑现赌约。

"师兄,晚上有时间吗?请我们吃饭呗?"萍俏皮地说道。

师兄有点蒙,不过很快反应了过来,说:"好啊,好啊。"

小爱瞪了萍一眼,心里想:我输了,不是该我请客吗?

萍呵呵笑了。

晚上,三人在学校西门的黄记煌大吃一顿,最后当然是师兄埋单。

那是一顿愉快的晚餐,三个人交流得非常充分。

有时候,一顿饭就可以拉近人与人之间的距离。

萍仿佛意识到了什么,吃饭即将结束时,恰好有电话进来,她找了个借口提前离开了。

小爱和师兄吃完饭,推着自行车往寝室的方向慢悠悠地边走边聊。

路过西门书店,师兄让她在门口等 3 分钟。不大一会儿,他回来了,手里拿着一个粉红色纸包装的盒子。

"送你的生日礼物,祝你生日快乐!"他说。

"你怎么知道今天是我的生日?"她惊奇地问。

"你猜?"他狡黠地反问道。

小爱仔细想了想,一定是萍这个家伙刚才不经意说出了生日的事情。

小爱小心翼翼地打开精致的包装盒,里面静静地躺着一个 *There You'll Be*(《有你相伴》)的卡带,这是她最喜欢的美国乡村歌手菲丝·希尔的作品。

"谢谢你。"她俏皮地说道。

说完再见,小爱骑着自行车,像风一样地穿过校园,偶尔有落叶拂过她的脸颊,偶尔有晚风肆意在耳边歌唱。

小爱回到了寝室,发现粉红色的包装纸上写着一句话:"遇见秋天,生日快乐!"

她心头一颤,透过窗外,看见 11 月的江城满天繁星。

小爱后来对我们说,11 月 13 号是她的生日,就是打赌输的那天,那是她和师兄第一次吃饭。

后来她写了一篇日记——《1113,我们都是佛前的那朵莲花》。

其中一句我记得非常清晰：

> 真的希望我们能变成佛祖前的那朵莲花，在若干年以后，还能转世成为另一段三生石上的精魂。

日子在不经意的消磨间度过，小爱的心里有一种情愫在暗暗生长。那种少女的情窦初开，像一株含苞欲放的花朵的含羞，又好像山泉被人掬在手中的柔滑。

慢慢地，一个人的心里有了另外一个人，若有若无，不敢靠近，怕失去它，又莫名其妙地想靠近，去爱护它。

小爱偶尔会在操场上和教室里看到师兄的背影，一般她不会走上去打个招呼。因为，怕被别人看见，也怕被自己的心看到。

又是一个周五，夜幕即将降临，华灯初上。

小爱在寝室里有一种烦躁和不安，有意识地看了看墙上的时钟，嘀嘀嗒嗒的声音把人的心情都给弄乱。她打开一本书，无聊地翻着，不知道该做些什么事情来抑制自己的情绪。

丁零零，电话铃声响了起来，下铺的萍接了电话，然后喊道："小爱，是找你的。"

"小爱，今晚有事吗？如果没有事情的话，出去转转如何？"电话那头传来师兄的声音。

小爱掩饰不住自己的心情，不假思索就答应了下来。在寝室简单地收拾了一下，背着自己的书包就出了门。到达西门的时候，师兄已经在那里。

一番寒暄后,在师兄的带领下,两人找了附近的一家餐馆坐下来,点了几个菜。

小爱和师兄有很多很多的话题,晚饭过后,两人沿着大街,说着学校和寝室里的一些八卦,在不知不觉间,已经走了很远。

走到八中门口,小爱和师兄走了进去。高中的校园里静悄悄的,周末的晚上看不见自习的孩子,值班的老师也已下班。两人默默地走在落叶沉积的校园小道上,脚踏青石板的回声,让人联想起"鸡声茅店月,人迹板桥霜"的诗句。

两个人相距得不算远,一转身就能够听到对方的呼吸声,感受到彼此的心跳。

这初冬的夜晚,给人太多的眷恋和太多想象的空间。

江南的冬雨,在阴沉的脸庞背后藏着无边的寂寞。晚上有点阴云的天空,在惆怅情绪的酝酿之下,终于流下了孤独委屈的眼泪。

两个人都没有带伞,只好跑到教室下面的走廊避雨。

"都是我不好,忘记带伞了,害得你淋雨。"师兄说道。

"江城的天气就是这个样子:有时候阴得很重,就是不下雨;有时候天气微阴,就下起雨来。这不能怪你,要怪只能怪老天爷。"小爱回应。

"也算是吧,下次一定出门带伞,这个是我们俩出来的第一个经验教训。"

"第一个经验教训?难道还有第二个、第三个?"小爱问道。

"是啊,多着呢,老鼠拉木锨——大头在后边。"师兄回答。

两人的声音在雨水声中激荡、应和和回响,仿佛整个世界都属于他们,可是,他们只是有点熟悉但又互相不了解的两个人。

愉快的交谈中时间总是过得很快。等到雨停的时候,他们才走出那个避雨的屋檐。走到高中校园大门,大门已经上锁了。

"第二个教训来了,没有大门的钥匙就要爬门!"师兄朝小爱做了个鬼脸。

"没有办法咯,爬吧。"小爱朝师兄示意了一下,然后抓住大门的边框往上攀。

大门修得很高,师兄迅速地爬了上去,然后从大门上跳下,转过身来,接小爱下来。小爱第一次亲密地拉着一个男孩子的手,而且是自己心仪的男孩子,她有一种触电的感觉。那是他们第一次牵手,礼仪性的牵手。第一次亲密接触,简简单单的,自自然然的。

等小爱和师兄从大门里出来的时候,两人回头相视一笑,默默无语,却几乎把彼此心事戳破。

多年以后,小爱还记得那晚的大雨和八中的校门,可是那个人却不在身边。

已经快11点了,学校的宿舍要关门了。

师兄在前,小爱在后,疯狂地朝宿舍的方向冲去。等他们跑到小爱宿舍门口的时候,已经是上气不接下气。门口的阿姨开始喊叫了起来:"申小爱,还不进来啊?要关门啦!"

2004年12月31号,新的一年即将到来。江城广场上举行了各种形式的活动,美丽的烟火在天空中绽放,如同小爱的眼睛,烟花熄灭,如同繁华落尽的寂寞。

小爱和师兄吃了晚饭,他们走在江城的大街上,看熙熙攘攘的人群,看流光溢彩的灯火。在镜湖旁,小爱悄悄地许了个愿:我要和师兄在一起。这个愿,支撑了她以后七年的生活和爱情。

他们约会结束后,各自回到了寝室。

一会儿,小爱又离开了寝室,去了趟邮局——她要邮寄两张贺年卡。邮局人很多,她一直排队到午夜,一张贺年卡盖的时间是 2004 年 12 月 31 日 23 点 59 分,另一张盖的时间是 2005 年 1 月 1 日 0 点 01 分。

贺年卡的正文内容是:师兄元旦快乐,万事如意!落款:小爱。

这是小爱邮寄出去的一份最为珍贵的礼物,虽然没有一生一世的承诺,但镌刻了永远不可复制的少女情怀。

时光恍然就进入了 2005 年。

元旦不久的一天下午,小爱接到了师兄的一个电话,大致意思是说他保送研究生的事情搞好了,毕业后要到外地读书。

小爱和师兄通完电话之后,有一种失落涌上心头,她也说不清为什么。平常的生活一直是水平如镜,没有什么大的波折,等到这个陌生的男孩子出现在自己生活中的时候,以前的生活秩序出其不意地被打乱了,而且再也恢复不到原先的状态。

但是,那个男孩和自己又没有什么直接的关系,一个"师兄"的称呼并不能说明什么,难道、难道……

想着这些烦心的事情,小爱一个人走出了寝室。到什么地方去呢?还是到学校的后山去看看吧。

小爱正在路上走着,忽然肩膀被人轻轻地拍了一下,她很惊讶地回了头,是她的好朋友萍。

"你现在往哪里去啊?"萍问道。

"随便转转吧,今天下午也没有课。"小爱回答。

"这好像不是你的风格啊,这个时候,你如果不在寝室,就在教室,或者在商场,今天反常。"萍戏谑地说。

小爱以一种带着反问的语气说道:"今天反常吗?"

"哈哈,大家都有反常的时候嘛,照顾好自己啊。"萍说着就往教室方向去了。

小爱想着萍说的话。反常?真的反常吗?

后山上学习的人不是很多,静悄悄的,从音乐学院传来的悠扬的琴声把冬日下午的回忆变成金色的项链,挂在人们思考的发梢。萌动的青春如同一株萌发的竹子,生长之势无法阻挡,但是带着惆怅和青涩。

小爱找到一个台阶坐了下来,翻起了几天之前写的一段文字:

> 虽然我是一个平凡的女孩,平凡得如同花园里不起眼的丁香,偶尔有行人路过我的身旁,也闻不见我的芬芳。我不渴望为每一个人绽放,也不渴望白马王子带我到南国的牧场,我只想有人能够懂得欣赏。有人曾经走过我身旁,他似乎在回头张望,可曾闻见我芬芳?可曾听到我轻轻歌唱?他的脚步如此匆忙,他的行装如此满囊,我愿意将鲜花摘一朵,送给他当衣裳,让他去娶美丽的新娘……

看到这段文字,小爱有点微微的心痛,和着悠扬的琴声,把心痛撒成美丽的花瓣。

小爱的心情喜忧参半。她知道师兄7月毕业就要离开江城，她不知道自己和师兄究竟是怎样的一种关系。说是恋人，至今谁都没有表白；说不是恋人，怎么自己竟有如此多的牵挂和眷恋？

2005年过得如此之快，在寝室、食堂、教室的三点一线中，小爱度过充实的每一天，在闲暇之余会想起师兄，师兄毕业后要到"魔都"去读研究生，小爱不敢想那漫长的未来。

偶尔和师兄吃饭，偶尔在江城的大街上遛弯儿。

小爱喜欢看火车缓缓经过城市的样子，喜欢看一望无际的铁轨延伸到远方。她拉着师兄到中山东路火车经过的地方，数着一节节驶向远方的车厢，她想，等数到1000节车厢的时候，就会和心爱的男生牵手。

2005年6月，江城已经进入了梅雨天气，长江涨水期的景象让没有见过大水的孩子喜欢得发狂。小爱非常喜欢在长江的防洪大堤上散步，看月光洒满江面，听江水时而咆哮时而低吟，更重要的是，能够和师兄在一起。

2005年的夏天异常炎热，学子们的内心也非常烦躁，小爱一遍遍听着谭咏麟的《难舍难分》，偶尔有莫名其妙的一丝丝伤感。7月就要来临了，紧张的期末考试即将开始，师兄也即将离开。他们再一次来到铁轨旁，有列车缓缓驶过，小爱数了数车厢，还没有到1000，只有999。

她非常失望，犹如丢了魂的孩子。师兄仿佛发现了什么，突然间紧紧地抓住了她的手，这是八中门口之外的第二次牵手。

"做我女朋友吧。"师兄说。小爱没有说话，只是笑了笑，紧紧地抓住了师兄的手,她笑的时候如同春天花开。

"那天下午阳光特别地灿烂,天空中的白云在轻轻飘荡,即将落山的夕阳把人的影子拉得很长,列车把我们的爱情载向远方,我对未来充满希望。"小爱在当天的日记中写道。

落款日期:2005年6月7日。

2005年7月毕业季,学子们各奔东西,情侣们挥泪告别。毕业典礼日也是恋人分手时。小爱参加了师兄的毕业典礼,她对师兄说:"三年后,等着我参加你的硕士毕业典礼。"

之后,是漫长的异地恋生涯。

网上说,异地恋,恋的不仅仅是爱情,还是坚持。其实,异地恋也是和时间赛跑,跑赢了时间就会修成正果,跑输了时间就会一败涂地。

现实的很多案例证明,异地恋的成功率不到10%,其余的90%都死在寂寞、诱惑和懈怠上。

从江城到"魔都",快车5个小时,慢车10个小时。小爱记不清多少次奔波在这两个城市之间,她就像穿梭机一样,连接两个城市的黎明和黄昏。

两年下来,她数了数,一共62张火车票。62张,31次,年均15次,也就是不到1个月1次,这些简单的数字,都是爱情的见证。

不爱看新闻的小爱渐渐地喜欢上了看新闻,她想知道师兄所在的城市最近发生了什么;她还爱看天气预报,想师兄穿得会不会少,会不会生病。

双城之间,不仅是物理上的距离,而且是心灵上的牵挂。"我在江城念你看月,你在'魔都'读书深夜,纵不是红袖添香,但也是情牵两江。双城,你是你的起点,你是我的终点。"小爱在一篇日记中写道。

小爱清晰地记得,2006年元旦那天师兄给予的惊喜。他31号那天不打招呼就从"魔都"回到了江城,5点钟准时出现在她的楼下,手里拿着她最最喜欢的娃娃。当小爱看见师兄的刹那,十分惊讶,瞬间泪奔。

那晚,师兄请了她寝室的所有姐妹吃饭,小爱幸福得像个孩子,还带着女孩都有的小小虚荣。

有一回,小爱在电话里和师兄说,财贸学院有个男生小高一直在追她,她肯定不会同意的。师兄在那边回道:"有个人照顾你也好啊,免得我担心。"小爱调皮地说:"你这么认为啊,那我就答应了啊。"师兄说:"我看你敢?!"

可小爱和师兄都没有想到,后来,他们战胜了异地恋,但没有战胜自己。心魔横行的时候,我们就输了现在和未来。

而小高,那个不经意间提到的人,被师兄不视为竞争对手的人,将以自己的方式打败师兄。

2006年的冬天,小爱大四,她面临人生的十字路口,面临着一个重要的选择。

一位伟大的作家说,人的一生很漫长,但关键的就那么几步。小爱想,她不能一直这样和师兄分开,如果自己考研到他的学校,那时候他已经研三,等他毕业后有可能还是不在一起。

于是,小爱做出了一个重大决定:不再考研,而是去"魔都"

江城外传:成长代价 | 267

工作。

当时,学院有选调生名额,小爱是符合条件的,如果同意,她可能去一个地级市市委组织部。但和师兄沟通后,她选择了放弃。

十多年之后,小爱曾经反思过自己的这个决定。她内心仍旧回荡的是那个答案:无怨无悔。

2007年7月,小爱大学毕业。寝室里的姐妹们有的考上了研究生,有的找到了心仪的工作,在吃散伙饭的那天晚上,大家互诉衷肠、互道祝福。姐妹们都说:"小爱,你是个乐观开朗的女孩,你一定会幸福。"坚强的她顷刻之间泪奔。只有她自己才能体会异地恋的滋味。

大家离别了,伤感了,都哭了。从此以后,告别学生生涯;从此以后,踏上工作旅途。前方有很多未知,生活到底是什么样子?谁也不知道!

小爱再一次来到"魔都"。这个似曾相识却陌生的城市有她魂牵梦绕的人。"魔都"很大,人很多,车水马龙,川流不息,但似乎缺少家的感觉,让人找不到方向。

江城和"魔都"的区隔,恰如学生时代和工作时期的分野,一面是简单朴实,一面是纷繁复杂。然而,这就是现实,现实可以击碎任何理想,当然亦可折射人心。

小爱的工作是在一个民办大专学校做管理,这个学校距离师兄很近,同时工作不是太累,可以有更多的时间和他在一起。

小爱记得师兄来火车站接她时的情形,她拎着箱子,他大包小包挥汗如雨地挤公交车。149路公交车穿城而过,把喧闹的城市连点成线,素不相识的人们挤在一个小小的空间里,然后分别到达不同的终点。小爱想,这也许就是大都市的生活吧。

那天"魔都"38摄氏度,高温炎热,天气预报说第二天大雨。

"魔都"是一个非常神奇的地方,有现代化的高楼大厦,有灯红酒绿的夜生活,各个阶层的人在属于自己的场域里生活。对于拼命为生活奔波的人来说,世事的艰辛逐渐把人们原有的青春慢慢消磨。

那个时候,她和他的爱情是甜蜜幸福的,一起看学校里的荷花,一起坐149路穿越整个城市,一起做饭吃饭。如果日子都是那么平淡,就不会有人世间的悲欢离合;如果一切按部就班地进行,就不会有太多的意外。

可是,人都是有点追求的,尤其是那些怀有远大理想的青春男女。小爱来到"魔都"的三个月后,师兄做出了一个决定:他要考博,追求更高的学术。

小爱听到这个消息,思考了一会儿,说:"我全力支持你。"小爱知道,生活刚刚稳定下来的他们即将又开始颠沛流离,她要随着这个男人一起面对不确定的未来。但她愿意支持他的梦想,因为她认为相爱就是付出和牺牲,而自己的牺牲是心甘情愿的。

2007年12月31日,小爱和师兄一起来到外滩跨年,熙熙攘攘的人群把外滩围得水泄不通,华丽多彩的灯光把天际涂抹成一幅美丽的图画。色彩斑斓的都市,热情洋溢的人们,都试图在新的一年来临之际,把烦恼抛在脑后,张开怀抱迎接崭新的开始。

小爱说:"今夜我们不再是黄浦江边的过客,我们属于这个城市,虽然平平淡淡,但也幸福快乐。"

师兄说:"我不知道幸福是否触手可及,但我一直都想给你幸福,并且在努力奋斗的路上。"

小爱闭上眼睛许了个愿:师兄考博成功!同时单位再涨点工资。

五颜六色的烟花在天空中绽放,明亮得犹如初恋情人的双眸。人们的欢呼声、尖叫声此起彼伏,几乎淹没了整个世界。

2008年来了,生活将会有一个新的开始。

时间像沙漏中的细沙,持续地在不经意间溜走。生活的本色赋予人们力量,同时又给予考验。所以,生活本身就是最大的矛盾,其张力就在于孕育了无限可能。

小爱的生活仍是波澜不惊的,她用一颗感恩的平常心经营着自己的工作和爱情。工作可谓不坏不好,年级主任对她这个外来户略微带着点蔑视,小爱对此云淡风轻。爱情方面,师兄忙碌于考博,偶尔会和她逛逛街、吃吃饭,大部分时间都在学习,小爱在一旁默默地给予后勤保障。

小爱第一个月的工资是1400元,工资发下来给爸爸妈妈汇过去500元,这是她人生第一次拿工资,第一次给父母钱以表孝心,用以告诉父母:你们的女儿长大了。

她去了商场,花了700多块买了一块罗西尼表,这是送给师兄的礼物。她想告诉他:我是你一生一世的时间,愿意天天陪伴在你身边,直至生命的发条走完。

小爱周末喜欢在校园的草地上坐着,想一想心思,想一想未来。这期间,那个叫小高的男孩曾经几次联系小爱,想来"魔都"看她,都被她断然拒绝了。她坚信,她和师兄的爱情可以走到永远。

师兄考博成功。2008年6月,拿到录取通知书的那天,小爱特地选了一家餐馆——高升8号,她说希望师兄步步高升、心想事成,她说希望他们的爱情能够像点的那盘辣椒炒土豆丝一样,一直红火。

那天,从不喝酒的小爱喝得几乎醉倒。他们旁若无人地走在大街上,一路说笑,一路歌唱,把整个城市都远远地甩在身后。他时而牵着她的手,她时而在后面跑着追赶,朝着同一个目标赛跑,他们是今夜的主角。

他们站在城市的天桥上,看车流穿过,这深夜的都市褪尽白天的繁闹,竟也显得格外寂寞。突然,有一颗流星划过,照亮了无比落寞的天际和匆匆夜行的人们,《都是夜归人》的旋律从远处飘来,灰暗的深夜是寂寞的世界,感觉一点点苏醒、一点点撒野……

2008年7月,师兄的毕业典礼。这个毕业季不再有分别的伤感气息。他们都在长大,成熟是经历岁月洗礼后的果实,青春期的不安和彷徨逐渐被现实和目标所取代。

小爱第二次参加师兄的毕业典礼,她还清晰地记得,几年前对师兄说:"我要参加你的硕士毕业典礼。"时光飞逝,一句话,三年光阴。可是啊,三年,这只是一个开始。

毕业典礼前后,他们不停地照相,不停地合影,他们要把这三年的光阴一把攥在手里。

典礼结束,小爱说:"我还要参加你的博士毕业典礼。"他说:"一定,一定和你一起出席。"

他们要去北京了。北京到底是个什么样子?未来的生活将会怎样？一切都是未知数。

"北京,我们来了。"小爱在一篇日记中写道。

2008年9月,小爱第一次来到北京。那天,火车终点是北京西站,据说那是当时亚洲最大的火车站,拥挤不堪的人群,夹杂各种口音的叫卖声,给小爱一种身处异乡的感觉。

他们一共带了5个箱包,包里主要都是师兄的书。他们知道北京很大,打车很贵,下火车后就只好挤公交车。挤公交车的人流就像是在逃荒。

人们各自使出吃奶的劲儿把人潮拥入狭小的一片空间,售票员操着一口地道且带着高傲的京腔京调:"往里走,往里走,里面再挤挤,快点快点。"

他们费了九牛二虎之力才挤上散发着各种味道的公交车,那狼狈样至今小爱都还记得。学校坐落在四环边上,公交车正好经过。到了学校,报到、缴费、拿钥匙、入住。

博士生宿舍很新,他们两个拎着沉重的行李好不容易才到了宿舍。无意中小爱看见,寝室号码为1113——她的生日,她不知道是巧合还是命中注定,她清晰地记得曾经写过一篇和1113相关的日记。

安顿好了师兄,小爱拖着疲惫的身体,乘车去了垂杨柳。来北京之前,她通过互联网找到了一份销售工作,公司在垂杨柳附近,于是她就在那里租了房子,房子是两室一厅,小爱租的是次卧,主卧住的是房东。

从学校到垂杨柳的路上,小爱发现北京的确很大,但也很陌生。她想,"魔都"是拥挤的,这种拥挤反映在心里,快节奏的生活使得人们白天来不及回头看自己的路。到了夜晚,那些有钱有闲的阶层在酒吧、夜店里尽情释放自己,而穷人则蜷缩在黑夜里。

而北京和"魔都"存在着很大的差异。北京是华贵的,几百年来的皇城历史使得这座城市的文化在岁月里镌刻沉淀,长期居住于此地的土著们带有一种天然形成的优越感,而远道而来尤其是初来乍到的人们则有刘姥姥进了大观园的无所适从。

哎!这偌大的城市,这寂寞的人们,漂泊无根也许是大部分人的常态,在统计学意义上,他们属于城市的一员,而在心理上,他们不过是没有家园的匆匆过客。人在异乡,城是一座空城。小爱心里想。

一切都是崭新的开始,生活也不允许停顿和懈怠。小爱很快地进入了工作和生活状态。

周末的时候,小爱陪师兄去中关村买电脑,骑着从学院里借来的人力三轮车。师兄说:"等我以后有钱了,我一定会开着车带你逛遍北京的大街小巷。"

小爱说:"北京的小巷太窄了,还是三轮车方便。"

那天,他们骑了很远很远,很久很久。他们幸福的笑脸逐渐和这个城市的陌生相互融合,三轮车吱吱呀呀的声音就如同一首美妙的音乐,和远处传来的《挥着翅膀的女孩》相互应和:

Believe me I can fly(相信我可以飞翔)

I am singing in the sky(我在天空中歌唱)……

北京的生活和"魔都"也没有太大的区别，匆匆忙忙地赶路，来不及张望和欣赏。大城市里的人们，幸福指数却不一定很高，交通成本、生活成本高，无形的压力使得人们像拉满了弓的弦，时刻都有崩断的可能。好在小爱有一颗乐观向上的心，她觉得生活虽然时时刻刻充满了考验，但生活给予了她更多的东西。

国庆节的时候，他们第一次去了天安门。人山人海中，小爱想，在滚滚红尘中遇见是多么幸福和幸运。

枫叶红了的时候，他们去爬了香山，第一次看到了书本上说的香山红叶，与小爱对它的美好想象一模一样。

冬至的时候，北京下了一场大雨，他们觉得北方的冬天更有肃杀的气息。

他们在一起经历了无数个第一次，无数第一次都是生活的重要组成部分，而每一个美好的回忆都足以把生活中的心酸粉碎成快乐。

2009年3月到12月，因为工作的变化，小爱搬过几次家，从垂杨柳到西坝河，从西坝河到塔院。

在北京租房是一件非常讨厌的事情，要和中介斗智斗勇，要和同租的人和谐共处。搬家更是一件烦琐的事情，女孩子的东西本来就多，搬一次家扔一次东西，到后来反而越扔越多。

小爱也非常不喜欢北方的气候，非常干燥，刚来的那一段时间总是流鼻血。到了春天和秋冬天的时候，沙尘暴袭来，一张嘴就有沙粒飞进嘴里。

但小爱的确也没有想到，几年后，北京不再有沙尘暴，但雾霾天气横行。

发展经济学的经典教科书告诉大家:千万不要走西方先污染后治理的老路,否则18世纪欧洲工业化的雾都的情形会在21世纪的发展中国家重现。

可是,人们有时候过于自信,甚至过于自负,不听取教训则会再次受到教训。

2009年,小爱几次住宿地点变化的经历,是千千万万个北漂人的缩影。他们在这个大都市里,从开始的豪情万丈到中间的遇到种种困难,到后来的慢慢习惯。

小爱在日记里写道:"虽然生活是困难的,但是日子是甜蜜的。苦尽甘来,明天就在不远的地方。"

2010年12月,北京下了一场大雪。小爱行走在北京的街头,想起了那年江城的雪景,转眼间几年时光飞逝。她跑到中关村的家乐福,去给师兄买手套。小爱想,这个冬天太冷了,即便是自己冻着,也要给予师兄温暖。

等买完手套走到学校的时候,漫天雪花已经把小爱变成了一个"雪人"。当她把手套交给师兄的时候,自己高兴得像个家长,师兄哭泣得像个孩子。

这一串串的时间坐标,连接起来就成为几年来小爱的生活主线,它见证了青春和理想,见证了苦难和现实。

2011年6月,学校有一个机会,成绩优秀的学子可以去美国交换做研究两年。师兄报了名,小爱表示支持。

2011年7月,师兄出国了。送他走的那天,在首都机场,师兄对小爱说:"两年时间很快,等我回来。"小爱说:"记得有一个人在国内等你,记得在国外要照顾好自己,要好好地做研究,争取早日回来。"

他们紧紧地拥抱在一起,感受着彼此的不舍和温暖。那拥抱时间短暂,但仿佛经过了一个世纪。

那天的天气有点阴沉,气压低得让人窒息。在送人的闸机前告别,人流极速涌动,慢慢地对方从视野中消失直至不见。

他们两个谁也不会想到,这次分别就是分开。

爱情是一条长长的河流,你在这头,他在那头,只有彼此相向而行,才能到达相遇点。可能到达相遇点的人何其少!有的人走着走着就掉了队,有的人走着走着发现了更美好的风景,有的人走走停停,到最后迷失了方向。

但生活永远不会停滞不前,一切都得继续。

师兄刚走的那段时间,每周至少有一次越洋电话,他们诉说着自己的想念,汇报着最近的生活动态。

2011年的秋天和冬天都显得非常漫长。小爱的生活在希望与想念之中度过。她喜欢去附近的图书馆看书,那里有他的影子;她一如既往地喜欢写日记,那里有她的世界。

人们都说异地恋是一种考验,结尾大都不美好,跨国恋更是如此,即便交通如此发达,即便通讯软件如此先进,但彼此不在身边,诱惑无处不在,一旦有脆弱的时候,如果立场不坚定,就会被外物所影响。

一周一次的电话渐渐地变成了两周一次、一月一次,甚至更少。起初,小爱还感觉是师兄学业太忙,顾不上自己。慢慢地,小爱对原来坚定不移的爱情有了小小的忧虑,对他有了一点疑惑。再后来,女人的第六感告诉她,他们的爱情似乎出现了问题。

恋爱就是两个人相互依恋且彼此付出真心。影响恋爱的有两大重要因素：一是时间，时间可以证明一切，也可以冲淡一切；二是距离，距离可以产生美，但太远的距离就会使人疏远。所以，年龄可以不是问题，身高可以不是"距离"，但时间和距离两个变量足以成就亦可摧毁一段看似真正的爱情。

该来的那一天总会到来，躲也躲不过。

2012年6月，在师兄出国即将满一年的时候，小爱接到了一个久违的电话。他在那头说："小爱，我们分手吧。谢谢你这么多年的爱。"

小爱听到之后，既觉得在情理之中，又觉得在意料之外。她稳定了一下情绪，深呼吸一下，说："你能告诉我原因吗？"师兄说，国外的学业太苦，生活太寂寞，和他一起出国的一个女孩经常照顾他，所以就慢慢地走到了一起。

小爱说："好，我祝福你，祝福你们。"挂了电话之后，小爱控制不住地大哭起来。

2005年—2012年，她把七年最美好的青春时光都给了他，她的初恋，她的第一次牵手，她的初吻，异地恋的辛苦，多年的付出，那一路走来的艰辛日子……她控制不了自己的情感，想起这些，泪雨涟涟。

大街上的人依然那么匆忙，六月的城市似乎也显得有点悲伤，耳边传来的是姚若龙作词的那首歌：

很久没哭了，觉得不值得
命运从来不会同情弱者

难过把心里的仓库塞爆了
也不过做一点噩梦再一点苦涩
很久没哭了,知道没用的
不舍从来不能挽回什么
只有把勇敢假装到变真的
才能在失去很多后把自我留着

爱情就如一阵大风,来的时候酝酿良久,走的时候义无反顾。而走后却留下一地狼藉,这狼藉放在心里久了,会开出罂粟花般的东西。

而爱情往往没有回头路,就如世界上没有后悔药。只有退而求其次的选择,只有得不到又难以放手的自我安慰。

六月的雨好大,北京这个多情的城市反倒显得更加无情。站在窗边环顾四周,雨淋湿了匆忙的旅人,淋湿了在异乡打拼的游子的心。

小爱第一次面临失恋,刚刚开始手足无措,不知道哪里出了问题。经历江城、"魔都"和北京三地,生活的磨炼早已使她无比坚强。慢慢地她知道,不是她在变,而是这个世界在变,身边的人都在变。这个变化多端的世界使人成长,也让人异化。

小爱记得江城那晚的灯火,记得"魔都"149路公交车的站台,记得在中关村买电脑的情形……从江城到"魔都",再从"魔都"到北京,她用七年的时间丈量三座城市之间的距离,每一座城都不是心灵的归宿,她都是这些城市的匆匆过客。而青春烙下的印记刻在这些城市的喧嚣和浮躁里,即便回头依稀还能看到她的背影。

　　北京在左,"魔都"在右,青春拉长的影子连接左右之间,可左手的无名指却戴不出任何一个未来,而戒指的纹路却深深地印在生命的年轮里,恰如那年的长发飘荡在二十岁的夏季。

　　然而,这些都已成了过去。过去是一种不可名状的东西,想忘记它,它却在内心纠缠,久而久之,发酵出芬芳抑或毒素。

　　若干年以后,小爱才理解,过去本来就是生活的一个组成部分,是一个客观的存在,任何人都抹杀不了。

　　2012年9月,那个叫小高的一直追她的男孩,不知道从哪里知道了小爱的电话,从南方的深圳辞职专门来到了北京。在小爱最消沉的那一段时间,一直关心她、安慰她,尽管小爱一而再、再而三地拒绝。

　　2013年12月,师兄从美国回来。在一个大雪漫天飞舞的晚上,他们约在一个叫雕刻时光的咖啡馆里见面。

　　这是第三次关于大雪的记忆。第一次在江城,让人想起那首《你那里下雪了吗》;第二次在第一年来北京的冬天,让人想起范晓萱的《雪人》;而这次的情景却截然不同。

　　小爱知道,也许这是他们今生今世可能所剩不多的一次见面。她一直告诉自己,一定要坚强,一定不可以哭,否则自己都会看不起自己。可是,小爱见到他的第一眼就湿了眼眶。

　　师兄说:"你能再给一次机会吗?我错了,我和那个女孩不合适,就是当时留学国外,一个人太寂寞了,我爱的人始终是你。"

　　小爱说:"我们已经不可能了。我的爱是纯粹的,就像一瓶矿泉水,弄了几滴墨水进去,怎么样才可以让它变回原来的模样?我对于你来说,就像一直被呼吸的氧气,你觉得它的存在很正常,可是到了高原地区,你就会发现没有它不行。我不后悔这么多年爱过你,也谢谢你曾经给我的爱。"

师兄说:"小爱,难道七年的感情你就狠心地抛弃吗?忍心吗?"

听到"七年"这两个字,小爱再也控制不住自己的感情,伪装的笑脸变成了大哭:"你知道那七年我是怎么过来的吗?你知道我家人当初多么反对我们在一起,我是做了多少工作他们才同意的吗?你知道在江城,我为了攒足看你的火车票钱,我带了多少家教吗?你知道我为了你去'魔都',义无反顾地放弃了省里的选调生吗?你知道在'魔都',我拿了第一笔工资给你买了手表而自己什么都不舍得买吗?你知道我去一个公司面试的时候,差一点被那个面试官非礼吗?你知道每周末你过来的时候,我都会提前准备好你最爱吃的东西吗……"

师兄一言不发,坐在那里早已泪流满面。

小爱说:"我一直跟随你,你就像一只风筝,从江城飞到'魔都',从'魔都'飞到北京,越飞越高,理想越来越大,以为无尽的天空才是尽头。我就像那根线,一直被扯着向前,被带动着跑啊跑,可是线太细了,已经拖不起了。

"你想要远方的天空。你早已把这根线抛至九霄云外,也忘记了起飞时的初衷,等飞累的时候,想休息一下寻找那根线的时候,它早已被你落下不知所终。"

小爱越说越激动,越说越难过,委屈的、难过的、发泄的、哭诉的泪水,像天空中飘落的雪花,片片扎在他的心里。

咖啡馆里反复播放着刘若英的《后来》,把这悲伤的气息渲染到了极致。

小爱说:"我们真的回不去了。回头太难,山高路远;我已爱过,也已伤过。"

小爱冲出了咖啡馆,"雕刻时光"几个大字仿佛在雕刻着每一个人的心。窗外大雪纷飞,一片片六瓣雪花就像漫天飞舞的蝴蝶,厚厚的积雪在脚底下发出咯吱咯吱的声响,好像是她见过的水车,吱呀吱呀地纺出岁月经年,依稀中眼前出现2003年9月第一次看见的师兄的那张脸。

一行热泪再次从眼角滑落,和着飘落的雪花,又凉又咸,把她的心再一次侵占,再一次撕碎。

她想起参加他学士、硕士毕业典礼的情形,参加他博士毕业典礼的那句诺言到现在已随风飘散。她想起江城的列车,每一节列车都是一段足以叹息的人生。

雪越下越大,白色覆盖了整个世界,湮没了所有的过去……

2016年10月,小爱回了一趟江城,那是她大学四年生活过的地方,有她最美好的青春记忆。

2017年底,小爱最终答应了苦苦追求她多年的小高,做了他的女朋友。

2018年2月,小爱成为那家工作了将近十年的公司的部门经理。

02. 左右为难

右手写爱,左手写着他,摊开的双手,空虚的无奈。我的无言,有最深沉的感慨……

这是林森最喜欢的一首歌曲,也是小葱喜欢的一首歌曲。

林森是我江城大学的同班同学,他曾经给我讲述过一个左右为难的爱情故事。

小葱是林森的高中同学,是同桌的她。他们一起度过了三年的时光。

小葱经常带好吃的给林森,笔记本、圆珠笔等文具用品一买就是两份。学霸林森经常给她补习功课,因此她喊林森小老师,林森喊她小丫头。

小丫头是个很活泼的女孩子,唱歌、跳舞,样样俱佳。来自农村从小没上过幼儿园的林森,对此表示非常羡慕。

林森常逗她说:"小丫头,你长大了可以考音乐学院或舞蹈学院,肯定有很多人会成为你的粉丝。"

她反问道:"小老师你会吗?"

林森说:"我不会,我是老师啊。"

她伸了伸舌头,做了一个带着鄙视表情的鬼脸。

九万是林森和小葱的高中同学,也是两人共同的好朋友。之所以叫九万,是因为他是家中的独子,家人非常宠爱,类比黄金万两,而九是数字中最大的一个,所以就起了这个名字。

九万和小葱家在一条街道,但属两个小区。他们从小学起就是同学。

小葱说,九万从小就是她的跟屁虫、小跟班。

九万说,小葱从小就是他的保护对象。

小葱和九万经常吵闹,每当两个人争论得不可开交时,总是来找林森评判:"小老师,你看看我们两个谁有理?"

林森经常说:"肯定是九万的不对啊。男生嘛,得让着女孩子。"

小葱做了个胜利的手势,两个小虎牙洁白得如同大白兔奶糖。九万耷拉着脑袋,像犯了错误的孩子。

林森逗他们:"小葱可以做大白兔奶糖的广告模特儿,九万你可以当广告的背景。"

每说到此处,小葱都高兴得哈哈大笑。高中三年时间过得飞快,转眼间高中毕业了。

林森和九万考取了各自的大学,小葱复读。在县体育场分手的那晚,他俩一直给小葱打气。小葱也差不多已经驱散了高考失利的阴霾。

"小老师,你要经常给我写信啊。"小葱对林森说道。

九万说:"他不写,我肯定写的。我会一直鼓励你,直到你明年心想事成。"

林森没有作声,也不知道说什么。懂事较早的林森明白,九万喜欢小葱,很多年都是如此。小葱却一直当他是朋友,当他是哥们儿。

一个是林森的兄弟,一个是喜欢林森的女孩。左手五指,右手五指,指指连心,手心手背都是肉。林森看见满天星斗,迷茫地在银河中挣扎、穿越。

林森没有让小葱失望,每周一封信,和她说大学里发生的琐事,鼓励她看书,教她学习的方法。小葱在回信里经常说数学最让她讨厌,尤其是等差数列。

这也许是爱情最早的萌芽,如果任其发展下去,一段感情可能会就此拉开帷幕。然而,事情却因九万的一句话而终止。

那年11月底,九万去找林森,他们在一起吃饭。酒量像麻雀一样的九万,在林森的面前自然是不堪一击,喝醉了的他说出了多年来一直都想说的话:"阿森,我喜欢小葱,你能不能把她让给我?"

林森倒了一杯酒一饮而尽,说:"你放心,兄弟喜欢的女人哥不稀罕。"

他的心犹如大街上的霓虹一样摇曳。爱情根本没有开始就已经结束。那时的林森以为,豪气、大方、男子汉气概可以成就一段感情。其实,大错特错!

多年以后,经历过沧桑世事的林森才发现,懦弱的人才用"让"作为借口掩饰自己的脆弱。而这样的举动,可能会影响到几个人的人生。

小葱给林森的信还是每周一封,林森回信的频率越来越慢,借口就是学业太忙、事情太多。他知道,自己必须这么做。

一个学期的工夫眨眼结束,一个月的寒假开始。林森放不下小葱,带着非常犹豫的心情想和她见见面。

寒假第一天晚上,在9:30的县城一中门口,林森见到了刚刚上完晚自习的小葱。她比以前更为苗条,也更加漂亮。两人分别半年,再见时已是不同的心情和心境。

"小老师,欢迎你重回母校。"她见面第一句话说道。

"小丫头,好久不见。"林森说。

林森推着小葱的自行车,小葱紧随其后,沿着曾经走过了无数遍的县城主干道人民路前行,沿着他们的高中岁月前行。

城市的灯火斑驳得如同他们少年时代七零八落的羞涩记忆,和现在的生活形成鲜明对比。

"小老师,你是不是有女朋友了?"她问林森。

林森笑了笑,不知道怎么回答。

"你为什么不给我回信了?"她又问道。

林森说:"怕耽误你学习。"

她说:"为什么怕耽误我学习?收不到你的信才会耽误学习,你那晚在体育场鼓励我的豪气去哪里了?"

林森不知道怎么回答。他像极了《多情剑客无情剑》里的李探花,却没有自己的飞刀。

林森刻意保持着和小葱之间的距离,就像他用心维护着和九万的兄弟友谊。在这个三角关系中,林森是那个最稳定的支点,一旦这个点发生扭变,整个三角就会崩塌。

把小葱送上楼,目送她的背影消失在那座家属楼中,目送她消失在林森的故事里。

半年后,小葱考取了她心中的大学。

九万来信说,他正在疯狂地追小葱。

小葱来信说:"小老师,有人在追我。"

林森回信:"那好啊,小老师再也不用担心没人要你了。"那封信里透露着淡淡的醋味儿。

两年以后,也就是林森大四上半学期的时候,小葱来信,说她恋爱了,男生是九万。

那封信林森读了九遍,一字一句、一句一字,字字戳心。不知道自己是羡慕忌妒九万,还是应该祝福他们。

林森把那封信付之一炬,在微弱的火苗里仿佛有他残破不堪的青春,仿佛看见小葱的脸庞。他一个人喝得烂醉如泥,那是他人生中第一次醉酒。

九万和小葱恋爱了,他们三个人的关系发生了微妙的变化,但依然是很好的朋友。

其间,九万和小葱来过江城几次。当他们第一次以情侣身份来看林森的时候,林森装作镇定,九万还是一如既往地油嘴滑舌,小葱的眼神看似平静却似乎又带着埋怨。

他们在小九华街吃饭,在长江边看日落,在校园里谈论种种过往。相聚的欢乐冲淡了所有可能的尴尬。

在林森读研究生的第三年,也就是即将毕业的时候,分别收到了九万和小葱的信。

九万在信里说:"我和小葱今年结婚,邀请你做伴郎,必须的。"

小葱在信里说:"小老师,我马上要结婚了,邀请你参加婚礼,可以吗?"

林森不能拒绝且不忍拒绝,这让他感到痛苦。

林森给他们回了信:"我正在写毕业论文,时间非常紧张,可能只能抽出一点时间参加婚礼,但做伴郎可能时间不允许了。"任何人都可以听出来,这话显然是借口。

婚礼在他们县城最豪华的酒店举行,宾客盈门、高朋满座。当林森到达酒店的时候,婚礼即将开始。

那天的小葱格外漂亮,如同他小时候在连环画上看见的下凡仙女。岁月使她的清纯多了几分成熟,女孩和女人的气息交融,散发出来的韵味可以醉倒当年的青春。

当她一袭婚纱出现在婚礼现场时,真的惊艳了全场。

在婚礼主持人极尽煽情的言语之下,当父亲把她交给九万的时候,小葱哭得稀里哗啦,现场嘉宾感动得一塌糊涂。

林森在心里默默祝福:"小葱,你一定要幸福,你们一定要幸福!"

婚宴开始,九万和小葱挨桌敬酒。当到林森这桌的时候,九万已经喝了不少,他紧紧地抱着林森说:"谢谢你,兄弟。"

林森给了他最深的祝福:"祝你们白头到老。一定要照顾好我的学生。"

小葱敬酒:"谢谢你千里迢迢回来参加我们的婚礼。"

林森回敬:"必须要参加,祝福你们。"

敬酒结束,林森离开婚礼现场直奔火车站。那天天很蓝,白云像调皮的孩子眨着眼睛。一切都释怀了,一切都化作了祝福。

出租车上响起那首歌曲:"要处处时时想着念的都是我们,你付出了几分,爱就圆满了几分……"

如果一切都如同写好的剧本那样进行下去,生活会显得规律很多,却削减了生活本身内在的张力。

于宏观叙事而言,人们都在外力作用的驱动下前行;于个人微观来说,一个人的故事构成了他全部生活的内容。对于九万和小葱来说,如果故事沿着他们既定的路线进行,就不会再和林森产生什么联系。

毕业后,林森留在北京工作。生活沉重的负担压得林森喘不过气来,只有偶尔夜深人静的时候,才会想一想从前学生时代的单纯和美好。

都已经过去了。冰冷的现实割裂青春和现在,整天为生计奔波劳碌,哪里还有梦呢?哪里还有剩余的力气来祭奠残留的记忆?

再次听说小葱的消息是在两年以后。林森春节回家过年,同学聚会,九万没来,小葱也没来。

酒喝到二八盅的时候,朋友们纷纷聊起了过去,聊起当时谁谁彼此之间的朦胧的说不清道不明的感情。

其中一个同学说:"林森当时虽然比较不解风情,但还是有人喜欢他的,就是咱们的校花之一——小葱。"

另外一个同学严肃地说:"别开林森玩笑了。九万和小葱离婚了,你们知道吗?"

听到这里,林森脑袋嗡地一下,血压瞬间上升。这个消息无异于五雷轰顶。这个结果是林森想到过的101个结果之中最糟糕的一个。这是他当年害怕发生,却偏偏发生了的事情。

喝酒的心情顿时全无,林森找了一个借口离开了聚会现场,然后拨通了那个熟悉又陌生的电话。

小葱听到林森的声音似乎有点惊讶,因为几年来他们都没有联系,但瞬间又恢复了平静:"你过年回来了?"

林森回答:"是的。"

小葱说:"欢迎回家。有时间过来玩。"

52度的白酒燃烧得心头发烫,林森在新春的寒风里都控制不了疑问和困惑,想知道中间这两年到底发生了什么。他说:"今天晚上就见面,老地方,不见不散。"

在一中对面、新华书店隔壁的咖啡店门口,林森见到了几年未见的小葱。这是他们以前读书时经常来的地方,这里洒满了青春的回忆和年少的时光。

小葱依然漂亮,安静如初,可多了几分岁月沉淀的成熟。远远地看见她走过来的时候,林森的头脑中仿佛放电影般地闪过多年来的记忆片段,渐渐地把过去的岁月拉长。

林森和她礼仪性地握了握手,稍带尴尬又故作镇静地说了句:"好久不见。"

她说:"老师,好久不见。"印象中这是她第一次喊林森为老师,而以前都是称呼小老师的。

大年初几的夜晚,冷风敲打着冰冷的身体,却逐渐加速酒劲儿的流动,林森可能醉了。熟悉的城市,熟悉的陌生人。四目相对,岁月经年。

要了两杯黑咖,不加糖的苦涩。

"听说你和九万分开了?"林森单刀直入。

"是的。"她简单明了。

"为什么?"

"性格不合。"

"可以慢慢磨合啊,可以彼此容忍啊,可以……"

"老师,你恋爱过吗?你结过婚吗?你知道什么是真爱吗?"

林森一阵沉默,知道自己回答不了这些问题。自己原本想续写小葱和九万之间看似美好的童话,殊不知,这个童话早如同被打烂的玻璃碎了一地。

他们在咖啡店分别,林森找不到送她回家的理由,就像找不到他回到过去的路。

"我是个懦夫,倘若当时我接受了她,她可能就不会离婚。"林森自言自语。

他在小卖部要了一瓶啤酒,边走边喝,边喝边走,迷迷糊糊,第二天日上三竿,他醒来发现自己衣服没脱就睡了一夜。

可能知道了林森回来的消息,九万,这个曾经最好的兄弟,也约林森中午一起吃饭。

林森正好要找他算账。林森在心里把这孙子骂了几千遍了,骂他忘恩负义,骂他不知好歹。

可是,当见到他的时候,林森不知道该如何开骂。原本清瘦的他已有点大腹便便,许多大学毕业踏上社会后的人,都是这副德行。

他们一起喝酒,喝着喝着,林森就忍不住问起他和小葱离婚的事。他的答案和小葱如出一辙:性格不合,虽然离了,但还是朋友。

林森说："去你的朋友。你怎么不知道珍惜？"

他说："我当初是多么爱她,你是知道的。"

林森说："现在就不爱了？"

他说："现在爱淡了,恋爱时和结婚后是两个情景,我们不合适就不能再继续下去,否则对谁都是伤害。"

林森说："你对得起她吗？"

他说："对得起。"

"你对得起我吗？"

"对不起！"

他喝了一杯酒,二两的杯子。

"可是你知道吗？你当时把她让给我的时候,就埋下了今天的祸根。"

林森的心咯噔了一下,如有一万只蚂蚁在吞噬。这是林森久久不可愈合的伤口,是一直驱逐不了的心魔,多年来一直在折磨着他的灵魂。

从当午答应九万放弃小葱的那时起,错的一直都是林森。让什么？小葱根本不是商品,怎么可以让来让去？

林森原本也是爱她的,为什么就不敢承认？为什么要逞英雄,而实际上却变成了狗熊？

他们两个好一阵没有说话,空气仿佛让人窒息。林森原本准备骂他的话,都蜷缩在喉咙里,一句都蹦不出来。

林森一杯一杯地给自己倒酒,一杯一杯地把苦涩、愤恨、怨气都融化在酒里,在酒精挥发的瞬间去寻找岁月的影子,从而寻找治愈心灵创伤的良药。

"兄弟,你别喝了行吗?"九万哀求道,不胜酒力的他已经有了三分醉意。

林森说:"咱们三个的事足足折磨了我十几年。今天,这样的局面简直就是一个天大的讽刺。"

九万说:"生活谁能把控得了?婚姻谁能完全掌握?你之所以生气,是因为我和小葱打破了你给自己编织的虚幻的梦。"

九万一语中的,击中要害。林森编织的梦就是牺牲自己成全他们,从而把自己打造成为兄弟两肋插刀、牺牲自己一辈子的形象。

这可以说是出自自己编织的梦,也可以说是出自自己内心的善良。林森不忍心伤害九万,不忍心拆散三个人多年来的友谊。可是,在最初做出决定的时候,他就已经伤害了小葱。

而受伤最重的是林森自己,一到夜深人静的时候,伤口就反复发作,毒蛇一般吞噬他的内心,把内心咬得滴血。十几年来,血淋淋的回忆和血淋淋的现实不停地摧残灵魂,差一点意志就要崩塌。

而现在,九万刚刚的话语把林森的内伤治愈了。

九万接着说:"兄弟,现在我们梦醒了,我把她原原本本地还给你。"泪水顺着他的脸颊唰唰直流,吧嗒吧嗒滴在桌子上,激起青春过往。

"可怜的九万,小葱根本不是我的,也从未属于过我。"林森心里暗道。

九万说:"我会守着咱们两个之间的秘密,就像守着当年追小葱的热情,直到永远。"

整个酒席的后半段林森都处于失语状态,真的不知道该说什么。

于九万,他永失曾经的最爱,痛彻心扉的领悟也许会换来放手后的释然。

于小葱,两个人都欣赏的女孩,已成为一个人的前任。

于林森,早已经把他们当作自己的亲人,无限呵护,真心付出。

林森只有用酒化解尴尬,只有用酒表达自己的所有情绪。在零下6摄氏度没有暖气的地方,用酒来慰藉寒冷的心灵。

同时,他也用酒和青春道别,和过去告别,和不可言说却萦绕心间的那些人、那些事握手言和。

林森送九万到家的时候,两人互相拥抱,久久不能放手。这个拥抱,是标志彼此已经成熟的非正式仪式,也是一段美好生活的开始。

一年后,林森在办公室紧张工作的时候,接到了一个电话。

"小老师,我来北京工作了,现在就在你的楼下。"

林森一激动一惊喜,不小心把喝水的玻璃杯摔在了地上。清脆悦耳的声音中,他仿佛回到了过去,也仿佛看到了未来。

03. 再也不见

大学同学狗子打来电话："老大,我来北京了,晚上聚聚。我酒量比以前大了,咱们再比画比画。"

此时,我正在办公室被一份报告弄得焦头烂额。工作这么多年来,今年是压力最大的一年。

狗子的电话给了我一个休息的借口。下班时间到了之后,我急急忙忙收拾好东西,就开车直奔东直门某饭店。

北京的堵车全世界闻名,车水马龙把平和的人变得暴躁,把暴躁的人变得抓狂。还好,我已经习惯了这样的节奏和生活。

夜色下的匆匆行人,彼此都是过客,为了生存奔波劳碌在这个冰冷的城市。夜幕降临,孤独陡增,家才是最好的归途。

看着熙来攘往的在城市中打拼的人们,在车里的我想起大学校园中的一些人和事。

到了东直门的时候,已经将近 7 点,狗子早已坐在那里等我。看到他,我感到异常亲切。"老大,你又老了。"他调侃道。

"你这臭小子,还没有吃龙虾就满嘴臭味儿。"我笑着说。

"龙虾都是香的,哪里来的臭味?"他边说边给我递烟。

一盘小龙虾,几碟小菜,一瓶 52 度的二锅头。酒香醇厚,飘荡在醉人的夜里。

我们聊起现在的生活工作,聊起过去的校园生活,往事都沉浸在酒里,回味无穷,不留痕迹。

一瓶酒下肚,小龙虾早已一片狼藉。狗子发红的脸上油渍闪亮:"老大,我不信喝不过你,再来一个。"

狗子在大学期间一直想和我比拼酒量,但屡屡败下阵来,但他屡败屡战,屡战屡败。

毕业以后,由于工作,他酒量大长,但始终未能战胜我。喝倒我,成为他此生最伟大的目标之一。

我俩又要了一瓶酒。酒入人肠,放飞无限思想。

一大杯酒下肚,说话已经舌头打结的狗子,突然哭了起来:"老大,栓儿走了,就在上周,同学谁都不知道。"

听到这个消息,我的醒酒器当啷一声掉在地上,发出的破碎声响就像成人发出的哀号。

栓儿是我们的好朋友,隔壁经济管理学院的学生会主席。他和千千万万个农村出身的大学生一样,勤奋努力,乐观开朗,性格善良又具有精明的头脑,这种头脑可能来自南方地区历史上所形成的浓厚商业氛围。

大学时代,一部分人在辛辛苦苦读书,一部分人在热热闹闹恋爱,一部分人却无所适从。而栓儿一边学习,一边打工,他的打工更多的是参与商业活动,而不是单纯地从事体力劳动。大学四年,据说学费和生活费都是他自己挣来的,这一点我对他非常佩服。

我们三人曾一起喝酒,一起打闹,一起运动,一起参与学校的各种活动。

一次在小九华街喝酒,我们三个都喝得醉醺醺的,栓儿问:"老大,我们的友谊会持续多久?"

狗子抢先回答说:"一万年。"

我说:"就像这酒,只要这世界上有酒,酒不断友情就不断。"

说完三个人把一杯白酒一饮而尽。

栓儿在大学基本没有恋爱过,曾经有喜欢的女孩,结果却无疾而终。

他对狗子说:"我们三个人的爱情能量守恒,我和老大的桃花运都给你了,所以你是涝的涝死,我们是旱的旱死。虽然旱涝不均,但我和老大都不嫉妒你。"

这个时候狗子就会骄傲地说:"革命是自己的,姑娘是大家的。"

栓儿会说:"去你的!"

我说:"要遵守能量守恒定律,你狗子小心点,小心上半生用完了下半生的能量。"

这就是我们青春时代的友情!在那段激情燃烧的岁月,我们用汗水和热血浇灌着每一个过去的日和夜。而现在,油腻的我们再也回不到过去了!

大学毕业以后,栓儿回到了家乡创业,先后开过几个公司,有成功也有失败。商场如同战场,创业如同孕育孩子,痛苦夹杂着快乐的艰辛过程,只有当事人最为清楚其中滋味。

毕业十多年来我见到栓儿两次,第一次是在他的婚礼上。栓儿结婚的时候,喊我去做伴郎,当时我正在一家医药500强公司做销售。

记得当时我正在一家医院谈合同,电话响了起来,那边传来熟悉的声音:"老大,我准备国庆节结婚,请你这个金牌销售当伴郎,赏个脸不?"

我没有任何犹豫,回答说:"栓儿,你放心,你的事就是我的事,随叫随到。"

这一次见到他,已经是大学毕业七年之后,本来消瘦的他,在社会生活的打磨下,小肚子微微隆起,精气神儿虽然不错,但明显感觉得到有些憔悴。

婚礼的前一天晚上,我们三个坐在那座城市最高的大楼的顶层旋转餐厅喝酒,七年时间,既恍如隔世,又那么短暂。

狗子说:"老大又老了,白发越来越多。"

栓儿对狗子说:"老大是一心献身事业,你是一心献身美女。"

我笑了笑:"喝酒,看看我们三个的酒量这七年变了没有。"

那晚,我们都几乎喝醉。

站在那个城市的摩天大楼之上,俯瞰整个城市,一切都那么陌生和遥远。抬头看看满天繁星,我们又显得如此渺小和脆弱。

我默念:以后我们要经常相聚。哪怕只是随便聊一聊,看一看彼此,我们都会给予对方无穷的力量。

第二次见到栓儿是五年之后。他带着老婆孩子来北京旅游。那时候的栓儿已胖了好多,精神状态不是太好,一脸疲惫的样子。毕业十二年,生活把昔日的阳光少年变成了油腻的中年男人。

我们在簋街吃饭喝酒。我说:"栓儿,最近几年怎么了?怎么这样疲惫?"

栓儿说:"创业非常辛苦,现在企业做起来了更是辛苦,白天忙事业,晚上忙应酬,日复一日,形成了恶性循环,就成了现在这样子。"

他继续说:"老大,咱们男人不容易啊,事业、家庭哪一样不操心?真羡慕你。"

我看了一眼他,不由得有点替他感到辛酸,也不知道该怎么接下面的话。我说:"咱们干一杯吧,就像大学时候一样。"我们一饮而尽,饮下的不只是酒,还有奋斗期男人们的酸甜苦辣。

我继续说道:"生活就是往前赶路,有的人一直向前冲,有的人走走停停,向前冲的人一时三刻也到达不了终点,走走停停的人也不会一直被落下。最重要的是,为什么要赶路?生活本身已经很累,我们能不能尝试着让它轻松一些呢?"

栓儿说:"是啊,大道理咱们都懂,可是说起来容易做起来难啊。每个人注定有不同的人生,这就是命吧。"

喝酒谈哲学、谈人生本身就是一件无聊的事情,可是我们却把它和生活日常结合起来,谈得竟如此刻骨铭心。

因为不论生活是幸福还是痛苦,我们谁都摆脱不了俗事的纷扰,而这点点滴滴的碎片化的俗事构成了我们每一个人的人生的完整图景。

我说:"哥能不能给你提个建议?"

他点了点头。

"以后要注意身体,事业是打拼不完的,而身体只有一个。健康没了,其他都是零。"这是我毕业以后第一次对一个男人说这样的话,这是我发自内心的话。

那晚篁街的灯火有点鬼魅狂狷,错综迷离得如同我们不堪一击的人生。谁也不会想到,这竟是我们最后一次在一起吃饭,最后一次对话。所有的回忆都定格在那晚。

北京一别,大家都忙着各自的事业,联系就少了些,见面更是不容易。

从偶尔的电话和一些来京的同学口中,我才得到一些关于栓儿的消息,大体都是说栓儿的企业越做越大,经常加班,非常劳累之类的。

当听到这些的时候,我一边替栓儿高兴,一边也担心他的身体,心想等下次见面一定好好说道说道他。

当狗子现在和我说到这个消息的时候,犹如晴天霹雳、五雷轰顶。我的好兄弟、我们的栓儿,因经常加班熬夜,过于劳累,急性心脏病突发,凌晨3点猝死在办公室!

凌晨3点的深夜,天上一颗星星陨落。凌晨3点的深夜,一段三十几年的旅程就此画上句号。

看着狗子哭红的眼睛,我也禁不住泪如雨下。

想起那年,三个人在深夜的寝室,一起吃一碗方便面的欢乐情景。

想起那年,到外地面试,栓儿把口袋中仅有的钱都掏空了给我的样子。

想起那年,栓儿从江南到江北的火车站接我,嘴里大喊:"老大,老大,我在这里。等你半个小时了,这是刚刚买的小笼汤包。"

无数个回忆,把我和狗子瞬间摧毁,我们两个男人像两个迷路的孩子一样无助。我们只能擦干眼泪,倒三杯酒以祭奠。

一杯为友情,在最有情的岁月里,结下了最坚固的友谊。

一杯为青春,在最热血的年代,认识了最单纯最善良的人们。

一杯为告别,从此尘世黄泉相隔,以后再也不见。

三杯酒以后,我想着栓儿,看着狗子,不由得想起我们这一代人的工作和生活。家庭和事业哪一个重要?健康和事业谁是第一?每个人都有不同的答案。

但最要命的是,我们即便知道答案,也还会按照和自己的答案不同的逻辑行事,只有付出了巨大的代价,才引起重视。而事后,随着记忆的慢慢模糊,重蹈覆辙。

打个比喻,就好像虽然知道抽烟可能诱发肺部疾病甚至癌症,但人们还是以各种借口寻找抽烟的机会。当有一天医生告诉你不得不戒的时候,为时已晚。

可是,中年男人谁能做到事业和健康完美结合?如果做不到,我们如何在保证健康的同时也实现事业的发展?

我们在梳理这个答案的时候,也许最好和内心来一场对话。

只不过,无论哪一种选择,都会映射出我们苦苦挣扎,又仿佛乐在其中的人生。